Nachtexpress

Ursula Sternberg

Nachtexpress

Kriminalroman

Bibliografische Information der Deutschen Nationalbibliothek:
Die Deutsche Nationalbibliothek verzeichnet diese Publikation in der
Deutschen Nationalbibliografie; detaillierte bibliografische Daten sind
im Internet über http://dnb.dnb.de abrufbar.

Lektorat der Originalausgabe 2010: Marit Obsen
Umschlagmotiv: canva.com\Trolley bus.jpg

Herstellung und Verlag: BoD – Books on Demand, Norderstedt

ISBN: 978-3-7528-9967-2

Für Schammy, »meinen« Max
in vergangenen Zeiten
und die vielen guten Jahre mit ihm.

Bodo Herzog fährt Nachtexpress und kommt zu Tode.

Bella Brissano ist noch sehr jung und spurlos verschwunden.

Angela und Guiseppe Brissano sind verzweifelt und suchen Hilfe.

Sandra Gutenberg, Gudrun Heckel und Mareike Tesch sind Bellas beste Freundinnen und wissen mehr, als sie sagen.

Rita Melchor ist Direktorin des Maria Wächtler Gymnasiums und bewahrt die Nerven.

Susanne Becker ist Schulpsychologin und versteht was von Mädchen.

Katrin Welsch arbeitet im Jugendhaus Rübe und ist immer sehr fröhlich.

Peter Biborsch ist alles andere als hübsch und im Jugendhaus klebengeblieben.

Frank Zöllinger ist Redakteur bei der Essener Ruhr Zeitung und macht sich jünger, als er ist.

Hanno Helm hat ein Geheimnis und rückt nicht damit raus.

Tierpfleger Eberhart sieht mehr, als man ihm zutraut.

Theodor Krummholz, Miriam Wessler und Iris Ritter fahren lieber RoadRunner statt Nachtexpress und betreuen auffällige Jugendliche.

Lasse ist obdachlos und sehr nett.

Bea Hellebrosch von der Kripo Essen hat mit dem Fall nichts zu tun und sorgt für Überraschungen.

Reinhold Schütte ist bei der Kripo Bochum und kennt sich mit der Vermisstensuche aus.

Kerstin Haberle arbeitet im Kommissariat für Sexualdelikte, Prostitution und Vermisstenfälle und hat schon viel zu viel gesehen.

Max Schulze denkt strukturiert und schafft den Durchbruch.

Toni Blauvogel zieht gerade um und gibt trotzdem Gas.

Prolog

Friedhelm Görske gähnte verstohlen hinter vorgehaltener Hand. Er warf einen kurzen Blick auf seine Armbanduhr. Noch eine halbe Minute.

Ein flüchtiger Blick in den Rückspiegel: Der Bus war nun fast leer. Nur ein Mann noch, dort hinten in der vorletzten Reihe. Ein ganzer Schwung Fahrgäste war eben ausgestiegen. Fast alles Kids. Dass die um diese Uhrzeit noch unterwegs sein durften, erstaunte ihn jedes Mal aufs Neue. Seine Eltern hätten ihm das früher nie und nimmer erlaubt. Schließlich war es knapp zwei Uhr in der Früh.

Ein weiterer Blick auf die Uhr an seinem Handgelenk sagte ihm, dass die fahrplanmäßige Abfahrtzeit erreicht war. Friedhelm Görske setzte den Bus leise schaukelnd in Bewegung. Der Fahrgast hinten im Bus schaukelte mit. Er schlief. Sein Kopf hing nach vorne und bewegte sich sanft im Rhythmus der Bodenwellen. Die ganze restliche Fahrt. Auch an der Endhaltestelle blieb er sitzen. Friedhelm Görske überlegte flüchtig, ob er ihn wecken sollte, entschied sich dann aber dagegen. Abgerissen hatte er ausgesehen, der Mann, und etwas schmuddelig. Und kalt war ihm gewesen. So kalt, dass seine Hand gezittert hatte, als er das Geld auf die schwarze Ablage gelegt hatte, sorgsam abgezählt in kleinen Münzen. Sicher ein Obdachloser. Die wurden auch immer jünger.

Ich lass ihn schlafen, den armen Kerl, dachte er. Bezahlt hat er ja schließlich. Ob er noch eine weitere Runde mitfährt, kann mir doch scheißegal sein. Die EVAG wird dadurch gewiss nicht ärmer.

EINS

Im ersten Moment wusste ich nicht, wo ich war. Wieso war es so fürchterlich dunkel? RWE-Pimmel abgefackelt? Oder Stromausfall und deshalb keine Lichter mehr, die aus dem Turm in mein Schlafzimmer leuchteten?

Dann fiel es mir wieder ein. Umzug. Adlerhorst gegen Erdhöhle. Mein neues Zuhause.

Ich spitzte die Ohren. Spionierte die unbekannten Geräusche aus. Lauschte dem Atem des Hauses, in dem ich nun wohnte. Aber ich hörte nichts. Absolut nichts. Kein Wasserrauschen durch schlecht abgedämmte Rohre, das das Aufstehen irgendwelcher Frühschichtler oder Frühaufsteher aus Überzeugung begleitete. Kein Motorgeräusch. Keine entfernten Stimmen, obwohl wir doch mitten in der Stadt waren. Unnatürlich war das, eine solche Stille. Ein Giftanschlag, dem die Anwohner dieses Viertels zum Opfer gefallen waren? Eine Epidemie, die alle dahingerafft hatte?

Der Kühlschrank in der Küche sprang an. Dankbar lauschte ich dem monotonen Brummen. Ein vertrautes Geräusch, auch wenn mir der Kühlschrank lauter zu sein schien als in meinem Domizil am Isenbergplatz. Ehemaliges Domizil, verbesserte ich mich.

Wahrscheinlich aufgewühlt durch das Geschaukel. Hieß es nicht, man müsse einen Kühlschrank erst mal mindestens einen halben Tag lang stehen lassen nach einem Transport, ohne ihn einzuschalten? Damit sich die Kühlflüssigkeit beruhigen kann, die durchgeschockelte? Natürlich hatte ich nicht gewartet und sinnierte nun darüber nach, ob ich ihn wohl damit kaputt gemacht hatte.

Der Kühlschrank schüttelte sich heftig und das Brummen hörte auf. Die merkwürdige Stille hatte mich wieder im Griff. Grabesstille. Totenstille.

»Sei nicht albern«, sagte ich laut. Meine Stimme hallte unnatürlich in dem noch weitgehend leeren Raum. »Du hast schon oft in diesem Haus übernacht, direkt in der Wohnung nebenan.«

Aber nicht ohne Max, sagte meine innere Stimme. Und die Terrassentür steht offen. Was, wenn jetzt einer vom Garten aus einfach in mein Zimmer kommt?

Jetzt reicht es aber, Blauvogel! Du hast über sechs Jahre in einem Haus geschlafen, in dem sich ansonsten nur Anwalts- und Arztpraxen befinden. Da warst du wirklich allein. Hier nicht!

Aber da habe ich ganz oben gewohnt. Unten war die Haustür immer abgeschlossen. Und eine offene Balkontür im fünften Stock macht gar nichts!

Max liegt direkt nebenan. Ohr an Ohr sozusagen. Nur eine Wand ist dazwischen, versuchte ich meine innere Stimme zu beruhigen.

Warum habe ich ihn bloß weggeschickt, ich dumme Kuh, ausgerechnet in der ersten Nacht, jammerte sie weiter.

Damit von vorneherein klar ist, dass es getrennte Wohnungen bleiben, Dummerchen.

Genau. Blöde Prinzipienreiterei!

Ein Rascheln in der Ecke ließ mich hochfahren. Ich spähte angestrengt ins Dunkel. Dann hörte ich das leise Tappen von Pfoten auf den Holzdielen und lache erleichtert.

»Bonnie? Clyde?«, fragte ich in die Dunkelheit hinein. Ein leises Maunzen. Also Bonnie. Sie war in allem so viel zarter als ihr Bruder. Ich war gerührt, dass sie mich gleich in meiner ersten Nacht besuchte, so, als sei es ganz selbstverständlich, dass ich nun hier wohnte.

»Bonnielein, Süße«, lockte ich und klopfte einladend mit der Hand aufs Bett. Sie kam bereitwillig. Knetete eine Weile mit spitzen Milchtritten die Bettdecke und schmiegte sich schließlich schnurrend an meinen Bauch. Nichts ist so beruhigend wie leises Katzenschnurren, dachte ich zufrieden.

Kurz darauf schlief ich wieder ein.

Das frühe Tageslicht offenbarte den Nebel. Deshalb war es so beklemmend still gewesen in der Nacht. Fahles Licht versackte in milchigen Schwaden, die um die knorrige kleine Weide waberten. Die

Backsteinmauer, die den Garten vom Nachbargrundstück trennte, war schon nicht mehr zu sehen.

Dafür tauchte Max in der offenen Terrassentür auf, die Tageszeitung in der rechten Hand.

»Oh, ein Zeitungsbote in unziemlicher Kleidung. Für wen halten Sie mich!«, hauchte ich.

Max warf die Zeitung neben das Bett und schleuderte seine Pantoffeln mit gekonntem Dreh von seinen Füßen.

»Rennst du immer im Schlafanzug durch den Garten?«, fragte ich amüsiert.

»Nur wenn die Nachbarwohnung von schrägen blauen Vögeln bewohnt wird. Ich wollte dir bloß die Zeitung bringen und mich verabschieden.« Er warf auch den Schlafanzug auf den Boden. »Brrrr«, machte er und schüttelte sich, während er schnell unter meine Decke kroch.

»Wieso denn das?«, fragte ich überrascht. Dann fiel es mir wieder ein. »Ach ja, richtig, der Herr verkrümelt sich ja lieber gleich mehrere Tage auf die Messe nach Hannover, als hier mit Hand anzulegen.«

Ich meinte es nicht ernst. Ich wusste selbst, dass Max sich auf der CeBIT nicht nur über technische Neuerungen auf dem Sicherheitstechniksektor informieren wollte, sondern dass sein neuer Geschäftspartner ihn dort diversen Kunden vorstellen würde.

»Genau!« Seine Stimme klang verdächtig fröhlich. »Ist das nicht ein gutes Timing?«

»Kleiner Hacker«, murmelte ich zärtlich. »Und jetzt sogar völlig legal!«

Max hatte sich ein halbes Jahr zuvor als System- und Netzwerkexperte mit der Idee selbstständig gemacht, Sicherheitslücken in fremden Netzwerken ausfindig zu machen. Darin war er wirklich gut. Ich wusste es aus eigener Erfahrung, denn als ich selbst einen Hacker benötigt hatte, war Max mir empfohlen worden. So hatten wir uns vor anderthalb Jahren kennengelernt.

»Ein genialer Schachzug, nicht wahr?« Damit schob er mir seine kalte Hand zwischen die noch schlafwarmen Schenkel.

»Nimm demnächst lieber den Schlüssel zu meiner Wohnung, anstatt halb nackt durch den Garten zu hopsen«, knurrte ich.

Eine Stunde später saß ich in der Küche auf meinem Barhocker neben einem Stapel Kisten und versuchte, die Zeitung zu lesen. Auf der Arbeitsfläche aus Buchenholz hatte ich mir einen halben Meter erkämpft, Platz genug für den Becher mit Kaffee und ein paar trockene Kekse. Ich schlug die Beine übereinander und bemühte mich um eine entspannte Position. Dazu jedoch fehlte mein Stehtisch, auf den man sich so schön gemütlich stützen konnte. Der war noch nicht aufgebaut, und wenn ich es mir ernsthaft überlegte, wusste ich auch gar nicht, wo der überhaupt hinpassen würde.

Es gab viel zu tun. Vorher aber wollte ich in Ruhe Kaffee trinken. Und Zeitung lesen. Auch wenn es unbequem war. Ich las einige Artikel aus dem Hauptblatt und überflog schließlich den Regionalteil. An einer eher kleinen Nachricht blieb ich hängen. »Schwerverletzter im Nachtexpress«, las ich.

In der Nacht zum Sonntag wurde ein junger Mann schwer verletzt im NE5 aufgefunden. Der Mann wurde in die Notaufnahme des Alfried Krupp Krankenhauses in Steele gebracht. Er hatte über drei Promille Alkohol im Blut und liegt seitdem im Koma. Da sein Körper zahlreiche Trittverletzungen aufwies, schalteten die Ärzte die Polizei ein. Der ca. 25-jährige Mann konnte bislang nicht identifiziert werden. Die Hintergründe der Tat liegen ebenfalls im Dunkeln, die Polizei geht jedoch davon aus, dass der Mann von mehreren Tätern attackiert wurde, die noch auf ihn eintraten, als er bereits wehrlos am Boden lag. Der Busfahrer des NE5 erlitt einen Schock und wurde ebenfalls ins Krankenhaus eingewiesen.

Solche Meldungen regten mich auf. Mehrere gegen einen. Und dann noch draufhauen, wenn einer schon am Boden liegt. Seine Wut an denen auslassen, die sich nicht wehren können. Angewidert legte ich die Zeitung beiseite und nahm den letzten Schluck Kaffee.

Clyde riss mich aus meinen trüben Gedanken. Er betrat die Küche mit hoch erhobenem Schwanz, stieß eine Reihe von Tönen unterschiedlichster Couleur aus und strich begrüßend um den Barhocker, auf dem ich saß.

»Auch schön, dich zu sehen.« Ich beugte mich zu ihm hinunter und kraulte seinen schwarzen Pelz. Dann griff ich wieder zur Zeitung.

Clyde steuerte zielgerichtet auf das Fenster zu, witterte einmal prüfend und tänzelte zu mir zurück. Sein Ton wurde energisch. Er hockte sich auf die Hinterbeine, reckte sich zu ganzer Länge an meinem Hocker hoch und legte mir auffordernd eine Pfote ans Bein.

»He, Max hat euch adoptiert, nicht ich!«, protestierte ich. Das stimmte. Allerdings hatte Max auch darauf spekuliert, mir mit den beiden Kätzchen den Umzug in die frei werdende Nachbarwohnung in dem Mietshaus schmackhaft zu machen, in dem er wohnte. Sein Kalkül war aufgegangen. »Du hast bestimmt schon dein Frühstück gehabt.«

Clyde schien das anders zu sehen. Erneut legte er seine Pfote auf mein Bein, dieses Mal mit deutlich ausgefahrenen Krallen.

»So was nennt man räuberische Erpressung unter Androhung von Gewalt«, teilte ich ihm mit. »Aber sie fruchtet nicht. Ich habe nichts im Haus. Siehst doch selbst, was hier los ist. Gerade erst eingezogen, verstehst du? Mit anderen Worten: Bei mir ist nichts zu holen. Absolut nichts. Nada. Niente!«

Der Kater ließ von meinem Bein ab und trippelte wieder in Richtung Fenster.

»Hat die alte Nachbarin dir hier immer ihren Obolus entrichtet, oder was zieht dich so hartnäckig in diese Ecke?«

Ich erntete ein kehliges Miau.

»Da muss ich dich aber enttäuschen, mein Lieber. Das dort wird mein Platz. Nix Katzentischlein Deck dich rund um die Uhr. Stehtisch, du verstehst? Für Zweibeiner. Erwachsene Zweibeiner!«

Clyde strich wieder um meinen Stuhl. Als ich mich zu ihm hinunterbeugte, um ihn zu kraulen, biss er mir in die Hand. Nicht richtig fest, aber mit einer deutlichen Botschaft. Dann rannte er aus der Küche.

»Ratte!«, rief ich ihm hinterher. Ich hätte schwören können, dass er lachte.

Lustlos betrachtete ich die Umzugskartons, die sich im Wohnzimmer türmten. Bevor ich sie auspacken konnte, musste ich mich um die Leitern der Bücherregale kümmern. Denn als wir sie gestern aufbauen wollten, passten sie nicht. Waren zu hoch, die Biester. Ganze zwei Komma acht Zentimeter, wie Max sarkastisch grinsend festgestellt hatte. Schlussendlich. Der Klugscheißer! Ich ärgerte mich. Dabei hatte ich sie ausgemessen! Nur offensichtlich nicht richtig. Und schiefe Fußböden hatte ich dabei erst recht nicht bedacht.

Eine Stunde später war ich aus dem Baumarkt zurück, schleppte die um drei Komma fünf Zentimeter gekürzten Regalleitern zurück in die Wohnung und begann mit dem Aufbau der Regale. Ich war fast fertig, als das Telefon klingelte.

»Guten Tag. Spreche ich mit Frau Blauvogel?«

Die Stimme war angenehm, mit einem melodiösen, weich fließenden Akzent, wie ihn Franzosen oder Italiener häufig haben, wenn sie Deutsch sprechen.

»Ja«, bestätigte ich. »Aber wenn das wieder ein Werbeanruf ist, können wir uns die Zeit sparen. Ich brauche keine neue Versicherung, keinen anderen Mobilfunkvertrag und auch kein Werbeabo. Ich will überhaupt keine Telefonakquise.«

»Das kann ich gut verstehen«, sagte die Frau leise. »Mein Name ist Angela Brissano. Der Richter hat gesagt, ich könne mich an Sie wenden.«

Richter? Welcher Richter?

»Äh ...«

Sie musste mir meine Verwirrung angehört haben. »Richter Monk«, erklärte sie schnell. »Sie kennen doch Richter Monk. Er sagt, Sie könnten mir vielleicht helfen.«

»Ja«, bestätigte ich vorsichtig. Augustus Monk kannte ich tatsächlich. Der alte Herr hatte mich im vergangenen Sommer tatkräftig unterstützt, als ich beweisen wollte, dass Ruby, die neue Liebe meines Nachbarn Bertold, keine Mörderin war. »Worum geht es denn?«

»Meine Tochter ist verschwunden«, brach es aus ihr heraus. Plötzlich klang Verzweiflung aus ihrer Stimme.

»Warum wenden Sie sich nicht an die Polizei?«

»Das habe ich«, erwiderte sie. »Aber die sagen, sie sei vermutlich durchgebrannt. Dabei würde sie das nie tun. Niemals!«

»Hm«, brummte ich.

»Sie bieten doch Detektivarbeit im Rahmen der Nachbarschaftshilfe an«, drängelte die Frau. »Ich möchte nur, dass Sie sich ein wenig umhören.«

Ich fluchte still. Die Tauschbörse für nachbarschaftliche Hilfsleistungen VNH Essen-Süd, die ich selbst ins Leben gerufen hatte, hatte ich völlig vergessen. Vielmehr den Eintrag, mit dem ich in einem Anflug von Größenwahn meine detektivischen Fähigkeiten dort angeboten hatte.

»Herr Monk hält große Stücke auf Sie. Bitte! Helfen Sie mir!«

»Ich kann mir die Sache ja mal anhören«, sagte ich zögernd. »Aber das heißt noch nicht, dass ich das wirklich übernehmen werde. Wo kann ich Sie treffen?«

Sie nannte mir den Namen eines italienischen Restaurants auf der Frankenstraße.

Die Klamotten, die ich trug, waren nach den zwei Tagen Plackerei alles andere als öffentlichkeitstauglich, aber meine Kleider befanden sich alle noch in irgendwelchen ungeöffneten Umzugskartons.

Ohnehin fehlte mir ein Kleiderschrank. Schließlich hatte ich den ultimativen Schrank zurücklassen müssen, das Schmuckstück aus geschrubbtem, matt schimmerndem Metall, das in die Stirnseite meines Spitzgiebels eingepasst war ...

Hör auf, zu jammern, Blauvogel, unterbrach ich mich rigide. Du wolltest hierher ziehen. Trotz deines ultimativ matt schimmernden, maßgefertigten Metallschranks in deinem wundervollen Spitzgiebel. Das stimmte, und wenn ich ehrlich war, hatte ich mich dort seit dem Einbruch ohnehin nicht mehr so richtig wohl gefühlt, ganz allein in diesem Haus voller Anwalts- und Arztpraxen. Neben den Katzen ein weiteres Argument für den Umzug. Außerdem war diese Wohnung um einiges preiswerter als meine alte, was meinem Budget als arbeitslose IT-lerin entschieden mehr entsprach.

Ich ging Max Wohnung hinüber, nahm mir ein frisches T-Shirt aus seinem Schrank und warf mir eine seiner Kapuzenjacken über, deren Ärmel ich einfach hochkrempelte. Mehr konnte ich nicht tun.

***

Angela Brissano war eine Frau von herber, südländischer Strenge. Mit ihrer dunklen Kleidung, den straff aus dem Gesicht gebundenen blauschwarzen Haaren und den ausdrucksstarken dunklen Augen über einer etwas zu lang geratenen, leicht gebogenen Nase weckte sie bei mir Assoziationen an eine schwarze Witwe in einem Film über die sizilianische Mafia.

»Bitte entschuldigen Sie mein Aussehen«, sagte ich. »Ich bin gerade mitten im Umzug, und die Kleider sind größtenteils noch verpackt.«

»Das ist doch nicht wichtig. Danke, dass Sie trotzdem gekommen sind.« Ihr herzliches Lächeln milderte die Strenge und machte sie attraktiv. Äußerst attraktiv, fand ich. »Darf ich Ihnen etwas anbieten?«

»Cappuccino bitte.« Ich lächelte zurück. »Den bereiten Sie doch bestimmt nicht mit Sahne zu.«

»Aber nein!«

Ich sah mich um, während sie hinter der Theke zwei Cappuccini machte.

»War hier nicht früher ein Grieche?«, fragte ich, als sie mit den Tassen auf einem Tablett zurückkehrte.

»Das ist richtig. Wir haben das Bellissimo erst vor knapp zwei Jahren aufgemacht«, bestätigte sie. »Mein Mann Guiseppe und ich.«

»Aber Sie sind schon länger in Deutschland, scheint mir. Ich wünschte, ich könnte so gut Italienisch, wie Sie Deutsch sprechen.«

»Seit über zwanzig Jahren«, sagte sie bescheiden.

Ich nippte an meinem Cappuccino. Er war heiß und stark.

»Ihre Tochter ist also verschwunden«, eröffnete ich schließlich das Gespräch, wegen dem ich hier war.

»Ja.« Sie schniefte einmal kurz auf. »Unsere Bella. Schon fast zwei Tage!«

»Wie alt ist sie denn?«

»Fünfzehn.« Angela Brissanos dunkle Augen füllten sich mit Tränen.

»Und es kann wirklich nicht sein, dass sie einfach nur zu einer Freundin gegangen ist und vergessen hat, Bescheid zu sagen?«

»Dort habe ich natürlich überall angerufen. Keine ihrer Freundinnen hat Bella seit Samstagnacht gesehen.«

Ich registrierte, dass Bella offensichtlich der Name der Tochter war, keine Koseform. »Auf welche Schule geht sie denn?«

»Auf das Maria-Wächtler-Gymnasium.«

»Das ist in Rüttenscheid, richtig?«

»Ja. An der Rosastraße. Sie ist dort auf dem bilingualen Zweig. Sie möchte Sprachen studieren. Später als Dolmetscherin arbeiten oder als Übersetzerin, vielleicht auch im auswärtigen Dienst.«

Scheint sehr zielbewusst zu sein, das Mädchen, dachte ich. Mit fünfzehn hatte ich keine so klaren Vorstellungen davon, womit ich mir später meine Brötchen verdienen wollte.

»Hat Ihre Tochter kein Handy?«

»Doch, natürlich. Aber da geht nur die Mailbox ran.« Angela Brissano schluchzte erneut auf. Kurz und trocken.

»Erzählen Sie mir etwas über Bella«, bat ich. »Was macht sie denn so in ihrer Freizeit?«

»Sie trainiert regelmäßig in einem Selbstverteidigungskurs für Mädchen. Mittwochnachmittags.«

Gut, dachte ich. Das ist wenigstens etwas beruhigend. »Und sonst?«

»Natürlich trifft sie sich mit Freundinnen, mal bei uns zu Hause, mal umgekehrt. Manchmal gehen sie abends ins Kino. Oder sie gehen tanzen. Aber nur am Wochenende.«

Angela Brissanos Lippen zitterten, und ich wartete geduldig, bis sie sich wieder gefasst hatte.

»Ab und zu hilft sie auch bei uns im Restaurant aus. Wenn eine Bedienung kurzfristig ausgefallen ist, zum Beispiel. In den Schulferien auch häufiger, vor allem im Sommer, wenn wir draußen ein paar Tische stehen haben. Verstehen Sie mich nicht falsch.« Sie hob die Hände in einer flehentlichen Geste. »Wir verlangen das wirklich nur im Notfall von ihr. Sie soll eine unbeschwerte Jugend haben. Aber sie verdient sich in den Ferien gerne was dazu. Sie ist ein gutes Mädchen.«

Ich sah, wie ihr wieder die Tränen in die Augen traten, und legte begütigend eine Hand auf ihren Arm. »Sie sagten, sie ginge ab und zu tanzen. Wissen Sie, wo?«

»In einer Jugenddisco im Jugendzentrum Rübe. Bella tanzt leidenschaftlich gerne.«

»Jungs?«

Angela Brissano schüttelte zögernd den Kopf. »Nicht, dass ich wüsste. Sie hat eine Reihe von Freunden, fast alle von ihrer Schule, darunter natürlich auch ein paar Jungen. Aber ich wüsste nicht, dass sie sich für einen von ihnen näher interessieren würde. Obwohl das in ihrem Alter natürlich ganz normal wäre.« Sie lächelte traurig. »Wir leben hier ja nicht hinter dem Mond.«

»Wann genau ist sie verschwunden?«

»Samstagnacht. Sie war aus am Abend, sie wollte wieder in die Rübe, hat sie erzählt. Als wir vom Restaurant nach Hause kamen, war es gegen zwei Uhr früh. Wir hatten an dem Abend eine Geburtstagsgesellschaft, die ziemlich in Feierlaune war. Bella war noch nicht da, obwohl sie eigentlich direkt nach Hause kommen sollte. Die Disco geht bis Mitternacht.«

»Kam es öfter vor, dass Bella später als verabredet nach Hause kam?«

»Sie ist ein gutes Mädchen«, wiederholte Angela Brissano. Es klang, als wolle sie sich an dem Gedanken festhalten. »Sie ist immer da, wenn wir von der Arbeit kommen.«

»Wann schließen Sie denn im Regelfall das Restaurant am Wochenende?«

»Wenn die letzten Gäste gegangen sind.« Sie sah mich etwas hilflos an. »Also, an Wochenenden ist das selten vor Mitternacht. Aber dann müssen wir ja auch noch aufräumen. Vor ein Uhr sind wir eigentlich nie zu Hause.«

Dann kann sie gar nicht wissen, ob sich ihre Bella wirklich immer an diese Verabredung hält und direkt um Mitternacht nach Hause kommt, dachte ich. Ich als junges Mädchen hätte das vermutlich nicht getan.

»Was haben Sie gemacht, als Sie festgestellt haben, dass Bella nicht da ist?«

»Wir haben die ganze Nacht gewartet, aber sie kam nicht. Morgens haben wir bei ihren Freundinnen angerufen. Aber keine wusste, wo sie steckte. Sie erzählten nur, dass Bella relativ früh gegangen war. So gegen dreiunzwanzig Uhr schon. Da haben wir dann die Polizei eingeschaltet.«

»Und was sagen die dazu?«

»Sie haben uns nach Schwierigkeiten in der Familie gefragt«, sagte Angela Brissano bitter. »Insbesondere nach Schwierigkeiten zwischen meinem Mann und Bella. Fast so, als würden sie denken, mein Mann hätte sich an ... aber das würde er niemals tun!«

»Solche Fragen müssen sie stellen.« Ich bemühte mich um einen ruhigen Tonfall. »Vermutlich kommt es häufiger vor als man denkt, dass ein junges Mädchen von zu Hause einfach ausreißt.«

»Aber doch nicht unsere Bella. Sie hat doch gar keinen Grund dazu!« Eine Träne löste sich und lief ihr über das Gesicht. »Sie ist gut in der Schule, hat nette Freundinnen, verdient sich bei uns im Restaurant was dazu, wenn sie will, und stockt damit ihr Taschengeld auf. Es hätte auch kein Problem gegeben, wenn sie einen netten Jungen gefunden hätte. Wir waren ja ohnehin ganz verwundert, dass sie da so ein Spätzünder ist.«

»Die Polizei hat doch aber sicher auch etwas unternommen, außer der unschönen Fragerei?«

»Es gab eine Suchaktion gestern Abend, und heute waren sie in der Schule. Sie haben sie nicht gefunden.« Sie wischte sich eine weitere Träne aus dem Augenwinkel. »Werden Sie sie suchen?«

»Ich verstehe nicht viel von jungen Menschen«, sagte ich hilflos.

»Bitte!«, flehte Angela Brissano. »Hier sind Fotos von ihr. Und hier eine Liste mit ihren Freunden. Bitte!«

Ich zögerte.

»Richter Monk hält so große Stücke auf Sie. Bitte suchen Sie sie. Wir werden Sie dafür natürlich auch bezahlen!«

»Ich will kein Geld.«

»Dann kommen Sie zum Essen zu uns, wann immer Sie wollen«, drängte sie.

»Darum geht es doch nicht! Ich weiß einfach nicht genau, wie ich das machen soll«, sagte ich verlegen. »Einen Menschen aufspüren ...«

»Aber Sie können es doch wenigstens versuchen.«

✳✳✳

Müde ließ ich mich auf mein rotes Sofa plumpsen. Doch ich fand keine Ruhe. Stand wieder auf und suchte in meinem Rucksack herum. Fand die Fotos und die Liste mit Bellas Freunden, die Angela Brissano mir gegeben hatte. Und setzte mich zurück aufs Sofa, die beiden Fotos in der Hand.

Ich betrachtete das Gesicht, das mir von einem der Fotos entgegenlachte. Ein frisches, unverbrauchtes Gesicht mit den rundlichen, unausgeprägten Formen eines jungen Mädchens, das seinen Babyspeck noch nicht ganz losgeworden war. Ihr Teint hatte die zarte Olivtönung der Süditaliener. Das dunkle, glatte Haar und die leicht gebogene Nase erinnerten stark an ihre Mutter. Ihre Augen jedoch leuchteten in einem überraschend intensiven Blau. Bella trug ihren Namen zu Recht. Noch ein paar Jahre, etwas mehr Reife, und sie würde eine richtige Schönheit sein.

Falls sie überhaupt noch lebte.

Mein Versprechen drückte mir schwer auf den Magen. Wie anfangen? Und wo? Sofort bei den Freundinnen anrufen? Besser nicht. Das Telefon war nicht gerade mein beliebtestes Medium, um mit Fremden Kontakt aufzunehmen. Und planlosen Aktionismus mochte ich schon mal gar nicht. Jetzt am Abend würde ich also nichts mehr ausrichten. Ich konnte nur nachdenken und mir das weitere Vorgehen zurechtlegen.

Ich stand auf und rückte dem Chaos in meiner Bude energisch zu Leibe. Dübelte eine Leiter mit einem Winkel an die Wand, räumte Kisten leer und dachte nach. Zwei Stunden später waren die Bücher eingeräumt. Die Klamotten, mit denen ich die schweren Bücherkisten aufgefüllt hatte, türmten sich in Ermangelung des Kleiderschrankes als unordentlicher Haufen vor der leeren Wand im Schlafzimmer. Und ich hatte zumindest eine vage Vorstellung davon, wie ich weiter vorgehen wollte in Sachen Bella Brissano.

Zum wiederholten Mal knurrte mein Magen, dieses Mal zum Steinerweichen. Kein Wunder. Nur ein paar Kekse zum Frühstück. Also vegetarische Türkenpizza beim Istanbul-Grill.

Mit der in Alu gewickelten Rolle in der Hand schlenderte ich über meine neue Peripherie. Na ja, so ganz neu nun auch nicht. Ich hatte oft genug hier eingekauft, seit ich mit Max zusammen war. Nun aber wohnte ich hier. Direkt um die Ecke. Ab sofort war das ein Heimspiel.

Es war das erste Mal, dass ich mich über die absurd langen Ladenöffnungszeiten freute. Neuerdings hatten die großen Supermarktketten fast alle bis zweiundzwanzig Uhr geöffnet. So auch der Lebensmittelladen auf der Gemarkenstraße. Kurz vor Ladenschluss deckte ich mich mit den wichtigsten Vorräten ein. Auch mit Katzenfutter. Clydes Biss am Morgen hatte gewirkt.

Wieder zu Hause, streckte mich auf dem Sofa aus. Ich war entsetzlich müde. Doch Bellas Bild schob sich hartnäckig vor mein inneres Auge und ließ mir keine Ruhe. Und eine weitere Frage drängte sich in den Vordergrund. Was passierte eigentlich, wenn ein Mensch als vermisst gemeldet wurde? Wie ging die Polizei in einem solchen Fall vor?

Spontan wollte ich zum Hörer greifen und meine mehr oder weniger guten Kontakte zur Polizei spielen lassen. Zu Bea Hellebrosch, mit der ich jahrelang Qi Gong gemacht hatte, ohne zu wissen, dass sie bei der Kripo Essen war. Bis sie mich eines schönen Tages damit konfrontiert hatte. Sie stand meinen detektivischen Tätigkeiten sehr viel skeptischer gegenüber als ihr Freund Reinhold Schütte von der Kripo Bochum. Und machte mich immer zur Schnecke, wenn sie mitbekam, dass ich mal wieder privat ermittelte. Reinhold Schütte hingegen zollte mir sogar so etwas wie Anerkennung dafür, dass ich immerhin schon zwei Verbrechen aufgeklärt hatte. Reine Notwehr im ersten Fall. Schließlich war ich selbst verdächtigt worden. Von Bea *und* Schütte. Aber das war Schnee von gestern. Mittlerweile zählte ich nicht nur Bea, sondern auch Schütte zu meinen Freunden.

Ein Blick auf die Uhr verriet mir jedoch, dass es keine gute Idee wäre, mich jetzt noch zu melden. Das würde ich gleich morgen früh erledigen, noch bevor ich dem Maria-Wächtler-Gymnasium einen Besuch abstattete.

Ich stellte mir diesen Besuch dort im Sekretariat vor. *Hallo, ich bin Toni Blauvogel und ...* Und was? Ermittele? Als was? Warum? Und durfte ich das überhaupt?

Das sollte ich vorher klären. Jetzt. Sofort. Ich konnte ohnehin nicht schlafen, todmüde hin, todmüde her.

Leider war mein Rechner noch nicht aufgebaut. Und Max' PC war mit einem Passwort geschützt. Ich fluchte, als ich hinter den Schreibtisch kroch und die Geräte mit den zugehörigen Kabeln verband.

Zwanzig Minuten später war ich im Netz.

Ich war verblüfft über das, was ich dort erfuhr. Denn Privatdetektiv ist kein geschützter Beruf in Deutschland. Es gibt keine Lizenz, keine Sonderrechte und keine hoheitlichen Befugnisse für diesen Berufsstand. Diese Spezies arbeitet mit nichts anderem als den sogenannten Jedermannsrechten, den Rechten, die allen gleichermaßen zustehen. Dazu zählt auch die Jedermanns-Festnahme.

Ich runzelte die Stirn. Was, zum Teufel, war das schon wieder? Konnte jeder jeden festnehmen? Wohl kaum. Ich googelte weiter.

Jedermanns-Festnahme, so erfuhr ich, bedeutete tatsächlich, dass eine Privatperson einen anderen Menschen kurzfristig und mit angemessenen Mitteln festhalten kann, zum Beispiel, um diesen Menschen an einer Straftat zu hindern oder zu verhindern, dass er sich nach einer Straftat davonmacht.

Hört, hört! Da könnte ich also tatsächlich jeden festhalten, der mir blöde kommt. Ich grinste sarkastisch über diese Vorstellung und wandte mich wieder dem Hauptthema zu. Den Privatdetektiven.

Normale Gewerbetreibende, stand da zu lesen. Laut Gewerbeordnung dem überwachungsbedürftigen Gewerbe, auch Vertrauensgewerbe genannt, zuzuordnen. Überwachungsbedürftiges Gewerbe? Vertrauensgewerbe? Grässliche Worte! Ich schüttelte mich. Die Aufschlüsselung der zugehörigen Berufe dieses Gewerbezweiges verschob ich auf unbestimmte Zeit. Musste was mit Bewachen zu tun haben, mit Personenschutz, mit Überprüfen, Kontrollieren, Herausfinden.

Ich widmete mich weiter dem Berufsbild des Detektivs. Und staunte nicht schlecht. Denn es gibt in Deutschland keine Ausbildungsregeln dafür. Und warum? Weil das Berufsbildungsgesetz diesen Beruf gar nicht kennt! Zwar bietet die IHK einen Fortbildungslehrgang zur Fachkraft Detektiv an, die mit einer Zertifizierung abschließt. Aber für die Teilnahme an diesem Lehrgang braucht man keine Referenzen oder Vorkenntnisse außer einer vorausgesetzten »persönlichen Eignung«, die mehr als vage formuliert und nicht weiter spezifiziert ist.

Es kann also jeder, der um die viertausend Euro auf den Tisch legen kann und nicht auffällig verhaltensgestört ist, diesen sechsmonatigen Lehrgang besuchen und eine IHK-Zertifizierung erwerben, die man aber nicht mal braucht, um sich Privatdetektiv zu schimpfen.

Als letzten I-Tupf bekam ich noch eine Zahl an die Hand. Ungefähr tausend Schnüffler arbeiten derzeit in Deutschland. Ob IHK-zertifiziert oder nicht, konnte ich dem Netz leider nicht entnehmen.

Genug für heute! Feierabend. Ich startete eine Playlist und freute mich, dass ich doch noch die Kurve bekommen hatte, den Rechner aufzubauen. So konnte ich jetzt Musik hören. Amy Winehouse, die in *Back to Black* von High Heels sang, oder Katie Meluas *Spiders Web*. Danach stand mir jetzt der Sinn. Schön kuschelig und leicht verrucht. Und noch etwas wollte ich: Wein und Chips!

Also ging ich erneut in die Nachbarwohnung, lieh mir Korkenzieher, Weinglas und Schüssel aus Max' Küche, entkorkte den Tempranillo, den ich soeben gekauft hatte, und freute mich an dem verheißungsvollen Knistern beim Öffnen der Chipstüte.

Salute, Blauvogel! Ich grinste albern, während ich auf imaginären Stöckelschuhen meine Hüften im langsamen Takt des Blues wiegte. Salute, prostete ich meinem Bild zu, das sich in den dunklen Glasscheiben des Wohnzimmerfensters spiegelte. Küss die Hand, Frau Schnüfflerin. Willkommen im neuen Berufsstand. Ich durfte mich, ohne rot zu werden, Privatdetektiv nennen! Das war echt stark. Bea konnte sich ihre ewig gleichen Predigten jetzt sonst wohin stecken.

Ich ließ mich wieder auf mein Sofa fallen und stopfte eine Handvoll Chips in mich hinein.

Es gab nur einen einzigen kleinen Schönheitsfehler, sinnierte ich weiter, während ich dem nächsten Glas Wein zu Leibe rückte. Nämlich dass ich kein Gewerbe angemeldet hatte. Also war ich ein schwarz arbeitender Privatdetektiv, oder? Krachend kaute ich eine weitere Handvoll der frittierten Kartoffelscheiben.

Andererseits war ich im Rahmen der Nachbarschaftshilfe engagiert worden. Der VNH Essen-Süd ist ein gemeinnütziger Verein. Meine Dienstleistung war also nicht steuerpflichtig, denn ich nahm ja kein Geld dafür.

So langsam begann mir die Sache Spaß zu machen. An das verschwundene Mädchen dachte ich nicht mehr. Und das war auch gut so, für heute Abend jedenfalls. Die Geschichte würde mich noch genug Nerven kosten.

Mit Bonnie auf dem Bauch und Clyde eng an meine Seite gekuschelt, schlief ich auf dem Sofa ein.

ZWEI

Früh um halb acht rief ich im Sekretariat des Maria-Wächtler-Gymnasiums an und bat um einen Termin mit der Direktorin.

»In welcher Angelegenheit wollen Sie sie sprechen?«, fragte die Sekretärin. Sie schien schwer erkältet.

»Ich ermittle wegen des Verschwindens einer Ihrer Schülerinnen, Bella Brissano.«

»Schon wieder die Polizei?« Ihre Stimme klang jetzt nicht nur schwer erkältet, sondern auch schwer ablehnend.

»Nein. Ich bin ...« Das Wort Privatdetektiv wollte mir doch nicht so recht über die Lippen. »Ich ermittle privat im Auftrag von Angela Brissano. Da die Polizei offensichtlich nicht weiterkommt, hat sie mich eingeschaltet.«

Die Sekretärin seufzte genervt.

»Das junge Mädchen ist verschwunden«, drängte ich. »Angela Brissano hat große Angst um ihre Tochter. Ich will ja nicht behaupten, dass ich es besser kann. Aber vielleicht stelle ich andere Fragen als die grünen Freunde und Helfer.«

Sie gab mir einen Termin für elf Uhr.

Mein zweiter Anruf galt der Polizei. Ich entschied mich wohlweislich für Schütte. Nicht Bea, die mich vermutlich erst mal abkanzeln würde. Und ohne die weinselige Stimmung der gestrigen Nacht fühlte ich mich nicht stark genug, mit meinen neu gewonnenen Erkenntnissen über private Schnüffler zu kontern.

Mit einem mulmigen Gefühl in der Magengrube wartete ich darauf, dass Schütte abhob.

»Sag, Reinhold, was unternimmt die Polizei eigentlich, wenn eine Person als vermisst gemeldet wird?«, fiel ich mit der Tür ins Haus.

»Nun, kommt darauf an, wie alt die Person ist«, sagte Schütte verblüfft. »Wie geht es dir, Reinhold? Lange nichts mehr von dir gehört«, flötete er mit verstellter Stimme und fuhr dann fort: »Ich freu mich auch, mal wieder von dir zu hören, Toni!«

»Sorry«, sagte ich zerknirscht. »Aber ich muss das wirklich wissen. Und da dachte ich ...«

»Schon gut. Höflichkeit ist nun mal nicht deine Stärke.« Ich hörte förmlich, wie er grinste. »Also, was willst du wissen?«

»Was genau die Polizei unternimmt, wenn eine Person verschwunden ist.« Ich war erleichtert, dass er mir den uncharmanten Überfall nicht weiter krumm nahm.

»Wie schon gesagt: Es kommt drauf an, ob die Person volljährig ist oder nicht. Aber dazu muss die Person erst mal vermisst werden. Das heißt, jemand muss sie offiziell als vermisst melden.«

»Einleuchtend«, stimmte ich zu.

»Wenn ein Mensch vermisst gemeldet wird, dann gibt es drei Fragestellungen«, fuhr Reinhold fort. »Genauer gesagt, vier. Erstens: Hat die Person ihr gewohntes Umfeld komplett verlassen, also Wohnung, Arbeit, Freizeitkurse, Kneipen, in die sie regelmäßig geht, und so weiter. Das Lebensumfeld halt. Zweitens: Weiß wirklich niemand in ihrem Umfeld, wo sie sich aufhält?«

»Hm«, machte ich zustimmend.

»Das allein reicht aber noch nicht. Die Polizei wird erst dann aktiv, wenn drittens der begründete Verdacht besteht, dass sich diese Person in Gefahr befindet, sie also selbstmordgefährdet ist oder Opfer einer Straftat oder eines Unfalles geworden ist oder werden kann. Oder wenn sie hilflos ist. Ein alter Mensch beispielsweise, der verwirrt ist und deshalb vielleicht orientierungslos. So was in der Art.«

»Aha«, sagte ich. »Aber ein Verschwinden kann doch auch andere Gründe haben. Jemand hat einfach die Schnauze voll und haut ab.«

»Stimmt. Der berühmte Satz ›Ich geh eben mal Zigaretten holen‹«, witzelte Reinhold. »Das macht die Sache bei erwachsenen Menschen ja auch so schwierig. Es kann Streit mit dem Liebsten gegeben haben, Krach mit dem Chef, jemand kann was ausgefressen haben und deshalb das Weite suchen ...«

»Also muss da vermutlich erst mal genau hingeguckt werden«, schloss ich.

»Ja. Denn grundsätzlich darf ein Erwachsener frei entscheiden, wo er sich aufhalten will. Nur bei Jugendlichen, also nicht volljährigen Menschen, ist das anders. Die haben diese Entscheidungsfreiheit nämlich nicht.«

»Was heißt das genau?«, fragte ich neugierig.

»Das heißt, dass die Rechtsgrundlage für das Eingreifen der Polizei eine andere ist. Und damit bin ich bei Punkt vier. Bei Minderjährigen wird immer von einer ›Gefahr für Leib und Seele‹ ausgegangen, wenn sie plötzlich verschwinden und niemand weiß, wo sie stecken.«

»Gilt das grundsätzlich für alle Minderjährigen? Oder wird da auch noch unterschieden? Also, ich meine, ob die Person wirklich noch ein Kind ist oder bereits ein Teenager kurz vor der Volljährigkeit?«

»Ich denke schon, dass das einen Unterschied macht. Bei Kindern bis zum Alter von vierzehn wird vermutlich noch mal anders reagiert als bei Jugendlichen oder einem Menschen, der in drei Monaten achtzehn wird. Bei jungen Mädchen vermutlich ebenfalls anders als bei Jungs. Wegen der Statistiken. Mädchen werden halt doch öfter Opfer eines Gewaltverbrechens. Aber im Detail weiß ich das auch nicht. Ist nicht mein Ressort. Warum interessierst du dich dafür?«

»Im Bekanntenkreis ist ein fünfzehnjähriges Mädchen verschwunden«, sagte ich bedrückt. »Seit Samstagnacht.«

»Dann wurde sie doch sicher schon als vermisst gemeldet«, wandte Schütte ein.

»Ja. Natürlich. Ich wollte nur wissen, was dann passiert. Von offizieller Seite, meine ich.«

»Auch hier macht es einen Unterschied, ob der Vermisste erwachsen oder minderjährig ist«, erläuterte Schütte. »Zunächst einmal wird natürlich versucht, die Person zu finden. Ist das erfolgreich, wird ein Erwachsener gefragt, ob er einverstanden ist, wenn sein Aufenthaltsort bei der Person bekannt gegeben wird, die ihn als vermisst gemeldet hat. Ist er es nicht, wird sein Aufenthaltsort auch nicht preisgegeben – es sei denn, es besteht Gefahr für andere oder für ihn selbst.«

»Du meinst, wenn einer nicht alle Tassen im Schrank hat ...«, warf ich flapsig ein.

»Du hast nicht zugehört.« Schüttes Stimme klang vorwurfsvoll. »Das allein reicht nicht. Gefahr im Verzug für sich oder andere, *capito*?«

»Schon gut, schon gut. Ich hab's ja kapiert. Mach weiter!«

Ich hörte, wie er seufzte. »Also, wo war ich stehengeblieben?«

»Erwachsene werden gefragt, ob sie wollen, dass ihr Aufenthaltsort bekannt gegeben wird«, fasste ich zusammen. »Wenn sie ungefährlich sind und oder definitiv alle Tassen im Schrank haben. Mit den Erwachsenen sind wir jetzt also fertig!« Gut, dass er mein boshaftes Grinsen nicht sehen konnte.

»Ah ja. Genau. Die Jugendlichen dagegen werden grundsätzlich erst mal in polizeilichen Gewahrsam genommen. Dann werden die Eltern informiert.«

»Und wie wird eine Person gesucht? Wie macht ihr das überhaupt?«

»Ich denke, das kommt ganz auf die Einschätzung der Lage an«, erklärte Schütte jetzt wieder bereitwillig. So, als würde er sich gerne in das Thema hineindenken. »Ist Gefahr im Verzug, werden großflächige Suchaktionen durchgeführt. Meistens werden dazu alle verfügbaren Kräfte zusammengezogen, Bereitschaftspolizei, Hundestaffeln, andere Polizeidienststellen. Auch örtliche Rettungsdienste wie z. B. Feuerwehr oder Wasserschutz.«

Vor meinem inneren Auge tauchten Bilder auf, wie ich sie in etlichen Fernsehkrimis gesehen hatte: Ketten von Menschen, die, mit Stöcken bewaffnet, ganze Waldstücke durchforsteten, unterstützt von Hunden und Hubschraubern. Was aber machte man in einer Großstadt wie Essen? Wo es keine Waldstücke gab, oder zumindest nur wenige.

»Die Nachbarschaft abklappern«, sagte Schütte auf meine Frage hin. »Alle aufsuchen, die auch nur annähernd irgendwas mit der gesuchten Person zu tun hatten. Und auch in einer Großstadt kann man mit Hundestaffeln und Infrarotkameras Keller durchsuchen, Schuppen, Gärten ...«

»Aber doch nicht ohne Durchsuchungsbeschluss«, wandte ich ein.

»Bei Gefahr im Verzug geht das schon. Wenn beispielsweise ein Kind verschwunden ist.«

»Bei einer Fünfzehnjährigen würde man das vermutlich nicht gleich machen«, sagte ich nachdenklich.

»Kommt ganz darauf an«, sagte Schütte. »Wenn sie tatsächlich seit zwei Tagen ohne einen Hinweis auf ihren Verbleib verschwunden ist, wird man das sicherlich tun – oder bereits getan haben. Es sei denn, es gibt Anzeichen dafür, dass sie durchgebrannt ist. Liebeskummer, Krach mit den Eltern, Schulzeugnis vergeigt. Du ahnst ja gar nicht, wie viele Teenager aus solchen Gründen für eine Weile verschwinden.«

Da hatte er recht. Das ahnte ich wirklich nicht. »Wie viele denn?«, fragte ich also.

»Das weiß ich ehrlich gesagt auch nicht«, antwortete Schütte. »Aber es sind wirklich viele. Ein Großteil taucht irgendwann quicklebendig wieder auf, die wenigsten fallen einer Straftat zum Opfer. Ich kann mich erkundigen, wenn du möchtest. Damit du beruhigt bist. Gib mir eine halbe Stunde, ja?«

Während ich auf den Rückruf wartete, begann ich, kleine weiße Gardinenröllchen an den roten Vorhängen anzubringen, die ich mir fürs Wohnzimmer gekauft hatte. Ich war noch nicht fertig damit, als das Telefon bereits wieder klingelte.

»Im groben Schnitt sind es etwas mehr als 14.000 Fälle pro Jahr«, sagte Schütte. »Und weit über neunzig Prozent werden aufgeklärt.«

Ich wusste nicht so recht, warum mich das nicht unbedingt beruhigte, aber fürs Erste hatte ich genug gehört. Ich bedankte mich bei Schütte und versprach, ihn auf dem Laufenden zu halten.

Dann wählte ich die Nummer von Angela Brissano.

»Ich brauche bitte noch so etwas wie eine Ermächtigung von Ihnen. Also ein Papier, auf dem steht, dass Sie mich beauftragt haben, Ihre Tochter zu suchen.«

»Wie soll das denn aussehen?«, fragte sie hilflos.

Ich überlegte kurz. »Lassen Sie, ich mach das schon. Sie müssen es dann nur noch unterschreiben, ja? Sind Sie im Restaurant?«

»So früh noch nicht.« Ihre Stimme klang müde. Kein Wunder. Vermutlich hatte sie kaum geschlafen. Sie gab mir ihre Privatadresse, während ich bereits den Computer hochfuhr.

Eine Weile kreiste ich ums Karree, bevor am Rüttenscheider Schwimmbad endlich eine Parklücke frei wurde. Kurz darauf stieg ich die steinernen Treppen am Haupteingang des Maria-Wächtler-Gymnasiums hinauf. Und schon umfing mich dieser spezifische Geruch, den ich Zeit meines Lebens mit Schule in Verbindung bringen werde. Es stank nicht. Es dünstete. Ein schwer definierbares Gemisch aus warmer, abgestandener Luft, feuchten Klamotten, gebohnertem Linoleum und diesem seltsamen Dunst, der Kinder und Jugendliche umweht, die sich nicht regelmäßig waschen. Dieser Geruch versetzte mich augenblicklich in eine andere Zeit. Ich fühlte mich seltsam unsicher. Fragil. Nicht erwachsen. Und ich fürchtete mich vor der Begegnung mit der Direktorin.

Rita Melchor sah nicht aus wie eine Direktorin. Jedenfalls nicht so, wie ich die Schulleitung von früher im Kopf hatte.

Sie war jünger als erwartet, noch dazu deutlich jünger als ich selbst, und wirkte weder streng noch bieder. Im Gegenteil. Mit den hohen Overknee-Stiefeln und ihrem knielangen, schmal geschnittenen Wildlederrock, der ihre schlanke Figur gut zur Geltung brachte, ohne auch nur annähernd ordinär zu wirken, war sie so flott gekleidet, dass sich bei der Samstags-Disco im ‚Bahnhof Süd' die meisten Männer den Kopf nach ihr verrenkt hätten. Dennoch verströmte sie die Autorität eines Menschen, der viele Dinge zu entscheiden hat und dies auch kompetent tut.

»Womit kann ich helfen?«, fragte sie freundlich. »Meine Sekretärin sagte mir, Sie suchen im Auftrag von Angela Brissano nach Bella.«

»Das ist richtig.« Ich zeigte ihr die Ermächtigung, die Angela Brissano eben in deren Wohnung nahe dem Stadtwaldplatz unterschrieben hatte.

»Das arme Mädchen.« Rita Melchor schüttelte sacht den Kopf. »Ich kann es immer noch nicht fassen, dass sie verschwunden ist.«

»Leider doch, und das nun bereits den dritten Tag.«

»So was ist ein Alptraum für jede Schule«, sagte Rita Melchor leise und massierte ihre Nasenwurzel. »Sie ahnen nicht, was hier zurzeit los ist!«

Fragend hob ich eine Braue. Ich hatte tatsächlich keine Vorstellung davon.

»Schlimm genug, dass das Mädchen verschwunden ist. Aber nicht nur das, es ist auch nahezu unmöglich, sich auf den Schulalltag zu konzentrieren. Gestern war die Polizei den ganzen Tag im Haus. Heute dann die Anrufe besorgter Eltern. Pausenlos klingelt das Telefon. Und nun auch noch Sie. Die Schüler, insbesondere die der Oberstufe, rennen herum wie eine aufgeschreckte Schafherde!«

»Es tut mir leid. Aber irgendwo muss man beginnen. Bella ging nun mal hier zur Schule, und ihre Freundinnen tun es auch. Es ist das gute Recht von Angela Brissano, private Ermittler einzusetzen, wenn die Polizei nicht vorankommt.«

Was rede ich hier nur, dachte ich entsetzt. Wie komme ich bloß auf den Gedanken, dass ich schneller zum Ziel kommen könnte als die Polizei?

»Natürlich. Das weiß ich ja.« Rita Melchor lächelte mich an. Es war ein müdes Lächeln. Dunkle Ringe um ihre Augen herum bezeugten, dass auch sie nicht viel geschlafen hatte. »Heute Nachmittag haben wir eine kurzfristig einberufene Lehrerkonferenz«, sagte sie. »Vielleicht möchten Sie auch kommen? Dann haben Sie alle Lehrer auf einen Schlag beisammen.«

»Worum geht es bei dieser Konferenz?«, fragte ich neugierig.

»Wir wollen besprechen, wie wir als Lehrkörper mit der Situation umgehen wollen. Ob Bella nun lebt oder ob sie tot ist: Wir müssen uns als Pädagogen der Situation stellen, so oder so.«

Ich wusste nicht, was ich darauf sagen sollte. Rita Melchor schien außerdem noch etwas auf dem Herzen zu haben. Also schwieg ich.

»Vor Jahren«, begann sie zögerlich, »gab es an einer Schule im Essener Süden einen ähnlichen Fall. Ich war damals Referendarin. Ein Mädchen verschwand. Bald stellte sich heraus, dass sie entführt worden war.«

»Es gibt keinen Erpresserbrief oder einen entsprechenden Anruf«, sagte ich bestimmt.

»Das Lösegeld wurde bezahlt, und das Mädchen«, fuhr Rita Melchor fort, »wurde wieder auf freien Fuß gesetzt.«

»Na, dann war doch alles in Ordnung!«

Ein vernichtender Blick traf mich.

»Das Mädchen war drei Tage lang in einem dunkeln Verlies festgehalten und mehrfach vergewaltigt worden.« Sie schnaubte empört durch die Nase. »Was daran in Ordnung sein soll, weiß ich wirklich nicht.«

»Das wusste ich nicht«, sagte ich betreten. »Entschuldigen Sie bitte, das war wirklich blöd von mir. Es reicht ja schon, tagelang in einem Loch gefangen gehalten zu werden, selbst ohne ...« Ich schluckte, um den Kloß im Hals loszuwerden, der plötzlich in meiner Kehle saß.

»Schon gut. Das Mädchen kam damals nach einiger Zeit wieder zurück in ihre alte Klasse. Sie wollte das gerne.« Rita Melchor sprach langsam, während sie in ihren Erinnerungen grub. »Natürlich war sie in klinischer und psychologischer Betreuung. Sie wollte einfach nur zurück in ihr normales Umfeld, in ihren gewohnten Lebensrhythmus. Nur dass nichts mehr normal war. Für sie nicht und auch nicht für die anderen. Denn jeder wusste ja schließlich, was mit ihr passiert war.«

Mir lief es kalt den Rücken runter, und ich musste wieder schlucken. »Das meine ich mit ›so oder so‹. Die Schule hat ein massives Problem. Denn was auch passiert ist, es wird für alle Schüler vermutlich sehr schwer werden, damit umzugehen. *Weil* ihr etwas passiert ist, verstehen Sie? Irgendetwas ist dem Mädchen passiert. Oder wurde ihr angetan. Deshalb die Lehrerkonferenz.«

»Vielleicht ist sie ja nur abgehauen«, sagte ich schnodderiger, als ich wollte. »Oder sie ist auf die schiefe Bahn geraten. Vielleicht hat sie auch einfach nur einen netten Jungen kennengelernt und sich mit ihm gemütlich für ein paar Tage ins Bett verkrochen. Die Hormone spielen manchmal verrückt in dem Alter. «

»So ein Quatsch«, entfuhr es Rita Melchor. »Genau das glaube ich nicht. Bella war eine ernsthafte, sehr engagierte Schülerin mit einer großen Begabung für Sprachen. Sie wollte das bilinguale Abitur machen. Oh Gott«, sagte sie erschrocken und schlug die Hände vor ihr Gesicht, »warum spreche ich bloß in der Vergangenheit von ihr?«

»Bilingual, was ist das denn?«, fragte ich, nicht zuletzt, um sie von ihrer eigenen undankbaren Frage wegzulotsen.

»Zweisprachiger Unterricht.« Dankbar griff sie das Stichwort auf.

»Zweisprachig?« Ich war verblüfft. Davon hatte ich noch nie gehört.

»Ab der fünften Klasse haben die Schüler zwei Jahre lang verstärkten Englischunterricht. Ab der siebten Klasse gibt es dann Fächer, die in der Fremdsprache unterrichtet werden. Erdkunde, Biologie oder Politik. Die Schüler des bilingualen Zweigs haben mehr Wochenstunden als andere Schüler. Sie erlernen durch den Fachunterricht auf Englisch ein sehr viel breiteres Vokabular als im normalen Englischunterricht, und natürlich auch einen anderen Umgang mit der Sprache. Das Abitur wird ebenfalls zweisprachig durchgeführt.«

»Das klingt toll. So etwas hat es in meiner Schulzeit leider nicht gegeben.«

Rita Melchor musterte mich mit offenem Blick. »Machen Sie sich nicht älter, als sie sind«, sagte sie lächelnd. »Es war nur noch nicht sehr weit verbreitet. Unser Gymnasium war 1972 das erste Gymnasium in Nordrheinwestfalen, an dem der deutsch-englische Bildungsgang eingerichtet wurde. Und das mit großem Erfolg. Schüler mit bilingualem Abschluss haben es in der Regel sehr viel leichter, später eine Anstellung in der Wirtschaft zu bekommen, gerade jetzt, im Zuge der Globalisierung.« Leiser Stolz schwang in ihrer Stimme mit.

Ich nickte zustimmend.

»Wie dem auch sei. Die Teilnahme an diesem Ausbildungsweg erfordert eine größere Leistungsbereitschaft von den Kindern. Und Bella erwies sich als sehr engagiert. Sie hat immer hervorragende Leistungen gebracht.«

Bewundernswert, die Frau! Sie hatte sich wieder vollkommen in der Gewalt. Auch wenn sie schon wieder in der Vergangenheitsform von Bella sprach.

»Ich schlage vor, sie kommen heute um siebzehn Uhr zu der Lehrerkonferenz. Außerdem wollen sie sicher mit Bellas Freundinnen sprechen.«

Ich nickte.

Rita Melchor drehte sich schwungvoll zu ihrem PC, klickte ein paarmal mit der Maus und studierte dann konzentriert den Bildschirm.

Ich hörte, wie sie lautstark mit dem Rädchen der Maus scrollte.

»Die Klasse hat jetzt Sport«, informierte sie mich schließlich. »In zwanzig Minuten ist der Unterricht vorbei. Ich begleite Sie dann hinüber. Möchten Sie vorher vielleicht noch eine Tasse Kaffee?«

∗∗∗

Drei Grazien, dachte ich, als ich die Mädchen sah. Sie standen vor dem an die Turnhalle angebauten offenen Geräteraum, in dem sich Kasten und Barren neben Bock und Trampolin drängten. Und augenblicklich revidierte ich mein Urteil.

Hübsch, ja. Aber definitiv keine Grazien. Irgendwie berührten sie mich, wie sie da in ihren schrillbunten Sportklamotten vor mir standen, verlegen, mit den etwas ungelenken Bewegungen junger Mädchen, die sich ihrer Körperlichkeit zwar bewusst waren, sie aber noch nicht als etwas Positives empfanden.

Vielleicht berührten sie mich aber auch, weil ich mich plötzlich wieder daran erinnerte, wie wichtig meine Freundinnen damals für mich gewesen waren, als ich selbst jung, verletzlich und orientierungslos und doch voll von Erwartung war. Ich hatte die ersten Küsse – alles andere als schön –, die ersten Verliebtheiten, die Träume, Erwartungen und Enttäuschungen mit ihnen geteilt und erinnerte mich an endlose Telefonate, an die Begutachtung und Interpretation jedes Satzes, jeder Geste, jedes Blickes – natürlich nur von Jungs, die mich interessierten. An viel Gekicher und dieses unglaublich vertraute Gefühl, das nur junge Mädels untereinander entwickeln, die Freud und Leid in einer Phase teilen, in der alles so unglaublich intensiv ist. So neu. So unbekannt.

Sie rührten mich an, und gleichzeitig war ich heilfroh, dass ich selbst mich nicht mehr in diesem undankbaren Alter befand.

Mareike Tesch war Bellas beste Freundin. Das wusste ich bereits von Angela Brissano. Und dann waren da noch Gudrun Heckel und Sandra Gutenberg. Sie tauschten unsichere Blicke, als die Direktorin uns einander vorstellte.

»Frau Blauvogel ist Privatdetektivin«, sagte Rita Melchor, und augenblicklich wollte ich in Grund und Boden versinken, der weinseligen Stimmung vom Vorabend zum Trotz.

Sie schien es nicht zu bemerken. »Bellas Mutter hat sie engagiert«, fuhr sie fort. »Ich weiß, dass die Polizei euch schon eine Menge Fragen gestellt hat. Aber«, jetzt lächelte sie freundlich, »andere Menschen, andere Fragen. Seid so lieb!«

Sie machte ihre Sache wirklich gut, fand ich. Privatdetektiv hin, Privatdetektiv her. Das war schließlich auf meinem eigenen Mist gewachsen.

Ich hievte mein Hinterteil auf das Pferd, dieses seltsame, lederne, hochbeinige Teil mit den beiden Holzgriffen, an dem ich in jungen Jahren stets kläglich versagt hatte. Und war froh, dass ich nicht wieder abrutschte, als ich mich hinaufstemmte.

Andere Baustelle, Blauvogel, mahnte ich mich und richtete den Focus erneut auf die drei ungrazienhaften Grazien.

»Ihr seid mit Bella befreundet«, begann ich, um eine behutsame Einleitung bemüht. »Sie hat sich bisher immer noch nicht gemeldet? Bei keiner von euch?«

Die Mädchen schüttelten verneinend den Kopf. Unisono, wie seinerzeit beim Synchronschwimmen.

»Keine SMS, kein Anruf?«

Ich versuchte, mit jeder von ihnen Blickkontakt aufzunehmen. Es gelang mir nicht. Also schwieg ich erst mal und musterte sie stattdessen neugierig. Zwei hatten diese dünne, streichholzähnliche Figur, wie sie viele junge Mädchen in diesem Alter haben. Die dritte war kurvenreich und sah so aus, als ob sie viel lieber Streichholz gewesen wäre. Zu viel Rubens, fand sie vermutlich. Dabei war sie entschieden die Reizvollste der werdenden Frauen. Wenn ich es richtig behalten hatte, war das Gudrun.

»Und wie steht's mit Chats?«, fragte ich versuchsweise. Nicht, dass ich mich damit auskannte. Aber eine Freundin hatte mir erzählt, dass das heute zum normalen Schüleralltag dazugehörte.

Ich registrierte, wie das Rubensmädchen den Blick senkte bei dieser Frage. Eine der beiden anderen ergriff das Wort.

»Wir haben echt nichts mehr von ihr gehört, seitdem sie am Samstag aus der Rübe weg ist.«

»Entschuldige bitte«, sagte ich. »Mareike? Oder Sandra? Ich habe mir das eben auf die Schnelle nicht merken können.«

»Sandra«, sagte sie, eine Spur von Hochnäsigkeit in der Stimme. Sandra brünett, Mareike blond, notierte ich im Hinterkopf. Gudrun rubens.

»Die Rübe, das ist ein Jugendzentrum?«

Sandra nickte. »Ja. In Rellinghausen. Rübezahlstraße.«

Ah. Auch ich nickte, denn die Straße war mir nicht unbekannt. »Sie soll überraschend früh gegangen sein, hat mir Angela Brissano gesagt. Weiß einer von euch, warum?«

Mir schien, als würden die Mädels verstohlen Blicke untereinander austauschen, schnell und flüchtig.

»Nein.« Wieder war es Sandra, die das Wort ergriff. »Sie hat nur gesagt, dass sie weg muss.«

»Wohin, hat sie nicht gesagt?«

Erneutes Kopfschütteln.

»War sie noch mit jemandem verabredet? Hatte sie vielleicht einen Freund?«

»Hören Sie!« Sandra war plötzlich sichtlich genervt. »Das hat die Polizei uns doch auch schon tausendmal gefragt. Wir wissen es nicht. Sie stand plötzlich mit Jacke und Mütze vor uns und sagte, sie würde abhauen.«

»War das normal, dass sie früher ging?«

»Nein«, sagte Sandra grantig. Der flüchtige Blick, den sie mit den anderen tauschte, schien Einverständnis zu suchen. »Eigentlich ist sie auch immer bis zum Ende geblieben.«

»Das geht bis Mitternacht, hab ich recht?«

»Bis Mitternacht, ja.«

»Wie kommt ihr dann nach Hause?«

»Mit dem Nachtexpress.«

»Der NE6 fährt über das Südviertel«, ergänzte Gudrun.

Ich überlegte. Die Mädels wohnten irgendwo in der Nähe der Schule, hatte ich noch in Erinnerung. Aber Bella?

»Fährt der denn auch über den Stadtwaldplatz?«, fragte ich.

»Nee.« Sandra verdrehte die Augen über so viel Unwissenheit. »Über die Rellinghauser. Warum wollen Sie das denn wissen?«

»Ich will wissen, wie Bella nach Hause kam, wenn der Bus über die Rellinghauser fährt«, fuhr ich sie an. »Der Stadtwaldplatz liegt in einer anderen Richtung.«

»Mit dem Fahrrad.« Für einen flüchtigen Augenblick sah ich so etwas wie Trotz in Sandras Augen. »Ist doch nicht weit. Durch die Nebenstraßen sind es gerade mal fünf Minuten. Manchmal hat sie uns auch bis zur Haltestelle begleitet und ist dann einfach die Frankenstraße rauf. Nachts ist da ja nicht so viel Verkehr. Wenn es richtig kalt war oder geregnet hat, ist sie zu Fuß gegangen.«

Ich stellte mir eine Fünfzehnjährige vor, wie sie um Mitternacht durch die Nebenstraßen von Rellinghausen in unmittelbarer Nähe zum Waldrand bis zum Stadtwaldplatz lief. Möglich war es. Aber war es auch ungefährlich?

»Und Samstag? War sie da mit dem Fahrrad oder zu Fuß unterwegs?«

Sandra zuckte die Schultern. »Keine Ahnung. Sie ist doch früher gegangen.«

»Habt ihr vielleicht eine Idee?«, wandte ich mich an die beiden anderen Mädchen, die völlig verstummt waren.

»Nein. Tut mir leid«, sagte Gudrun. »Du, Rike?«

Mareike schüttelte den Kopf. »Keinen Schimmer«, sagte sie leise.

»War Bella irgendwie anders in letzter Zeit? Habt ihr euch über irgendwas gewundert? War sie aufgedrehter als sonst oder vielleicht stiller?«

Ich erntete nur hilfloses Schulterzucken. Und registrierte wieder verstohlene Blicke, die sie sich zuwarfen. Ich wartete eine ganze Weile, aber es kam nichts. Schließlich explodierte ich.

»Verflixt noch mal, Mädels! Eure Freundin ist verschwunden. Ihr habt sie vermutlich besser gekannt als alle anderen. Geht euch das so am Arsch vorbei, oder warum kriegt ihr die Zähne nicht auseinander? Das ist alles andere als witzig. Oder ist sie vielleicht mit jemandem durchgebrannt, und ihr wollt sie aus falsch verstandener Solidarität decken? Dann ist das den Eltern gegenüber verdammt unfair, denn die malen sich wer weiß was aus. Zum Beispiel dass sie irgendeinem

Perversling in die Hände gefallen ist, der sie jetzt quält. Wenn ihr was wisst, dann sagt es gefälligst!«

Die Reaktionen waren sehr unterschiedlich. Sandra drehte sich mit verschlossenem Gesichtsausdruck beiseite. Gudrun riss erschrocken ihre blauen Augen auf, und Mareike fing leise an zu weinen.

»Frau Blauvogel«, mahnte eine Stimme aus dem Hintergrund.

Ich zuckte zusammen, denn ich hatte gedacht, Rita Melchor sei längst gegangen.

Sie legte den Arm schützend um die Schultern der weinenden Mareike. »Verschrecken Sie die Mädchen bitte nicht noch mehr.«

»Diese Mädchen sind nicht verschreckt, sondern verstockt«, knurrte ich. »Ich bin mir sicher, dass sie etwas wissen und damit hinterm Berg halten.«

Ein Blick auf die Uhr in der Eingangshalle der Schule sagte mir, dass mir noch knapp drei Stunden bis zum Beginn der Lehrerkonferenz blieben. Wie von selbst schlug ich den Weg zum Isenbergplatz ein. Erst als ich die Brunnenstraße erreicht hatte, fiel mir auf, dass ich auf dem Weg zu meiner alten Wohnung war.

Na gut, seufzte ich. Dann konnte ich gleich noch einen Blick in den Briefkasten werfen, putzen und mir anschließend im Café Click mit einem Milchkaffee die Wartezeit vertreiben.

Auf dem Isenbergplatz lief ich fast in Bertold hinein, der die Bude zwei Häuser weiter betrieb. Als ich ihn entdeckte, war es bereits zu spät, um abzudrehen und so zu tun, als hätte ich ihn nicht gesehen.

»Hallo Toni«, sagte er und blieb direkt vor mir stehen.

»Hallo Bertold.« Ich wusste weiter nichts zu sagen. »Wie geht's denn so?«, rang ich mir ab.

»Hast dich mächtig rar gemacht in den letzten Monaten«, stellte er fest. »Und nun biste sogar sang- und klanglos ausgezogen. Warum haste denn nichts gesagt?«

Ich räusperte mich beklommen. Ja, warum eigentlich nicht? Im vergangenen Sommer hatte er mich gebeten, seiner Freundin Ruby aus der Patsche zu helfen, als sie verdächtigt wurde, einen Insolvenzverwalter um die Ecke gebracht zu haben. Er war ziemlich ausgerastet, als aufgrund meiner Recherchen am Ende Rubys Sohn deswegen verhaftet wurde. Ich konnte es ihm nicht mal verdenken. Es war mir selbst mächtig an die Nieren gegangen. Den Kontakt zu Bertold hatte ich nicht mehr gesucht nach diesem Auftritt. Nicht etwa, weil ich sauer auf ihn war, sondern vielmehr weil mich mein schlechtes Gewissen plagte.

Er senkte den Blick. »Tut mir leid wegen damals«, sagte er. »Ich weiß doch, dass du nichts dafür konntest.«

»Schon gut«, brummte ich verlegen. »Hab ich doch verstanden. Ich hätte da vermutlich genauso rot gesehen. War eine echt miese Situation. Bist du immer noch mit Ruby zusammen?«

»Ja.« Bertold nickte.

»Hast du die Bude noch?« Blöde Frage, ärgerte ich mich. Das wusste ich schließlich genau. Ich hatte mich in den letzen Monaten immer irgendwie daran vorbeigedrückt.

»Klar. Ich hab jetzt aber an drei Nachmittagen eine Aushilfe hier. Willste 'ne Frikadelle?«

»Nee, lass mal.« Ich schüttelte den Kopf und starrte betreten auf meine Schuhspitzen.

»Besuch uns doch mal«, sagte Berthold schließlich. »Jan würde sich sicher auch freuen. Er hat schon nach dir gefragt.«

»Wie geht es ihm denn jetzt?«, fragte ich leise.

»Bewährung«, sagte Bertold knapp. Und, als hätte er seine Schroffheit bemerkt, schob er nach: »Hör zu, Toni. Ruby und ich, wir wissen beide, dass es so, wie es gelaufen ist, besser für Jan war. Mit dieser Sache hätte er auf Dauer nicht gut leben können.«

Ich war irritiert. Möglich, dass es einen weiterbringt, wenn man sich offiziell mit der Wahrheit auseinandersetzen muss. Aber dadurch wurde es doch nicht einfacher! Oder konnte man sich wirklich von der Schuld befreien, den Tod eines Menschen verursacht zu haben, nur weil die Sache vor Gericht verhandelt wurde? Ich bezweifelte es. Aber ich sagte nichts.

***

Die Tische aus hellem Holz waren zu einer langen U-Form zusammengestellt, an deren Schenkeln die Stühle so dicht gedrängt standen, dass man kaum zwischen ihnen hindurch kam, um Platz zu nehmen. Rita Melchor wies mir einen Stuhl an der Stirnseite der Formation zu, an der auch sie selbst Platz nahm.

Ich überschlug die Anzahl der Stühle und kam zu dem Schluss, dass das Kollegium aus etwa achtzig Personen bestehen musste.

»Wie Sie alle wissen, ist Bella Brissano seit drei Tagen verschwunden«, eröffnete Rita Melchor das Gespräch und blickte ernst in die Runde. »Die Polizei hat bereits mit vielen von Ihnen gesprochen. Genauer gesagt, mit dem Lehrpersonal, das die Klasse von Bella unterrichtet. Sie hat die Schule durchsucht, aus Rücksicht auf den laufenden Schulbetrieb dankenswerterweise gestern Nachmittag. Und sie hat natürlich alle Schüler befragt, die mit Bella zu tun haben. Ohne Ergebnis bislang. Leider.«

Ich sah mich um. So viele Menschen auf einem Haufen. Die meisten um die Fünfzig aufwärts. Viele Gesichter grau und erschöpft. Angestrengt. Dazwischen ein paar junge Gestalten. Eifriger irgendwie. Engagierter. Sicherlich Referendare. Oder Junglehrer? Wenige waren im mittleren Alter wie Rita Melchor. Ein überaltertes Kollegium, wie es heute so schön modern heißt, das Resultat einer jahrzehntelangen Schulpolitik, während der kaum neue Lehrer eingestellt worden waren.

»Ich mag gar nicht daran denken, wie es Bellas Eltern in dieser Situation geht«, fuhr Rita Melchor fort. »Aber auch für die Schule ist das eine schwere Zeit, in der wir alle, Sie, ich, jeder von uns, in ganz besonderem Maße gefordert sind. Viele Schüler sind bereits jetzt schon völlig durch den Wind. Und dann die Eltern. Das Telefon im Sekretariat steht kaum still. Wir müssen uns auf das Schlimmste einstellen. Aus diesem Grund habe ich bereits jetzt fachliche Hilfe angefordert. Frau Becker ist Schulpsychologin und spezialisiert auf Situationen dieser Art.«

Eine Frau stand auf und verneigte sich knapp in den Raum hinein. »Guten Tag. Susanne Becker.« Kein Wort zu viel. Kein Lächeln. Dem Ernst der Situation angemessen. Sie setzte sich wieder.

»Und wir haben noch einen weiteren Gast.« Rita Melchor wies in meine Richtung. »Frau Blauvogel ist private Ermittlerin. Sie wurde von Bellas Eltern engagiert. Ich möchte Sie bitten, Frau Blauvogel nach allen Kräften zu unterstützen. Sie wird Ihnen später noch einige Fragen stellen.«

Auch ich erhob mich und nickte in die Runde.

»Ermittelt die Polizei denn nicht weiter?«, fragte ein rundlicher Mann mit Glatze und schwerer Brille.

»Doch. Aber das schließt sich überhaupt nicht aus«, antwortete ich schnell. »Ich will nicht behaupten, dass ich es besser kann als die Damen und Herren von der Polizei. Aber andere Menschen, andere Fragen, andere Ideen. Hoffentlich.« Ich lächelte und nahm ebenfalls wieder Platz.

»In den kommenden Tagen wird Frau Becker hier im Haus regelmäßig eine Sprechstunde anbieten«, übernahm Rita Melchor wieder das Wort. »Ich habe ihr dazu den kleinen Sanitätsraum herrichten lassen. Nicht sehr komfortabel, aber zu ihrer alleinigen Verfügung. Bei Bedarf wird sie auch in die Klassen kommen. Aber das erklärt sie Ihnen am besten selbst. Bitte, Frau Becker.«

Die Psychologin nickte erneut. Sie hatte kurze, helle Haare und sah noch relativ jung aus. Mitte dreißig, schätzte ich und fragte mich, ob sie der Situation wirklich gewachsen war. Eine schmucklose Frau. Kein Gold oder Silber, keine besondere Kleidung.

»Hallo noch mal«, ergriff Susanne Becker das Wort. »Ich frage erst gar nicht, wie Ihnen zumute ist. Wir wissen nicht, was passiert ist. Ich hoffe für Sie alle, insbesondere aber natürlich für Bella, dass das Mädchen bald unversehrt wieder auftaucht.«

Ihr Blick hinter der unauffälligen, rahmenlosen Brille wanderte durch den Raum und blieb an mir hängen. Er war freundlich und klar und von überraschender Intensität.

Nein, nicht schmucklos, erkannte ich. Sie war eine Frau, die einfach keinen Schmuck brauchte.

»Vielleicht ist ihr aber auch etwas zugestoßen«, fuhr sie fort. »Vielleicht ist sie sogar tot. Diese Ungewissheit ist schwer zu ertragen. Man weiß nicht, was man tun soll. Fragt sich möglicherweise sogar, ob man vielleicht selbst irgendwie schuld daran ist. Hat man etwas nicht bemerkt, was man hätte bemerken müssen? Hat man sie falsch behandelt? Sie vielleicht nicht genug beachtet? Ich bin mir sicher, dass Sie sich diese Fragen bereits jetzt teilweise schon stellen. Es sind die gleichen Fragen, die sich auch ihre Freunde und Klassenkameraden stellen werden. Und ihre Eltern.«

Sie machte eine Pause, um die Worte sacken zu lassen. »Aber solange wir nicht wissen, was mit Bella passiert ist, sind all diese Fragen müßig. Es sind spekulative Fragen. Im Augenblick kann ich deshalb noch nicht viel tun. Ich kann Sie und die Schüler lediglich darin unterstützen, die Nerven zu bewahren. Deshalb bin ich hier.«

»Wie sollen wir damit in den Klassen umgehen?«, fragte eine der älteren Lehrerinnen. Ihre Stimme klang etwas weinerlich, so, als fühle sie sich mit der Sache überfordert.

»Sie können den Kindern momentan nichts anderes sagen als das, was ich Ihnen gerade gesagt habe.« Susanne Becker lächelte. »Und dabei unterstütze ich Sie gerne. Ich kann zum Beispiel mit in Ihre Klasse kommen, wenn Sie das möchten. Sie können mich auch allein sprechen. Jederzeit, jeder von Ihnen, solange ich im Haus bin. Das Gleiche gilt für die Schüler.«

»Wie wäre es, wenn wir in den Klassen eine Schweigeminute für Bella abhielten?«

Die Lehrerin, die das vorschlug, sah schwer nach Religion aus. Nach übereifrig progressivem Christentum.

»Das ist ja wohl etwas verfrüht«, sagte Rita Melchor streng.

»Es würde nur zu einer unfruchtbaren Panik führen«, ergänzte die Psychologin. »Es unterstellt, dass Bella etwas Schlimmes passiert ist. Das ist aber noch gar nicht raus. Reden Sie stattdessen lieber über die Ängste, die diese Situation in den Jugendlichen auslöst. Lassen Sie sie mit diesen Ängsten nicht allein. Aber sorgen Sie dafür, dass sie dabei auf dem Teppich bleiben.«

Leicht gesagt. Mir wurde immer mulmiger zumute. Auch ich fühlte mich überfordert. Selbst Schuld, Blauvogel. Hättest ja auch Nein sagen können!

Dann dachte ich an die drei Grazien, die mit etwas hinter dem Berg zu halten schienen. Und ich wusste, dass ich weitermachen würde. Warum auch immer.

Nun wurde das Wort an mich übergeben.

Augen zu und durch, hörte ich Großmutter sagen. *Nur wer wagt, gewinnt.* Ich räusperte den Frosch weg, der in meiner Kehle saß.

»Sie hatten sicher einen anstrengenden Tag, und ich möchte Sie deshalb gar nicht lange aufhalten«, begann ich. »Ich möchte Sie nur bitten, mit mir Kontakt aufzunehmen, wenn Ihnen etwas einfällt, was mit Bellas Verschwinden zu tun haben könnte. Egal, was. Sei es, dass sie ihr Aussehen verändert hat oder etwas an ihrem Verhalten anders war als sonst. Sei es, dass sie sich mit Freundinnen gestritten oder plötzlich neue Freundschaften geschlossen hat. Ich möchte einfach alles wissen, was Ihnen in der letzten Zeit an Bella aufgefallen ist. Was anders war als sonst.«

Niemand sagte etwas. Das Schweigen um mich herum wirkte müde und erschöpft. Viel mehr Frauen als Männer im Kollegium, registrierte ich, während ich versuchte, möglichst viel Blickkontakt herzustellen. Die meisten starrten niedergeschlagen auf irgendeinen imaginären Punkt.

»Ich würde gleich gerne noch mit den Lehrern von Bella sprechen«, sagte ich schließlich. »Ich möchte mir ein möglichst genaues Bild von ihr machen. Da ich sie nicht kenne, bin ich auf Ihre Hilfe angewiesen.«

Dann ging ich zur Tafel, nahm ein Stück Kreide und schrieb meine Handynummer auf den dunkelgrünen Belag.

»Falls mich jemand sprechen möchte: Sie können mich jederzeit anrufen, wenn Ihnen etwas einfällt. Und Frau Becker: Mit Ihnen würde ich auch gerne noch kurz sprechen, wenn das möglich ist.«

Susanne Becker nickte, zog eine Packung Zigaretten aus ihrer Tasche und winkte damit in meine Richtung. Dann verschwand sie mit einem Pulk von Leuten. Zurück blieben zwölf Lehrer.

Eine halbe Stunde später war der Raum leer, und mir brummte der Schädel. Ich blieb sitzen, gähnte herzhaft und massierte mir in leicht kreisförmigen Bewegungen mit den Handballen die Augen.

»Und? Irgendwas erfahren, was Sie weiterbringt?«

Ich schrak zusammen, denn ich hatte Susanne Becker nicht kommen hören. Sie brachte einen Schwall kühler Luft mit und roch nach dem

Rauch mehrerer Zigaretten, die sie eben hintereinander weg geraucht haben musste. Sie ließ sich neben mich auf einen Stuhl fallen.

»Weiß nicht«, sagte ich müde.

»Lassen Sie hören.«

Wieder begegnete ich ihrem seltsam intensiven Blick hinter der rahmenlosen Brille. Selbst ihre Augen waren auffallend schmucklos, denn die Wimpern waren hell, wie bei einem Albino.

Ich blickte auf den Zettel mit den Notizen, die ich mir im Laufe des Gespräches mit Bellas Klassenlehrern gemacht hatte.

»Zielstrebig. Klug. Eher zurückhaltend. Hilfsbereit. Keine, die viel Wind um sich macht«, fasste ich zusammen.

»Klingt unauffällig«, kommentierte Susanne Becker.

»Ja und nein. Ihre Lehrer beschrieben sie als trotzdem sehr präsent. Angenehm präsent. Beliebt. Eine, auf die die anderen hören, ohne dass sie sich deswegen in den Vordergrund spielt, da sind sich ihre Lehrer einig. Außerdem sehr hübsch, finde ich zumindest.« Ich nahm das Foto von Bella aus meinem Rucksack und reichte es ihr. »Sehen sie selbst.«

Susanne Becker studierte es schweigend. »Ja. Wirklich hübsch«, bestätigte sie schließlich. »Ich hatte sie mir allerdings anders vorgestellt nach Ihrer Beschreibung. Mehr wie so einen Typ graue Maus.«

»Das habe ich mir gedacht. Aber hören Sie weiter: Keine Feindschaften. Keine Jungs. Nette Eltern, nettes Mädchen. Nicht zickig. Auch nicht überdreht wie viele andere Mädels in ihrem Alter.«

»Klingt nach Traumtochter.« Susanne Becker grinste. »So sehr, dass es schon wieder unwahrscheinlich ist. Wenn ich da an meine in dem Alter denke ... Gott sei Dank sind die jetzt erwachsen.«

Ich musterte sie überrascht. Sie musste sie früh bekommen haben, ihre Töchter, wenn sie schon aus dem Haus waren.

»Die Aussagen der Lehrer decken sich auch mit dem, was die Mutter sagt«, warf ich ein.

»Klingt trotzdem ein bisschen zu brav für meinen Geschmack. Finden Sie nicht?«

»Doch. Kommt mir auch komisch vor. Ich habe heute Nachmittag mit Bellas Freundinnen geredet«, sagte ich zögernd. »Und ich habe den Eindruck gewonnen, dass da etwas nicht stimmt. Sie halten mit etwas hinter dem Berg. Ich habe aber nicht herausbekommen, was das sein könnte.«

»Dann fragen wir sie doch«, schlug Susanne Becker vor. »Ich bin morgen hier. Wie wäre es, wenn wir mit ihnen reden? Zusammen.«

»Die Mädchen im Dreierpack sind nicht leicht zu knacken. Ich halte Einzelgespräche für sinnvoller.«

»Ich auch«, schmunzelte Susanne Becker. »Da sieht man mal, wie wichtig eine präzise Sprache doch ist. Mit *zusammen* meinte ich uns beide, also Sie und mich, nicht die Mädchen.«

Wir verabredeten uns für die erste große Pause.

Es war weit nach neunzehn Uhr, als ich die Schule verließ. Ich dachte an Bellas Mutter und daran, dass ich noch gar nicht mit dem Vater gesprochen hatte. Mein Magen knurrte erbärmlich. *Sie können jederzeit bei uns essen,* hing mir Angela Brissanos Stimme mit dem weich klingenden Akzent plötzlich im Ohr.

Für einen kurzen Moment überlegte ich, ob ich tatsächlich zum Belissimo laufen und das verlockende Angebot wahrnehmen sollte. Zwei Fliegen mit einer Klappe schlagen. Dann aber fielen mir zwei andere Geschöpfe ein, die mit Sicherheit ebenfalls hungrig waren. Schnell schlug ich den direkten Weg nach Hause ein, überquerte die Rüttenscheider Straße und den Haumannplatz, trabte die Pettenkofer mit ihren schönen alten Wohnhäusern entlang und erreichte schließlich meine neue Wohnung in der Ladenspelder Straße.

Die Katzen warteten schon hinter der Tür von Max' Wohnung. Vorwurfsvoll. Beleidigt. Aber warum? So spät war es doch noch gar nicht. Und ich hatte schließlich etwas Trockenfutter in ...

Schuldbewusst registrierte ich, dass ich ihnen den Weg zu Trockenfutter und Wasser abgeschnitten hatte. Die Näpfe standen jetzt in meiner Küche, und meine Terrassentür war zu. Ich brauchte dringend auch so eine Katzenklappe wie Max.

»Katzen können Mäuse fangen«, teilte ich den beiden mit, während ich die Schälchen spülte und neu befüllte. »Ihr wisst gar nicht, wie komfortabel ihr es habt.«

Sie schienen das auch so zu sehen, denn sie tanzten erwartungsvoll um meine Beine herum.

Und was sollte ich jetzt essen? Warm musste es sein. Unbedingt. Zum Kochen fehlte mir jedoch die Lust. Und auch die Energie. War in meiner Küche sowieso noch nicht möglich, das Kochen.

Bei Max fand ich ein paar Fertiggerichte. Immerhin nicht in der Dose. Ich verbot mir, das Kleingedruckte mit den Hinweisen über Konservierungsstoffe und Geschmacksverstärker zu lesen und entschied mich für Spaghetti Bolognese.

Nach dem Essen fand ich die Telefonnummer des Belissimo in den Gelben Seiten, die im Netz gar nicht mehr gelb sind, und verabredete mit Angela Brissano einen Termin für den nächsten Tag. Eigentlich hatte ich auf heute Abend spekuliert. Aber ich war dann doch erleichtert, als sie das ablehnte, weil sie zu viel zu tun hatten. Das verschaffte mir Zeit, mich mit der Bewohnbarkeit meiner Küche zu befassen. Ich war dieses Chaos leid!

Also kratzte ich mein letztes bisschen Energie zusammen und machte mich an die Arbeit. Leerte die Umzugskartons, auf denen »Küche« stand und räumte Teller, Tassen, Besteck, Töpfe und sonstige Küchenutensilien in die Schränke.

Bonnie und Clyde fetzten aufgeregt durch die Berge von Zeitungspapier, mit denen ich das Geschirr verpackt hatte. Ich musste lachen, und eine große warme Welle von Liebe flutete durch meinen Körper. Meine Süßen! Meine entzückenden, herrlichen, wunderbaren Puscheltiere! Gut gemacht, Max. Wie hatte ich nur die letzten zehn Jahre ohne Katzen leben können?

Die letzten Umzugskartons klappte ich um dreiundzwanzig Uhr zusammen und trug sie in den Keller hinunter. Mein Körper fühlte sich an, als wäre ich gerädert worden. Aber als ich die Wohnung wieder betrat, war ich sehr zufrieden mit mir.

Die Regale standen, wohlgefüllt mit Büchern, an dem von mir zugedachten Platz. Mein Schreibtisch war jetzt auch mit Drucker und den büroüblichen Utensilien ausgestattet und damit wieder voll einsatzfähig. Das Sofa stand da, als habe es schon immer an diesem Platz gestanden. Darüber hing mein Lieblingsbild. Das, das einfach immer über diesem Sofa gehangen hatte, farbenfroh und groß. Die Anlage war eingestöpselt, alle CDs in die beiden CD-Regale einsortiert. Die blickdichten roten Vorhänge ließen sich auf- und zuziehen. Das war auch nötig, wenn man ein Adlerhorst gegen eine Erdhöhle tauschte.

Mit dem Verschwinden der Umzugskartons hatte sich auch ein möglicher Platz für den Stehtisch nahezu aufgedrängt. Genau in den breiten Durchgang zwischen der Küche und dem Wohnraum, da musste er hin, der Stehtisch. Je nach Sitzrichtung würde ich so durch das Küchenfenster oder durch das Wohnzimmerfenster sehen können.

Erst jetzt wurde mir bewusst, dass heute Dienstag war und ich das Qi Gong vergessen hatte. Vermutlich hätte es mir gut getan. Und Bea hätte ich ganz nebenbei auch getroffen. Aber daran war nun nichts mehr zu ändern.

Ich beschloss, den Abend der Jahreszeit zum Trotz dick eingemummelt in meinem Schaukelstuhl auf der Terrasse bei einem Gläschen Wein ausklingen zu lassen. Dass Max nicht da war, störte mich nicht. Ich wollte allein sein in meiner neuen Wohnung. In meiner schönen neuen Wohnung, auch ohne RWE-Pimmel. Dafür mit Garten. Und Katzen. Und Max in der Wohnung direkt nebenan. Das Leben war schön.

Wenn da nicht Bella Brissano in meinem Kopf herumspuken würde.

DREI

Susanne Becker hielt Wort. Kurz vor der ersten großen Pause stand sie an der Toreinfahrt zum Schulhof und wartete auf mich.

»Kommen Sie«, sagte sie freundlich. »Ich zeige Ihnen mein kleines Refugium. Frau Melchor wird die Mädchen nacheinander zu uns bringen. Die Klasse hat gleich eine Freistunde.«

Tüchtige Frau Melchor, dachte ich. Gut organisiert!

Ich musste mächtig Gas geben, um mit der Psychologin Schritt halten zu können. »Nehmen wir hier an einem Wettlauf teil?«, fragte ich schließlich außer Atem.

»Oh, Entschuldigung!« Susanne Becker verlangsamte ihren Schritt. »Tut mir leid. Eine blöde Angewohnheit von mir. Sämtliche Freunde beschweren sich darüber, von meinen Kindern ganz zu schweigen.« Sie lächelte mich an.

Ein lang gestreckter Klingelton signalisierte das Ende der Schulstunde, und unmittelbar darauf kämpften wir gegen einen Strom von Schülern an, die ihrerseits dem Ausgang zustrebten.

Ich war froh, als Susanne Becker endlich eine Tür öffnete. Der Raum war klein und fensterlos. Es gab darin einen kleinen Schreibtisch, vor dem ein Besucherstuhl stand, und eine Liege, an der Wand befestigt und hochgeklappt. Das obligatorische Erste-Hilfe-Schränkchen hing an der Wand. Der Sanitätsraum, eindeutig.

»Charmante Beleuchtung!« Ich wies auf die Neonröhre, die den Raum in grelles Licht tauchte. »Ich glaube nicht, dass wir an diesem Ort viel aus den Mädchen herausbekommen werden.«

»Da wird gleich Abhilfe geschaffen. Der Hausmeister organisiert eben Schreibtischlampen aus dem Sekretariat.« Sie öffnete eine große Tasche und zog eine bunte Tagesdecke hervor. »Ich dachte, wir klappen die Liege runter und machen so eine Art Sofa daraus. Ein paar bunte Kissen habe ich auch mitgebracht.«

Nicht schlecht, dachte ich.

Gemeinsam mühten wir uns mit dem widerspenstigen Ding ab. Schließlich war die schmale Liege fixiert. Unmittelbar darauf brachte der Hausmeister eine moderne, zweistrahlige Tischlampe und eine kleine Schreibtischlampe.

»Gar nicht so übel«, sagte ich schließlich anerkennend. »Was so ein bisschen anderes Licht und ein paar Farben alles bewerkstelligen können!«

»Ja, nicht wahr?« Susanne Becker lachte. An den vielen Fältchen, die sich bildeten, erkannte ich, dass sie erheblich älter war, als ich gestern geschätzt hatte. Weit über fünfzig. Und ihr Haar sah bei dieser Beleuchtung eher weiß als hellblond aus.

Respekt, dachte ich erneut. Die Frau hatte sich eine jugendliche Frische bewahrt, auf die ich stolz gewesen wäre.

Kurze Zeit später saß uns Sandra gegenüber. Die Wortführerin der drei Grazien. Mehr als schlank. Konturlos geradezu. Etwas zu grell bemalt für meinen Geschmack. Ihr braunes, leicht gewelltes Haar war zu einer dieser Frisuren gestuft, bei denen die Trägerin stets damit beschäftigt ist, die Haarpracht aus dem Gesicht zu streichen oder auf die andere Seite zu klappen. Das war extra so geschnitten, hatte mir mal jemand erklärt. Eine vom Fach, wenn ich mich recht erinnere. Der Schnitt war darauf angelegt, dass man die Haare dauernd auf diese Weise beiseitestreichen musste. Dadurch wurde die Aufmerksamkeit auf das Gesicht gelenkt. Und auf die Haare.

Das Mädchen nahm widerwillig auf der bunten Tagesdecke Platz.

»Hallo Sandra«, eröffnete ich das Gespräch. »Wir haben ja gestern bereits miteinander geredet.«

»Und ich habe gestern schon gesagt, dass ich nichts weiß.« Ihre Mundwinkel zogen sich mürrisch nach unten.

Mit der ist nicht gut Kirschen essen, warnte mich eine innere Stimme, die ich meiner Großmutter zuschrieb. Ist mir nicht entgangen, danke, dachte ich. Rotzfrech ist die!

»Ja. Hast du gesagt. Gestern schon.« Ich blieb freundlich. »Das Problem ist nur, dass ich dir das nicht so recht abkaufen mag.«

»Kann ich doch nix für.« Sie zuckte mit den Schultern. »Ich weiß eben nicht mehr.«

»Ich denke, du weißt ganz genau, wo Bella nach der Rübe noch hinwollte.« Ein Schuss ins Blaue. Aber ich war mir ziemlich sicher, dass es stimmte.

»Nee. Hab ich doch schon gesagt.« Sandras Mundwinkel zogen sich noch weiter nach unten. Ich dachte an einen Karpfen und lachte in mich hinein.

»Was grinsen Sie denn so komisch?«, fragte sie misstrauisch.

»Nichts«, wehrte ich ab. »Du hast gesagt, dass Bella schon früher gegangen ist und du nicht weißt, ob sie mit dem Fahrrad gekommen ist. Das müssen wir in der Tat nicht mehr durchkauen.«

»Dann kann ich ja wohl gehen.«

»Ihr seid doch gut befreundet«, versuchte ich es noch mal. »Wenn früher eine gute Freundin von mir vorzeitig abgezischt ist, habe ich sie gelöchert, wo sie hin will. Erzähl mir nicht, dass ihr sie nicht gefragt habt, was sie vorhat.«

»Es ist aber so! Kann ich jetzt endlich gehen?«

Dreist. Sie schickte sich tatsächlich an, aufzustehen! Für einen Moment verschlug es mir die Sprache.

»Wie ist das denn so in der Disco?«, fragte Susanne Becker.

Immerhin blieb sie stehen, wandte sich wieder um und zuckte erneut mit den Schultern. Gelangweilt. »Na, wie soll das schon sein. Wie in 'ner Disco halt.«

»Geht ihr da oft hin?«

»Klar.« Mit gekonnter Bewegung schleuderte sie die Haare aus dem Gesicht und verlegte so den Scheitel auf die andere Seite.

»Kennt ihr da viele Leute?«

»Schon. Ein paar ...« Sandra zögerte merklich. »Mädchen aus dem Selbstverteidigungskurs dort zum Beispiel.«

»Und was macht ihr sonst noch so zusammen, außer Selbstverteidigung und Tanzen gehen?«

»Na, Schule halt. Manchmal gehen wir auch ins Kino.«

»Bist du auch auf dem bilingualen Zweig?«

»Nein. Das macht nur Bella. Aber wir haben ein paar Grundkurse zusammen, Deutsch zum Beispiel. Sport. Kunst.«

»Auch Gudrun und Mareike?«

Sandra nickte.

»Und was für Filme guckt ihr euch an, wenn ihr ins Kino geht?« Susanne Becker ließ nicht locker.

Ich bewunderte ihre Geduld. Jahrelange leidvolle Erfahrung, vermutete ich. Aber das brachte nichts. Glaubte ich wenigstens.

»Na, so Filme halt.« Sandra verdrehte die Augen und setzte eine blasierte Miene auf.

»Schluss jetzt mit dem Theater!« Ich ließ die flache Hand auf die Tischkante knallen. Erschrocken zuckte Sandra zusammen. »Hast du denn überhaupt keine Angst um deine Freundin?«

»Doch«, fauchte sie, stürmte aus dem Raum und knallte die Tür heftig zu.

Gudrun war die Nächste. Im Vergleich zu der mürrischen Sandra wirkte sie freundlich, offen, fast naiv.

Ich ahnte, dass man darauf nicht reinfallen durfte.

»Erzähl mir, wo Bella hingegangen ist«, forderte ich sie auf. »Nach der Disco. Ihr wisst es, da bin ich mir sicher.«

Ihre blauen Strahlerchen richteten sich auf mich. »Nein«, sagte sie treuherzig. »Das wissen wir nicht. Wirklich. Ich schwör's!«

Können diese Augen lügen?, schien mir ihr Blick zu sagen. Ich war sicher, dass sie das lange geübt hatte. Diesen Blick, diesen Augenaufschlag, diese vermeintliche Aufrichtigkeit.

»Lass das Lügen, Mädchen«, fuhr ich sie barsch an. »Und deinen Augenaufschlag kannst du dir für die Jungs aufheben. Das zieht nicht bei mir!«

»Aber ich weiß es wirklich nicht«, sagte sie verschreckt. Diesmal wirkte es echt. Warum aber dann diese ganze verdammte Show?

»War sie verliebt?«, fragte ich.

»Wer? Bella?« Gudruns Augen flackerten für einen kurzen Moment. »Nicht, dass ich wüsste.« Und schon war er wieder da, dieser Augenaufschlag. Blauäugig und aufrichtig. Zu aufrichtig.

»Du bist doch ihre Freundin. Keine heimlichen Gefühle? Keine kleinen Geständnisse? Warum sonst haut sie früher ab als geplant, an einem Samstagabend, wenn sie mit euch unterwegs ist?«

»Ich weiß es wirklich nicht. Sie sagte, sie hätte noch was zu erledigen. Sie wollte es mir später erzählen.«

»Aber dazu ist sie nicht mehr gekommen«, sagte ich langsam. »Es dir später zu erzählen, meine ich.«

Gudrun schüttelte den Kopf. Plötzlich sah sie traurig aus.

»Auch nicht per Mail? Oder per SMS?«

»Ich habe nichts mehr von ihr gehört.«

Das klang so bekümmert, dass ich ihr einfach glauben musste.

Kurz darauf wurde das dritte Mädchen gebracht, Mareike.

Sie war genauso bar jeder Kontur wie Sandra. Nur dass sie nicht rotzfrech wirkte wie ihre Freundin, sondern ... *Verhuscht*, mischte sich Großmutter wieder ein. *Das Mädchen ist verhuscht. Een verhuschte Deern. Genau das ist sie.* Da hatte sie recht.

»Hallo Mareike. Bitte setz dich doch hier hin.« Ich wies auf die zur provisorischen Couch umfunktionierte Liege.

Das Mädchen kam meiner Aufforderung nur zögernd nach. Sie nahm vorsichtig ganz vorne auf der Kante Platz, so, als wolle sie gleich flüchten. Ihre Augen huschten unruhig im Raum hin und her.

»Mareike«, sagte ich leise. »Ich bin mir relativ sicher, dass du weißt, wo Bella an dem Abend hinwollte.«

»Nein. Das ist nicht wahr.«

Für einen kurzen Moment gelang es mir, den Blickkontakt herzustellen. Ich meinte, Tränen in ihren Augen schwimmen zu sehen. Aber ich war mir nicht sicher, denn sofort huschte ihr Blick wieder davon. Wie ein Schmetterling, der von einer Windbö getrieben wird. Nur dass sie mich insgesamt eher an einen Hundewelpen erinnerte. Irgendwie flehentlich.

Ich setzte mich neben sie auf die Bahre. Verdammt unbequem, stellte ich fest. Und sagte es auch.

Sie lächelte scheu.

»Ich hatte mal einen Klassenlehrer, dem man nachsagte, dass er manchmal im Sanitätsraum geschlafen hat«, begann ich zu erzählen.

»In der Schule. Er trug immer die gleichen Klamotten. Sommers wie winters. Einen hellen Rollkragenpullover und einen dunklen, knielangen Trenchcoat. Ohne Gürtel, sodass der Mantel seine hagere Gestalt umwaberte wie ein schlaffes Segel.«

Was wollte ich eigentlich damit sagen? Keine Ahnung. Aber ich merkte, dass Mareike den Kopf in meine Richtung neigte, während ich sprach.

»Der Lehrer sah ziemlich verboten aus«, fuhr ich also fort. »Er war groß und ganz dünn, und er hatte sehr helle Haut, durch die bläulich die dunklen Bartstoppeln schimmerten, obwohl er immer frisch rasiert war. Sein Adamsapfel schwebte sehr unvorteilhaft immer direkt über dem Kragen des Rollis, so, als würde der enge Kragen des Pullovers ihn in die Höhe drücken.«

»Wie bei Billbo«, sagte Mareike leise. Sie hatte mir genau zugehört.

»Wer ist Bill Bo?«

»Der arbeitet im Jugendhaus.«

»In der Rübe?«

Mareike nickte.

»Kennst du ihn gut?«

»Er ist nett.« Mareike flüsterte das fast. »Die anderen sind oft etwas gemein zu ihm. Das mag ich nicht.«

»Tut er dir leid?«

»Ja. Er ist nicht besonders hübsch. Aber dafür kann er ja nichts.«

»Nein. Dafür kann er wirklich nichts. Weiß er denn, dass er nicht hübsch ist?«

»Er weiß es ganz genau, denn er hat es mir mal gesagt.« Sie lächelte mich schüchtern an. »Aber er sagt, dass es auf das Innere eines Menschen ankommt, nicht darauf, wie der Mensch aussieht.«

Ich lächelte zurück. »Da hat er recht. Trotzdem ist es einfacher, wenn man gut aussieht. Stimmt's?«

Sie nickte wieder.

»Findest du, dass Bella gut aussieht?«

»Bella ist einfach toll«, platzte es aus ihr heraus.

Ich hatte keinen Schimmer, worauf diese Unterhaltung hinauslaufen sollte. Konzentration, Blauvogel, mahnte ich mich.

»Weil sie hübsch ist? Oder ist es vielleicht mehr, weil sie stark ist?«, kam mir Frau Becker zu Hilfe.

»Bella ist beides. Ich wollte, ich wäre so wie sie!« Da lag viel Leidenschaft in der Stimme des Mädchens.

»Aber Bella ist verschwunden«, kam ich aufs Thema zurück. »Willst du immer noch so sein wie sie?«

Jetzt sah sie mich an, mit großen, weit aufgerissenen Augen. Angsterfüllt. Sie fing an zu weinen.

»Wenn du etwas weißt, was mit Bellas Verschwinden zu tun haben könnte, dann musst du es uns sagen!« Susanne Beckers Tonfall war eindringlich.

Mareike saß da mit hängenden Schultern. Ein Bild des Jammers. Aber sie sagte nichts.

»Kann ich jetzt gehen?«, fragte sie mit piepsiger Stimme.

Ich sah Susanne Becker an. Abwartend.

Sie nickte, und das Mädchen verließ fluchtartig den Raum.

Erwartungsvoll legte ich den Kopf schief. »Nun? Was denken Sie?«

»Sie haben recht. Da stimmt was absolut nicht«, sagte Susanne Becker. »Ich habe den Eindruck, dass man sich dieses Jugendhaus mal genauer ansehen sollte.«

∗∗∗

Die Rübe lag im Keller einer ehemaligen Schule inmitten der Zechenhaussiedlung in Alt-Rellinghausen. Ich war überrascht, denn das Gebäude kannte ich gut. Es war das Kunsthaus, in dem ich selbst eine kleine Nische im Atelier einer befreundeten Bildhauerin hatte. In Absprache mit ihr konnte ich dort ab und zu an meinen Skulpturen arbeiten. Nur so zum Spaß. Die Qualität der regulär im Kunsthaus arbeitenden Künstler erreichte ich leider bei Weitem nicht. Allerdings würde dieses Arrangement für mich nicht mehr lange andauern, denn der Vertrag der Bildhauerin lief bald aus und sie hatte vor, dann ins Ausland zu gehen.

Der Nebeneingang, der vom ehemaligen Schulhof aus in das Souterrain des Gebäudes führte, war mir bislang gar nicht aufgefallen.

Zumindest das Schild nicht, das mit großen, bunten Buchstaben darauf hinwies, dass hier das Jugendhaus Rübe beheimatet war. Eigentlich nicht zu übersehen. Wenn man darauf achtete.

Neugierig stieg ich die Stufen hinunter und landete in einer treppenhausähnlichen Halle, wie sie Schulen so oft haben. Nur dass es keine Treppe in die oberen Stockwerke gab. Stattdessen war durch eine Glasfront ein großer Bereich in einen geschlossenen Raum verwandelt worden, den zwei Jugendliche gerade mit Abdeckfolie auslegten. Sofas und Sessel standen dicht aneinandergedrängt vor der Glasfront, und nach links und rechts führten Flure aus dem Vorraum vermutlich zu weiteren Räumen des Jugendhauses.

Eine junge Frau in einem karierten Flanellhemd mit aufgekrempelten Ärmeln, das ihr mindestens drei Nummern zu groß war, schleppte gerade mit zwei Jugendlichen einen Tisch vor der Glasfront her. Als sie mich sah, setzte sie den Tisch ab, wischte sich die Hände an den mit Farbe bekleckerten Jeans ab und kam auf mich zu.

»Katrin Welsch«, stellte sie sich vor. »Kann ich Ihnen helfen?«

Ich sagte mein Sprüchlein auf.

»Die Polizei war schon hier und hat uns deswegen befragt.« Wenigstens war ihr Tonfall nicht unfreundlich.

»Das hilft mir leider nicht.« Ich lächelte sie an. »Denn ich bin nicht die Polizei.« Dann sagte ich mein zweites Sprüchlein auf. Das mit dem Auftrag von Angela Brissano und dem *andere Menschen, andere Fragen.*

Sie nickte und sah sich suchend um, so, als würde sie überlegen, wo sie mit mir hingehen könnte.

»Sie renovieren gerade?«, schloss ich.

»Ja. Allerdings nicht alles auf einmal. Erst mal geht es nur um den Aufenthaltsraum. Der war nicht besonders gemütlich. Wir wollen den Kids etwas mehr Wohnlichkeit und Geborgenheit vermitteln. Kommen Sie, wir gehen ins Büro. He Jungs, macht ihr mal eine Weile allein weiter?«

Die Jungs nickten.

Das Büro sah mindestens genauso chaotisch aus wie der Vorraum. Auf dem Schreibtisch stapelten sich große Haufen von Papier, davor standen diverse Kartons mit wild durcheinandergewürfelten Inhalten.

Auf dem Kasten eines Monopoly-Spieles thronten ein leerer Kaffeebecher und eine traurig vor sich hin vegetierende Topfpflanze. Gelassen nahm Katrin Welsch einen Stoß Papiere von einem Stuhl und legte ihn auf einen Stapel Schnellhefter auf dem Schreibtisch. Die Schnellhefter gerieten ins Rutschen, und die Papiere ergossen sich über die Tastatur des PCs und auf den Boden.

»Bitte.« Ungerührt wies sie auf den nun freigeräumten Platz.

Ich setzte mich.

»Sie sehen, auch hier ist es nicht gerade gemütlich. Aber wenigstens kann ich die Tür zumachen.« Fröhlich lachte sie mich an.

»Kennen Sie Bella Brissano?«

»Ja doch«, sagte sie ungeduldig. »Sicher kenne ich sie. Sie war oft hier im Jugendhaus.

»Auch am vergangenen Samstag?« Zweifelnd sah ich mich um.

Sie lachte schon wieder. Eine echte Frohnatur, diese Katrin.

»Da sah es hier noch nicht so aus. Wir haben erst gestern mit der Renovierung begonnen.«

»Letzten Samstag war also Disco?«

»Ja. Allerdings hatte ich da keinen Dienst, und Jürgen Siegmann, mein Chef, kann sich leider nicht erinnern, ob Bella da war. Ich habe sie zuletzt vor einer Woche im Selbstverteidigungskurs gesehen.«

»Geben Sie diesen Kurs?«

»Ich? Nein.« Sie lachte wieder unbefangen. »Ich bin zwar kein Mädchen mehr, aber ich nehme trotzdem daran teil. Kann nicht schaden, finde ich.«

»Stimmt. Schaden kann es nicht.« Auch ich lachte. Ihre Fröhlichkeit war ansteckend.

»Apropos ...« Sie warf einen Blick auf die Uhr. »Ich habe mal wieder nicht mitbekommen, wie spät es ist. Der Kurs fängt gleich an. Wir können uns auf dem Weg dorthin weiter unterhalten.«

»Welche Altersgruppe kommt eigentlich so ins Jugendhaus?«

»Och, so alles zwischen zehn bis Mitte zwanzig. Der Älteste ist fünfundzwanzig, glaube ich. Er hat hier seinen Zivildienst gemacht und ist irgendwie hängengeblieben. Packt mit an, wo es nötig ist.«

»Also mehr so eine Art freiwilliger Mitarbeiter«, sinnierte ich.

»Wenn Sie so wollen.« Sie hielt mir die Tür auf und ging voraus.

»Wer hatte am Samstagabend alles Dienst?«

»Nur Jürgen Siegmann, mein Chef. Er hat kassiert und an der Bar gestanden. Billbo hat wie üblich den DJ gemacht.«

»Bill Bo?« Ich grinste, weil der Name von selbst gefallen war.

»Der ehemalige Zivi. Er heißt Peter Biborsch. Aus irgendeinem Grund, der sich mir nicht näher erschließt, wird er von allen nur Billbo genannt.«

Na, das war doch wohl völlig logisch, warum. Zumindest für einen, der hier im Ruhrgebiet groß geworden war. Aus Bosperow wurde Beppo, aus Schimanski Schimmy, aus Sebastian Seppi, aus Alisha Lische und aus Biborsch eben Bill Bo. Irgendjemand hatte immer eine mehr oder weniger intelligente Lösung parat, wenn es darum ging, einen Namen zu verkürzen.

»Bill Bo und seine Bande ...« summte ich leise.

»Genau. Jedoch zu einem Wort zusammengezogen. Darauf besteht er. Sonst hat er allerdings recht wenig mit seinem berühmt-berüchtigten Namensvetter der Augsburger Puppenkiste gemein.«

Ich grinste wieder. Auch das war typisch. »Die Disco ist gut besucht?«, kam ich auf das eigentliche Thema zurück.

»Meistens ja. Mal mehr, mal weniger. Es ist ein ganz guter Treffpunkt für die Jugendlichen hier in der Gegend. Wir haben aber auch eine Nachmittagsveranstaltung für die Kiddies.«

»Für kleine Kinder? Zum Tanzen?« Ich staunte.

»Ja. Die haben richtig Spaß dabei. Wir machen das im Wechsel, mal nachmittags für die Kleinen, mal abends für die Größeren.«

»Und Bella kam oft hierher?«

»Eine Zeit lang war sie sehr oft hier. Hat auch getöpfert, glaube ich. In letzter Zeit hat sie sich aber etwas rar gemacht. Zumindest habe ich sie nicht mehr so oft gesehen wie früher.«

»Kam sie allein? Hat sie sich hier näher mit jemandem befreundet?«

»Sie war meistens mit ihren Freundinnen aus der Schule zusammen. Die hat sie eines Tages einfach mitgebracht. Ich glaube, die wohnen gar nicht hier in der Nähe. Aber von da an waren sie häufig mit dabei.«

»Wie kann ich diesen Billbo erreichen?«, fragte ich, während ich neben ihr die breite Treppe zur ehemaligen Turnhalle hinuntertrabte.

Sie nannte mir eine Hausnummer in der Satoriusstraße.

Die Mädchen standen in einem Kreis zusammen, die Arme zur Mitte hin ausgestreckt, die Hände übereinandergelegt. Wie ein Sportteam, das auf einen Sieg eingeschworen werden sollte.

Als Katrin Welsch sich umgezogen hatte und hinzukam, öffneten sie den Kreis und nahmen sie darin auf. Ich erkannte Sandra und auch Mareike. Außerdem machte ich eine weitere Erwachsene zwischen den ganzen Mädchen aus. Offensichtlich war sie die Trainerin.

»Sei wachsam!«, rief sie laut.

»Wir sind wachsam!«, brüllten die Mädchen unisono.

»Besiege deine Angst!«, skalierte die Frau.

»Wir besiegen unsere Angst«, schallte es zurück.

»Kenne die Schwachstellen deines Gegners!«

»Wir kennen die Schwachstellen unserer Gegner.«

Sie vergrößerten den Kreis, indem jede von ihnen zwei Schritte zurücktrat. Gleich darauf kam Bewegung in die Gruppe, als die Mädchen blitzschnell mit dem rechten Bein hoch hinein in die Mitte des Kreises kickten.

»Aaargh!«

Der kollektive Kampfschrei ließ mich zusammenzucken. Es schien eine Art Eröffnungsritual zu sein.

Nun traten sie paarweise zusammen. Die Trainerin verteilte dick gepolsterte Westen, die sich jeweils eine von ihnen umschnallte. Interessiert beobachtete ich, wie die Mädchen mit einer Reihe von Schlägen auf die gepolsterten Kissen eindroschen und dabei martialische Schreie ausstießen.

»Wollen Sie zu mir?« Die Trainerin war so geräuschlos neben mir aufgetaucht, dass ich zum zweiten Mal erschrocken zusammenzuckte. Sie war schlank und drahtig und bewegte sich leise wie eine Katze.

Ich erklärte, dass ich auf der Suche nach Bella war. »Wenn ich das Training hier beobachte, bekomme ich Hoffnung, dass ihr doch nichts Schlimmes widerfahren ist«, sagte ich schließlich. »Die Mädchen lernen, sich zu wehren. Das ist gut.«

»In erster Linie wird ihr Selbstvertrauen gestärkt«, erläuterte die Frau. »Sie lernen, mit Gewaltsituationen offensiv umzugehen. Die meisten gewalttätigen Männer sind überrascht, wenn ihr vermeintliches Opfer laut und aggressiv ist und sich ernsthaft wehrt. Das ist sehr wichtig. Die Technik, die sie hier lernen, ist dabei nicht unbedingt das Ausschlaggebende. Sie erfahren hier in erster Linie, dass sie kräftiger sind, als sie denken. Und mit ein paar anatomischen Kenntnissen können sie diese Kräfte zielgerichtet einsetzen. Dabei ist ganz wichtig, dass sie ihre Hemmungen überwinden, sich überhaupt gewaltsam zur Wehr zu setzen. Es ist nämlich schwerer als man denkt, einem anderen Menschen gezielt wehzutun, auf ihn einzuschlagen oder ihn zu treten.«

»Kann ich mir vorstellen. Und Bella? Wie viel hat sie in dieser Hinsicht schon gelernt?«

»Bella ist kein Opfertyp.«

»Wie meinen Sie das?«

»Nun. Ich kenne sie ja nur aus diesem Kurs ...«

»Aber sie haben doch einen Eindruck von ihr«, bohrte ich nach.

»Erst mal ist sie keine, die sich in den Vordergrund spielt und dadurch auffällt«, begann die Trainerin zögernd.

»Das haben sie in der Schule auch gesagt«, bestätigte ich.

»Für ein junges Mädchen wirkt sie trotzdem sehr selbstbewusst. Sie ist überlegt und ruhig bei allem, was sie tut. Und das widerspricht dem klassischen Opfertyp.«

»Was meinen Sie mit ‚klassischer Opfertyp'?«

»Es geht in meinem Unterricht um Technik und um Selbsterfahrung des eigenen Körpers. Das ist wichtig, wenn man tatsächlich angegriffen wird. Besser ist jedoch, wenn man gar nicht erst als typisches Opfer ausgemacht wird.«

Während sie sprach, ließ sie die Mädchen nicht aus den Augen.

»Es beginnt mit der Körperhaltung, dem Auftreten und der Ausstrahlung – nicht nur von Selbstbewusstsein, sondern auch von Ruhe und Gelassenheit. Menschen, die souverän wirken, sind viel seltener Ziel von Aggressionen als solche, die vor allem und jedem Angst haben. Wer unsicher ist, strahlt diese Unsicherheit auch aus. « Sie fuhr sich durch das rote, kurz geschnittene Haar.

»Wie sicher wird man denn durch dieses Training?«

»Dynamischer, Katrin«, brüllte sie so plötzlich, dass ich zusammenzuckte. »Etwas mehr Kawumm! So lehrst du niemanden das Fürchten!« Sie wandte sich wieder an mich und überlegte einen Moment. »Entschuldigung. Es geht beim Training nicht um das Gefühl absoluter Sicherheit, sondern darum, sich kritischen Situationen gewachsen zu fühlen. Die richtige Technik ist dabei ein wichtiger Faktor. Sind Sie selbstbewusst, können Sie anders auftreten. So einfach ist das.«

»Klingt erst mal logisch. Aber Sie sprechen von ‚können‘. Funktioniert es denn?«

»Mal mehr, mal weniger. Zur Prävention gehören noch eine ganze Reihe anderer Maßnahmen. Die kann ich den Jugendlichen nur immer wieder nennen und hoffen, dass davon was hängen bleibt.«

»Als da wäre?«, fragte ich neugierig.

»Was machen Sie, wenn Sie allein im Dunkeln unterwegs sind? Oder nehmen Sie grundsätzlich das Auto, sobald es dunkel ist?«

»Nein, tue ich nicht. Ich gehe viel zu Fuß, auch nachts.«

»Dachte ich's mir doch. Und wie verhalten Sie sich da?«

Ich zuckte mit den Schultern. Zögerte. Stellte mir vor, wie ich mich zu Fuß durch mein altes Viertel bewegte, das Südviertel. Des Nachts. Allein. Wie unterschieden sich die nächtlichen Märsche von denen am Tag?

»Wenn ich nachts unterwegs bin, beobachte ich alles um mich herum sehr viel genauer«, sagte ich schließlich. »Ich bin sehr wachsam.«

»Sehen Sie!« Sie warf mir einen bedeutungsvollen Blick zu. »Das ist Ihnen gar nicht so bewusst, sonst hätten sie nicht so lange darüber nachgedacht. Und was für Schuhe tragen Sie dabei?«

»Schuhe, in denen ich mich gut bewegen kann und die nicht laut sind«, sagte ich wie aus der Pistole geschossen. Da musste ich gar nicht weiter nachdenken.

»Das dachte ich mir. Sie wollen nicht auffallen, richtig?«

»Stimmt«, gab ich zu. »Und ich vermeide die direkte Begegnung mit anderen Menschen. Ich wechsele frühzeitig die Straßenseite, wenn ich männliche Stimmen auf mich zukommen höre.«

»Und wenn das nicht geht? Die Straßenseite wechseln, meine ich.«
Ihre rechte Augenbraue wanderte fragend in die Höhe, während sie
auf meine Antwort wartete. Es verlieh ihr etwas Diabolisches.

Ich ließ mir Zeit mit der Antwort, stellte mir die Situation möglichst
genau vor. Zwei Männerstimmen, die frontal auf mich zukommen. Ich
höre sie schon von Weitem. Keine weibliche Stimme dabei. Auch kein
Klappern von hohen Absätzen. Auf der anderen Straßenseite kein
Bürgersteig, wegen einer Baustelle oder so.

Die Trainerin wartete geduldig.

»Ich gehe zügig weiter, aber ich gehe nicht extra schneller«, sagte
ich schließlich. »Ich versuche, weder angespannt noch ängstlich zu
wirken. Ich weiche aus, aber nicht zu sehr. Ich werfe ihnen einen
flüchtigen Blick zu, aber ich sehe sie nicht richtig an.« Ich zögerte.
»Und ich richte mich auf. Glaube ich wenigstens.«

»Genau das ist es!« In ihren Augen leuchtete es triumphierend. »Sie
zeigen Selbstbewusstsein und signalisieren deutlich, dass Sie die
Männer bemerkt, aber dennoch ein anderes Ziel haben.«

»Ja, so könnte man es vermutlich interpretieren.«

»Ich übe manchmal das Gehen mit den Mädchen. Das ist sehr
wichtig. Was ich aber nicht vermitteln kann, ist die jahrzehntelange
Erfahrung, die Sie sich erworben haben, ohne dass Sie sich dessen
bewusst sind.«

»Bella«, kam ich auf das ursprüngliche Thema zurück, »hat die
Sache also ganz gut im Griff und ist deshalb kein Opfertyp. Das
wollten Sie mir doch damit sagen, oder?«

»Ja, so würde ich das einschätzen. Natürlich ist das keine Garantie,
und Ausnahmen bestätigen die Regel. Manche Männer fühlen sich
gerade durch ein selbstbewusstes Auftreten provoziert.« Die Trainerin
klang so, als wüsste sie, wovon sie sprach.

»Ich weiß«, sagte ich traurig. »Rufen Sie mich an, wenn Ihnen noch
was einfällt.« Ich kritzelte ihr meine Handynummer auf ein Stück
Papier.

Eine Querstraße weiter fand ich das Zechenhäuschen, das Katrin
Welsch mir als Billbos Adresse benannt hatte. Ein junger Mann hievte

gerade eine Schubkarre Bauschutt in einen Container, der auf dem Fußweg vor dem Haus stand.

»Herr, äh, Billbo?« Ich kam mir blöd vor, weil ich seinen Nachnamen vergessen hatte und nicht so recht wusste, wie ich ihn ansprechen sollte. Doch er schien sich nicht an meiner etwas vertraulichen Anrede zu stören und nickte bestätigend.

Mein Sprüchlein ging mir schon flüssig über die Lippen.

»Die Kleine, die verschwunden ist«, bestätigte Billbo, als Bellas Name fiel. »Ja, ich weiß. Die Polizei ...«

»... war deswegen auch schon hier«, setzte ich den Satz fort.

Er nickte, schob sich die Schirmmütze aus der Stirn und wischte sich den Schweiß ab. Sein Handrücken hinterließ eine dunkle Spur in seinem Gesicht, das von den Narben einer schlecht behandelten Akne durchfurcht war.

»Die haben mit Spürhunden das ganze Haus hier abgesucht«, sagte er und fixierte mich durch eine schwere Brille hindurch, deren Gläser so dick waren, dass sie seine Augen zu überdimensionalen Guckies vergrößerten.

Wie die Augen eines Insektes, dachte ich. Obwohl die dunkel waren, während seine ein verwässertes Blau hatten. Nein, schön war er entschieden nicht, der arme Kerl. Seine dünnen Haare waren lang und strähnig und von einer undefinierbaren Aschbraunfärbung, und ein überdimensionierter Adamsapfel hüpfte beim Sprechen unruhig auf und ab.

»Den Garten haben sie auch durchsucht«, erzählte er weiter. »Die haben da sogar gegraben an einer Stelle, wo ich im Frühjahr noch ein neues Beet gemacht habe. Aber ich bin nicht sauer. Ist schrecklich, das mit der Bella. Ich wäre froh, wenn ihr nichts passiert wäre.«

»Ist das Ihr Haus?« Ich musste mich zwingen, den Blick von dem Adamsapfel abzuwenden.

»Meine Oma ist vor zwei Monaten gestorben. Sie ist die Einzige, die immer zu mir gehalten hat. Sie hat mir das Haus hier vererbt.«

»Nicht schlecht!« Ich fragte mich, wobei die alte Dame zu ihm gehalten hatte. Aber ich sprach es nicht aus. »Das kann man sich richtig schön machen«, sagte ich stattdessen.

»Leider hat sie zwanzig Jahre lang nichts mehr dran getan. Und stur war sie auch. Sonst hätte ich schon längst mal bei ihr renoviert. Aber das wollte sie nicht. Nur über meine Leiche, hat sie gesagt. Und jetzt ist sie tot.«

Ich sah, dass seine Augen feucht wurden. Riesige Pfützen in riesigen Augen.

»Sie würde sich sicher freuen, dass Sie ihr Häuschen in Ehren halten«, sagte ich freundlich. »Warum hat die Polizei denn hier überhaupt gesucht?«

»Weiß ich nicht.« Billbo schob sich die Kappe in die Stirn und kratzte sich am Hinterkopf. »Irgendwie schienen sie mir nicht zu glauben, dass ich die Kleine an dem Abend überhaupt nicht gesehen habe. Aber sie war nicht da. Glaube ich jedenfalls.«

»Früher ist sie Ihnen schon aufgefallen, die Bella?«, bohrte ich nach. »Ich meine, an anderen Samstagen ...«

»Doch. Schon. Das ist eine richtig Süße. Eine von den Mädels, die sich gerne bewegen, wenn Sie wissen, was ich meine.«

»Nein. Ehrlich gesagt weiß ich das nicht.«

»Die meisten jungen Mädels sind doch sehr unbeholfen«, erklärte er. »Sie wollen tanzen und stehen sich dabei selbst im Weg. Weil sie dauernd daran denken, wie sie auf andere wirken. Also wippen sie ein bisschen mit der Musik mit, trauen sich nicht richtig. Unbeholfen eben.«

»Und Bella ist da anders?« Ich war überrascht über so viel Beobachtungsgabe bei einem jungen Mann, der selbst mit so wenig vorteilhaften Attributen ausgestattet war.

»Die Bella, die tanzt richtig gerne. Nicht provozierend oder so.« Er wurde rot. »Da gibt es Mädchen, die wirklich alles tun, um aufzufallen. So eine ist sie nicht. Sie denkt einfach nicht darüber nach, wie sie auf die anderen wirken könnte. Beim Tanzen vergisst sie alles andere um sich rum. Verstehen Sie?« Verlegen sah er zu Boden.

Ja, das verstand ich wirklich. Ich nickte.

»Hoffentlich ist ihr nichts passiert!« Billbos Adamsapfel hüpfte unruhig auf und ab. »Das wäre schrecklich.«

Ich ging zurück zu meinem Wagen, den ich beim Jugendhaus abgestellt hatte. Während ich in der Außentasche meines kleinen Rucksacks nach dem Autoschlüssel suchte, bretterte ein Moped in flottem Stil vom ehemaligen Schulhof und zog dicht an mir vorbei. Vor Schreck ließ ich den Rucksack fallen.

»Na sauber!«, rief ich hinterher. Die Beifahrerin, die dicht am Rücken des behelmten Jungen klebte, drehte sich zu mir herum und warf mir ein dreistes Grinsen zu. Ich erkannte Sandra, die Wortführerin der drei Grazien.

Kopfschüttelnd sah ich dem Moped hinterher. Fast wäre mir entgangen, dass auch Mareike das Jugendhaus verlassen hatte. Sie trug eine Sporttasche. Der Selbstverteidigungskurs, fiel mir wieder ein. Ich winkte ihr zu.

»Das war doch Sandra eben.«

Mareike nickte.

»Und der Typ? War das ihr Freund?«

»Weiß nicht.« Sie biss sich auf die Unterlippe.

Forschend sah ich sie an.

Sie schien unter meinem Blick zu schrumpfen. »Glaub schon«, gab sie schließlich zu.

»Und wo ist Gudrun?«

»Guddi geht nicht zu diesem Kurs.«

»Hier geht ihr also am Wochenende regelmäßig tanzen?«

Sie nickte ernsthaft. Aber ich sah, wie ihre Augen beiseite flackerten. Ich spürte, dass sie mich anlog. Und Bilbos Worte fielen mir wieder ein. Er hatte Bella nicht gesehen an dem Abend, und auch keines der anderen Mädchen. Plötzlich ergab das einen Sinn.

»Verdammt noch mal! Ihr wart am Samstag gar nicht hier!« Wütend packte ich Mareike an den Schultern und schüttelte sie. »Du wirst mir jetzt sagen, wo ihr stattdessen hingegangen seid!«

Sie schien sich unter meinem Griff zu ducken, so, als würde sie einen Schlag erwarten.

»Kapierst du denn nicht?«, fuhr ich sie an. »Deine Freundin Bella ist jetzt den vierten Tag verschwunden. Du hättest der Polizei das schon längst stecken müssen, dass ihr nicht im Jugendhaus wart! Warum, zum Teufel, habt ihr das nicht erzählt?«

»Mein Vater ...«, setzte sie an. Die Augen riesig. Erweiterte Pupillen. Sie hatte Angst. Doch darauf konnte ich keine Rücksicht nehmen. Nicht jetzt.

»Das ist mir scheißegal«, fauchte ich. »Bella ist vielleicht noch am Leben und braucht Hilfe. Aber ihr habt die Polizei in eine falsche Richtung geschickt. Sag mir jetzt endlich, wo ihr wart!«

»Er schlägt mich tot, wenn er das rausbekommt«, flüsterte sie.

Das nun konnte ich nicht mehr ignorieren. »Wer? Dein Vater?« Plötzlich hatte ich einen schlechten Geschmack im Mund, leicht metallisch, wie von Blut.

Sie sah trotzig zur Seite. Aber ihre Unterlippe zuckte und verriet, dass sie gleich in Tränen ausbrechen würde.

»Tut er das öfter?« Ich konnte nicht anders. Ich musste sie das einfach fragen.

»Er rastet halt manchmal aus«, sagte sie leise.

»Und hierbei würde er gründlich ausrasten?«

Sie starrte zu Boden.

Keine Antwort ist auch eine Antwort, sagte meine Großmutter.

»Meistens hat er Nachtschicht von Samstag auf Sonntag. Wird besonders gut bezahlt. Deshalb bekommt er das auch nicht mit.«

»Dass du später als abgesprochen heimkommst, zum Beispiel?«, fragte ich tastend. »Oder statt in die Rübe woanders hingehst?«

Sie schwieg. Biss sich auf die Lippe, so, als hätte sie schon zu viel gesagt.

»Und deine Mutter? Merkt die nichts?«

»Die ist doch eh immer blau um die Zeit!« Mareikes Tonfall war bitter.

Ich schluckte. »Er wird es nicht erfahren«, versprach ich. Und hoffte inständig, dass ich das Versprechen einhalten könnte.

Sie sah mich an. Große Augen. Riesige Pupillen. Ein rührend kleiner Schimmer Hoffnung darin.

»Wenn er wieder ausrastet, rufst du mich an. Es gibt Stellen hier in Essen, an die du dich wenden kannst. Mit so einem Problem bist du nicht allein, glaub mir. Das haben mehr Jugendliche, als du denkst.«

Der Schimmer wurde stärker.

»Hier.« Ich kritzelte meine Handynummer auf ein Blatt Papier. »Hier ist meine Telefonnummer. Du kannst anrufen. Egal wann.«

Sie schien zu spüren, dass es mir ernst damit war. »Wir waren im Platin«, flüsterte sie.

Platin? Nie was davon gehört. »Kenne ich nicht«, sagte ich wahrheitsgemäß.

»Am Kopstadtplatz. In der City.«

»Seit wann geht ihr da hin?«

Sie zuckte mit den Schultern.

»Na komm schon.« Ich ließ nicht locker.

»Seit ungefähr einem halben Jahr«, antwortete sie schließlich. »Seit Sandra sich in Sven verliebt hat.«

»Und der geht da immer hin?«

»Ja. Die Rübe, das ist doch Kinderkram, hat er gesagt. Seitdem will Sandra nicht mehr herkommen.«

Was war ich froh, nicht mehr jung zu sein!

»War Bella überhaupt mit im Platin?«, fragte ich schließlich. »Oder habt ihr da auch gelogen?«

»Nein. Wir waren alle da. Und Bella ist früher gegangen, schon kurz nach elf. Und wo sie hinwollte, hat sie nicht gesagt!«

»Hat sie denn auch zum Platin das Fahrrad genommen?«

»Das glaube ich nicht. Durch die Stadt wollte sie nicht mit dem Rad. Wir sind immer mit dem Nachtexpress zurückgefahren, nur mit verschiedenen Linien. Außer Sandra. Die hat Sven nach Hause gebracht. Bin ich jetzt schuld, wenn ihr was passiert ist?« In ihren Augen schimmerte es schon wieder feucht.

»Nein«, sagte ich traurig. »Schuld bestimmt nicht. Aber eure Lügen haben Zeit gekostet.«

Ich sah ihr hinterher, als sie mit hängenden Schultern die Straße hinunterlief. Dann ging ich zurück ins Jugendhaus und fragte die Frohnatur, ob ich mal kurz ins Internet dürfte.

»Wenn Sie die Tastatur finden können ...«, kicherte Katrin Welsch und wies auf den chaotischen Schreibtisch. Ich schob die Papiere zusammen, die vorhin über die Tastatur gerutscht waren, und legte den Stapel einfach auf den Boden. Dann loggte ich mich ein.

Das Platin, so erfuhr ich im Netz, war eine Nichtraucherdisco und darum bereits für Jugendliche ab sechzehn geöffnet. Für die Raucher gab es einen geschlossenen Raucherraum, der war dann erst ab achtzehn zugänglich.

Offensichtlich hatte das Platin sich intensiv mit dem Thema Jugendschutz beschäftigt, denn ein Formular auf der Homepage konnten Erziehungsberechtigte ausdrucken und eine volljährige Begleitperson für ihre Kinder eintragen, unter deren Obhut es den Minderjährigen möglich war, bereits mit sechzehn länger als bis Mitternacht bleiben zu können. Ich lud das Formular herunter und druckte es aus.

Dann überflog ich die restlichen Seiten des Web-Auftritts. Eintritt bis dreiundzwanzig Uhr frei, Beach-Partys, Holiday-Partys, One-Euro-Partys, Glücksrad-Partys (bei denen der Gewinner je nach Geldwert, den er zieht, eine halbe Stunde lang beliebig oft Getränke für diesen Wert konsumieren kann). Alles passende Angebote für die XXL-Flatrate-Generation, der eingeredet wurde, dass geizig sein geil ist. Das Platin, so schien es mir, wollte mit Dumping-Angeboten speziell die Jugendlichen in seine Hallen locken.

✳✳✳

Die Brissanos wohnten nahe dem Stadtwaldplatz in einem Mehrfamilienhaus auf der Frankenstraße schräg gegenüber dem Bioladen, der vor ein paar Jahren dort eröffnet hatte.

Ich stieg in den zweiten Stock hinauf und folgte Angela Brissano ins Wohnzimmer, das von einer schweren Schrankwand aus Mahagoni und einem großen Ecksofa in dezent changierenden Beigetönen dominiert wurde.

Am Esstisch saß ein rundlicher Mann mit einem Kranz grauer Haare und einem opulenten Schnauzbart, der noch nicht vollständig ergraut war.

»Mein Mann Guiseppe«, stellte Angela Brissano ihn mir vor.

Er stand auf und gab mir die Hand. Ich sah, dass er geweint hatte.

»Wussten Sie, dass das Jugendhaus bei den Mädchen schon länger nicht mehr angesagt war?«, eröffnete ich das Gespräch. Nicht die feine englische Art, so mit der Tür ins Haus zu fallen, aber ich hatte noch viel zu erledigen.

»Bitte? Ich verstehe nicht ...« Es brauchte etwas Zeit, bis die Bedeutung dieser Frage bei Angela Brissano ankam. »Nein«, sagte sie schließlich langsam. »Das wusste ich nicht. Bella hat immer gesagt, sie geht in die Rübe.«

»Sie ging aber schon eine Weile nicht mehr dorthin. Jedenfalls nicht zum Tanzen. Denn die Rübe ist was für kleine Kinder. Sagen die Freundinnen. Die gingen auch nicht mehr hin.«

Angela Brissano ließ mich nicht aus den Augen, während sie hinter sich tastend nach einem Stuhl suchte. So, als wolle sie meine Worte auf Glaubwürdigkeit überprüfen. Als sie die Kante spürte, sank sie kraftlos auf die Sitzfläche.

»Sie gehen jetzt ins Platin.«

»Ins Platin?«, fragte sie mit dünner Stimme. »Was ist das denn?«

»Ein Club. Regelmäßig Disco, auch ab sechzehn. Viele Sonderveranstaltungen. Einige Schulen mieten das Platin für die Abschlussjahrgänge zum Feiern an. Außerdem gibt es ein Gästebuch, wo die Leute sich austauschen können. Ist kein richtiges Chatten, aber sie können sich verabreden.«

»Chatten?« Sie sprach das Wort aus, als wäre es eine gefährliche Droge.

»Ja. Sich über das Internet mit Leuten unterhalten. Verabreden.«

»Davon hat sie nie was erzählt!«

Das glaubte ich ihr aufs Wort. »Fakt ist, dass sie dort hingingen. Seit einem halben Jahr etwa. Und ihre illustren Freundinnen waren mit von der Partie. Aber sagen Sie das bitte nicht dem Vater von Mareike«, schob ich schnell nach. »Er scheint seine Familie zu misshandeln. Mareike hat große Angst vor ihm.«

»Mareikes Vater? Oh Gott. Das arme Kind!«

Ich rechnete es ihr hoch an, dass sie diese Information nicht einfach kommentarlos unter den Tisch fallen ließ, und konnte nur hoffen, dass sie sich bei all dem Stress später noch daran erinnern würde.

»Sie haben vermutlich nie so etwas unterschrieben?« Ich zeigte ihr das Formular für Erziehungsberechtigte, das ich mir im Netz von der Homepage des Platin heruntergeladen hatte.

Sie schüttelte stumm den Kopf.

Mit fiel auch nichts ein, was ich noch dazu hätte sagen können.

»Wo ist denn diese Disco?«, fragte Guiseppe Brissano von seinem Platz am Tisch aus.

Ich zuckte zusammen. Er war die ganze Zeit so still gewesen, dass ich seine Anwesenheit glatt vergessen hatte. Seine Stimme klang brüchig wie die eines viel älteren Mannes.

»Am Kopstadtplatz. In der Essener City.«

Er sackte in sich zusammen und schwieg. Schien sich in sich zurückzuziehen. Und erneut zuckte ich zusammen, als er dann plötzlich doch wieder sprach.

»Und was gehen da für Leute hin?«

»Ganz normale junge Leute, denke ich. Ab sechzehn aufwärts. Die meisten wohl so um die zwanzig. Unterschiedliche Schichten, also nicht nur Studenten oder so«, fasste ich meinen Eindruck zusammen. »Ich konnte nichts finden, was mich als Mutter ernsthaft beunruhigt hätte.« Bis auf diese XXL-Geschichten. Damit wollte ich die beiden jetzt aber nicht auch noch beunruhigen.

»Kopstadtplatz«, wiederholte Angela Brissano. Irgendwie wirkte sie wie in Trance. »Wie ist sie denn da hingekommen? Ihr Fahrrad steht doch im Keller!«

»Von hier aus geht ein Bus durch bis zum Porscheplatz«, sagte Guiseppe Brissano langsam. »Aber zurück?«

»Es gibt ein Nachtliniennetz« Ich registrierte den ratlosen Blick. »Nachtexpressbusse«, schob ich also schnell hinterher.

»Oh Gott! Meine Süße ...« Dieses Mal hatte Angela Brissano sich nicht mehr in der Gewalt. Sie fing leise an zu weinen.

Hilflos sah ich ihr zu und legte schließlich zögernd einen Arm um ihre Schultern. Aber auch das half nicht. Natürlich nicht. Wie sollte es auch.

Es nieselte, als ich zurück nach Hause fuhr. Ich kurvte eine ganze Weile durch die engen Straßen, bis ich mich schließlich einfach auf den

Lehrerparkplatz des Berufskollegs an der Blücherstraße stellte. Ich wollte ohnehin bald wieder los. Natürlich hatte ich keinen Schirm dabei. Also sprintete ich durch den Schnürregen nach Hause.

Die Katzen begrüßten mich voller Begeisterung. Rannten mit dick aufgeplusterten Schwänzen durch die Wohnung, hopsten und sprangen und zeigten mir ihre ganze Palette tollkühner Kunststücke, um zwischendurch immer wieder bei mir Halt zu machen und mir schnurrend die Hand zu lecken.

Ich hatte ein schlechtes Gewissen, weil ich sie so lange allein gelassen hatte und bald schon wieder weg musste. Also spielte ich nach der obligatorischen Fütterung ausgiebig mit ihnen. Warf Bällchen, schwenkte einen Bindfaden mit einem Korken durch die Luft, rannte hinter ihnen her und jagte sie kreuz und quer durch die Wohnung, bis sie keine Lust mehr hatten.

Eigentlich wäre ich jetzt viel lieber zu Hause geblieben. Mein rotes Sofa lockte. Clyde hatte es sich darauf bereits bequem gemacht und blinzelte mich erwartungsvoll an.

»Geht nicht, Süßer«, sagte ich und kraulte seinen schwarzen Pelz. Augenblicklich warf er seinen kleinen Brumm-Motor an. »Ich muss wirklich noch mal weg. Ich hoffe, es wird nicht zu lange dauern.«

Ich beschloss, die Tiere in meiner Wohnung zu lassen, auch wenn ich nach wie vor keine Katzenklappe nach draußen zu bieten hatte. Bei dem miesen Wetter würden sie ohnehin nicht rausgehen.

✳✳✳

Der Mann sah aus wie eine Mischung aus Meister Proper und diesem Boxer, der mit seinem Bruder für irgendwelches Zeug im Fernsehen wirbt. Klitschko? Oder wie hieß der Kerl?

Sein weißes Shirt spannte sich über dem gewaltigen Oberkörper, der es fast zu sprengen schien. Sein Schädel, mit rötlichem, gekräuseltem Flaum bewachsen, saß auf einem massigen Hals und die üppigen, geraden Augenbrauen gaben seinem Gesicht etwas Grimmiges.

Eine Zeit lang beobachtete ich, wie der Türsteher Grüppchen von jungen Leuten in die Disco einließ. Dabei kontrollierte er häufig die Ausweise. Genauso häufig wurde ihm auch ein Blatt Papier unter die Nase gehalten. Die Unterschrift der Erziehungsberechtigten, vermutete ich. Er schien seinen Job ernst zu nehmen. Nach welchem Kriterium er allerdings unterschied, wer ohne Ausweiskontrolle den Laden betreten konnte, war mir nicht klar. Für mich sahen sie alle jung aus, verdammt jung. Nach einer guten halben Stunde gab ich mir einen Ruck und stellte mich hinter einer Gruppe von fünf Jugendlichen an.

Er war höflich genug, nicht zu fragen, was denn die Alte hier will, obwohl er genau das vermutlich dachte.

»Keine Bange, ich bin weder von der Gewerbeaufsicht noch vom Jugendamt«, sagte ich. »Ich möchte lediglich nachsehen, ob meine Tochter hier ist. Sie hat nämlich Hausarrest und hat sich trotzdem verdrückt. Kinder!« Ich setzte ein nachsichtiges Lächeln auf.

Immerhin ließ er mich nicht am ausgestreckten Arm vor der Tür verhungern. Er musterte mich noch einmal scharf und ließ mich ein.

»Ach, sagen Sie«, hob ich an, als ich schon fast drinnen war. »Können Sie mir erklären, wie Sie das Alter so genau einschätzen können? Ich meine, Sie kontrollieren doch nicht bei jedem den Ausweis.«

Er musterte mich erneut. Seine Augen lagen sehr dicht beieinander, und die Oberarme unter dem weißen Muskelshirt sahen schwer nach Bodybuilding aus. Mit dem sollte ich mich besser nicht anlegen, dachte ich.

Großmutter schien keine Erfahrungen mit Männern seiner Statur zu haben, denn sie hielt sich seltsam bedeckt. Also setzte ich ein Lächeln auf, von dem ich hoffte, dass es als harmloses Mutti-Lächeln durchgehen würde.

»Ich kenne meine Gäste«, bequemte er sich schließlich zu einer Antwort. »Wenn ich den Ausweis nicht sehen will, kenne ich den.«

»Oder die«, setzte ich freundlich nach. »Kennen Sie die hier auch?« Damit hielt ich ihm Bellas Foto unter die Nase.

Eine steile Falte erschien zwischen seinen Augenbauen, als er das Foto betrachtete.

»Die ist heute nicht da.« Er reichte mir das Foto zurück.

»Tatsächlich? Ich würde mich aber trotzdem gerne selbst davon überzeugen«, sagte ich in schüchtern bittendem Tonfall. »Ich zahle auch den Eintritt.«

Ich zückte einen Schein und er hielt schnell die Hand auf. Seine Handfläche war versehen mit einem weit aufgerissenen Tigermaul.

»Ist sie denn öfter hier, meine Bella?«

»Nur am Wochenende. Und sie hat immer die Unterschrift eines Erziehungsberechtigten dabei«, verteidigte er sich.

»Ich mache Ihnen doch keinen Vorwurf! Es ist nur, weil sie mir nicht mehr viel erzählt. Nicht mal, wenn ich sie frage, wo sie hin will.«

Ich schien genug Panik in meine Stimme gelegt zu haben. »Die Kleine ist ganz vernünftig«, sagte er. Er rang sich sogar ein Lächeln ab. »Glauben Sie mir, da gibt es ganz andere in ihrem Alter. Ich habe zum Beispiel nie gesehen, dass sie betrunken gewesen wäre.«

»Ich denke, an Jugendliche unter achtzehn wird ohnehin kein Alkohol ausgeschenkt«, wandte ich ein.

»Eigentlich nicht. Aber wir können die Begleitperson natürlich nicht daran hindern, Alkohol zu kaufen und dann an die Jugendlichen weiterzugeben. Das lässt sich nicht kontrollieren. Wenn Sie unterschreiben, übernehmen Sie die Verantwortung, so einfach ist das.«

Das wagte ich zu bezweifeln. Aber ich sagte es nicht. »Wissen Sie vielleicht, mit wem sie immer hier ist?«

Er runzelte die Stirn. »Meistens waren sie zu viert. Also vier Mädels. Und ein älterer Junge, der sie begleitete.«

»Der Name?«, fragte ich.

»Sven sowieso...« Das geöffnete Tigermaul bleckte mich an, als er bedauernd seine Hände hob. »Ich weiß es nicht genau. Ich kann mir Gesichter gut merken, aber doch nicht den Namen jeder Begleitperson.«

So viel zum Thema Jugendschutz.

Drinnen war es laut wie in jeder Disco. Viel flackerndes, farbiges Licht. Viel Bassgewummer. Keine Ahnung, ob das House oder Techno war. Es gehörte auf jeden Fall zu der Art von Musik, die ich normalerweise meide. Ein für mich immer gleich klingender elektronischer Sound mit eintönigem WummWummWumm. Ich wollte mich da gar nicht auskennen. Vermutlich dachten unsere Eltern damals genau dasselbe über unsere Rockmusik, überlegte ich, während ich mich umsah. Der monotone Krach bereitete mir Unbehagen.

Bei dieser schummrigen Beleuchtung sahen die Menschen um mich herum verdammt jung aus. Ich konnte beim besten Willen nicht sagen, ob sie fünfzehn, siebzehn oder vielleicht doch schon zwanzig waren. Keine Chance. Ich schob mich zur Theke vor.

Das Personal dahinter hatte alle Hände voll zu tun. Beliebt waren Longdrinks, und mir fiel ein, dass ich das schon mal von einer Freundin gehört hatte. Longdrinks waren der letzte Schrei bei der Jugend. Obwohl auch viele mit Bierflaschen in der Hand herumstanden, wie üblich allerdings hauptsächlich Jungs.

Was mir noch auffiel, war ein gewisser prolliger Schick. Die Leute, die hierher kamen, sahen eher wie Hauptschulabgänger, Lehrlinge und junge Angestellte aus, nicht wie Studenten oder Abiturjahrgänge. Aber vielleicht täuschte ich mich da auch. Was wusste ich schon von Jugendlichen. Diese Generation konnte ich definitiv nicht mehr einschätzen.

Ich reichte Bellas Foto an der Theke herum. Keiner erkannte sie. Mehr konnte ich nicht tun.

Beim Rausgehen zeigte ich dem Türsteher die blanke Mindestverzehrkarte. Dann fiel mir noch was ein.

»Können Sie sich erinnern, ob meine Kleine am letzten Samstag hier war?«

Meister Proper zog wieder die Augenbrauen zusammen, während er überlegte. »Ja«, bestätigte er schließlich zögernd. »Sie war da, ist aber lange vor Mitternacht wieder gegangen. So wie Sie hatte sie nicht mal Ihre Mindestverzehrkarte aufgebraucht.«

»War sie allein?«, fragte ich drängend.

»Ja, sie ging allein.« Sein Tonfall ließ keinen Zweifel daran aufkommen, dass er sich wirklich daran erinnerte. In seinen Augen spiegelte sich das rötliche Licht des großen Leuchtschildes über dem Eingang. »Und sie schien es ziemlich eilig zu haben.«

∗∗∗

Kaum hatte ich das Auto vor dem Nachbarhaus geparkt, fing es wieder an zu regnen. Kein feiner Nieselregen wie am Nachmittag. Es schüttete. Goss in Strömen. So einen Starkregen hatte ich schon lange nicht mehr erlebt. In Windeseile waren meine Hosen durchweicht, und in meinen Schuhen sammelte sich das Wasser. Als ich meine Wohnung betrat, bildeten sich um mich herum sofort Pfützen auf dem neuen Dielenboden.

Schnell streifte ich die Schuhe ab, stellte sie auf die Matte vor der Tür und hüpfte in großen Sprüngen ins Bad, wo ich mich meiner triefendnassen Klamotten entledigte. Um wieder warm zu werden, duschte ich ausgiebig, so heiß es eben ging, trocknete mich ab und hüllte mich in den schweren, dunklen Frottee-Bademantel, den ich noch von meinem Vater hatte. Anschließend rubbelte ich mir die Haare trocken, hängte die nassen Kleider auf die Wäschestange über der Wanne und wäre beinahe über die Katzen gestolpert, die interessiert an meinen nassen Socken schnüffelten. Beleidigt flüchteten sie in die Küche.

Ich hörte, wie sie sich krachend über die restlichen Brekkies der Abendfütterung hermachten und folgte ihnen. Belegte mir selbst ein paar Scheiben Vollkornbrot mit Käse. Schenkte mir Wasser und Wein ein. Zündete ein paar Kerzen an und legte leise Musik auf. *Stairway to Heaven*. Das brauchte ich jetzt. Ich schloss die Augen und lauschte der Musik. Traurig fühlte ich mich – und alt.

Bonnie riss mich aus der selbstmitleidigen Stimmung, indem sie mir die Hand leckte. Vermutlich, weil sie nach Leberwurst roch. Oder doch nicht? Ich lächelte und öffnete die Augen.

Erst jetzt sah ich, dass mein Anrufbeantworter blinkte. Max hatte mir draufgesprochen, dass er im Laufe des nächsten Abends heimkommen würde. Wie schön.

Ich holte mein Handy, das sich noch in der Tasche meiner ebenfalls ziemlich durchnässten Lederjacke befand. Es war halbwegs trocken geblieben. Das kleine Glockensymbol signalisierte, dass ich auch hier einen Anruf bekommen hatte. Unbekannter Anrufer um einundzwanzig Uhr vierzig. Da war ich gerade im Platin gewesen.

Ich hörte meine Mailbox ab. Irgendein Herr Furtmann bat mit zögerlicher, leiser Stimme um Rückruf. Einer der Lehrer. Flüchtig tauchte ein sehr runder Mann mit einer sehr runden Brille vor meinem inneren Auge auf. Aber ich war mir nicht sicher. Ein Blick auf das Display des Handys zeigte mir, dass es bereits nach Mitternacht war. Der Anruf würde warten müssen.

Stattdessen ließ ich mir die Geschehnisse des Tages durch den Kopf gehen.

Die Mädchen gingen zum Tanzen nicht mehr ins Jugendhaus Rübe, sondern ins Platin. Am Samstag war Bella um kurz nach elf gegangen. Die anderen waren im Platin geblieben.

Ich stellte mir vor, wie ich um diese Uhrzeit vom Kopstadtplatz über die Kettwiger Straße zum Hauptbahnhof gehen würde. Allein. Ich würde es tun, keine Frage. Auch wenn es mir nicht behagen würde. Denn es nicht zu tun, käme einer Selbstaufgabe gleich. Und ich hätte es mit fünfzehn auch getan. Nicht gerne, aber ich hätte es getan.

Wo wollte sie hin um diese Uhrzeit? Wollte sie nach Hause? War sie noch mit jemandem verabredet?

Frustriert stellte ich fest, dass mich die gleichen Fragen wie ein paar Tage zuvor beschäftigten. Ich war keinen entscheidenden Schritt weiter gekommen. Oder doch? Ich hatte keinen Überblick.

Also malte ich in altbewährter Manier die bislang noch sehr losen Elemente auf diverse Zettel. Kringel für die Personen, die Örtlichkeiten in Kästchen und Fragen oder Vermutungen in Sprechblasen. Ich pinnte die Zettel nicht wie sonst an die Wand, sondern schob sie auf dem Schreibtisch hin und her. War schließlich gerade erst frisch gestrichen, die Wand. Außerdem war so ein Organigramm kein besonders attraktiver Wohnzimmerschmuck. Und ein Büro hatte ich ja nicht mehr, in dem ich mich ohne Rücksicht auf die Optik ausbreiten konnte.

VIER

Als ich aufwachte, fühlte ich mich wie verkatert. Ich überlegte, wie viel ich wohl getrunken hatte. Nicht viel, beschied ich mich nach reiflicher Überlegung. Aber geschuftet hatte ich in den letzten Tagen wie ein Bergarbeiter. So fühlte ich mich jedenfalls. Vielleicht hatte ich mich ja auch erkältet bei dem Sauwetter gestern Abend. Ein Blick auf den Wecker sagte mir, dass es noch verdammt früh war.

Eine Weile wälzte ich mich hin und her. Versuchte, wieder einzuschlafen. Es gelang mir nicht. Dazu spukte bereits zu viel in meinem Kopf herum.

Bisher hatte ich mich mit der Frage beschäftigt, wo Bella sich an dem Abend, an dem sie verschwunden war, aufgehalten hatte. Ich hatte versucht, die Geschehnisse der Nacht zu rekonstruieren und stand jetzt wieder am Anfang, denn ich war von falschen Voraussetzungen ausgegangen. Dass die Mädchen im Platin und nicht in der Rübe gewesen waren, erschwerte die Sache. Im Jugendzentrum war Bella gut bekannt. Im Platin jedoch war sie ein Mädchen unter vielen. Es würde vermutlich kaum möglich sein, unter diesen Bedingungen den Weg zu rekonstruieren, den sie in der Nacht genommen hatte. Also sollte ich mich erst mal auf etwas anderes konzentrieren. Ich sollte mich mit Bella selbst beschäftigen. Was war sie für ein Mädchen? Was bewegte sie, wofür interessierte sie sich? Bellas Zimmer hatte ich mir noch gar nicht genauer angesehen. Ein Versäumnis, das ich unbedingt nachholen musste.

Während ich zum x-ten Mal die Position im Bett wechselte, wurde mir außerdem klar, dass es an der Zeit war, sich mit der Polizei kurzzuschließen. Meine neu gewonnenen Informationen durfte ich nicht für mich behalten. Ich zögerte trotzdem damit. Warum bloß? Weil ich es Mareike versprochen hatte?

Streng genommen hatte ich ihr das nicht versprochen. Ich hatte nur gesagt, dass ihr Vater nichts vom Platin erfahren würde. Aber ging das eine ohne das andere? Ob ich den Bullen trauen konnte, hing sehr davon ab, wer den Fall bearbeitete. Und das musste ich erst mal herausbekommen. Deshalb musste ich zu Bea. Ein saurer Apfel! Ich sollte mich gut vorbereiten, bevor ich zu ihr ging.

Grunzend wälzte ich mich aus dem Bett. Duschte ausgiebig. Weniger der Sauberkeit wegen, sondern um einen klaren Kopf zu bekommen. Fütterte die Katzen. Brühte mir Kaffee auf, stark und schwarz. Setzte mich schließlich an den Schreibtisch, gehüllt in meinen schweren, viel zu großen Vater-Frottee-Bademantel. Hinderte Clyde daran, sich auf meiner Tastatur niederzulassen. Nahm einen Schluck von dem noch dampfenden Kaffee aus dem roten Becher und verbrühte mir die Zunge.

»Verdammt«, fluchte ich.

Über das Netz suchte ich nach einer Software, mit der sich Visitenkarten erstellen ließen. Ich fand eine Shareware, lud sie herunter und entwarf das Layout. Das Ergebnis druckte ich auf einen zartgelb getönten Din-A4-Karton und schnitt die fünfzehn Kärtchen aus. Nicht ganz perfekt, aber für den Anfang würde es reichen. Ich wusste, dass es spezielle Vorlagen für diesen Zweck in jedem größeren Bürobedarfsladen gab und nahm mir vor, bei nächster Gelegenheit ein paar dieser vorgestanzten Visitenkartenbögen zu kaufen.

Nägel mit Köpfen machen, meldete sich Großmutter mal wieder zu Wort, *und den Stier bei den Hörnern packen.* Damit beendete die alte Dame ihre ungebetene Stippvisite in meinem Kopf.

Ich griff zum Telefon.

Bea freute sich, dass ich mich bei ihr meldete.

»Wir können uns mittags im Leibgericht treffen«, schlug sie vor.

»Gute Idee«, stimmte ich zu.

Das Leibgericht befindet sich in unmittelbarer Nähe zum Polizeipräsidium. Das Restaurant blickt auf eine bewegte Zeit stetig wechselnder Inhaber zurück, die meist Brauhäuser mit deftiger bürgerlicher Karte geführt hatten. Mir war nie so recht klar geworden, warum keines von ihnen sich hatte halten können in dieser eigentlich so günstigen Lage, fußläufig zu Polizeipräsidium, Amtsgericht und Klinikum. Das Restaurant war doch geradezu prädestiniert für den Mittagstisch. Jede Menge Menschen, die irgendwann irgendwo auch mal etwas essen müssen. Oder hatten die alle eine Kantine? War ja auch mal egal.

Bevor ich dort verabredet war, hatte ich noch Zeit. Also beschloss ich, in der verbleibenden Zeit Bellas Zimmer genauer unter die Lupe zu nehmen, und stand auf.

T-Shirt und Hose vom Vortag waren immer noch feucht. Ich ließ die Klamotten in den Wäschekorb fallen und ging ins Schlafzimmer, wo sich meine Kleider nach wie vor in unübersichtlichen Stapeln auf meinem Sessel und dem Fußboden befanden. Auf einem dieser Stapel hatte es sich Clyde in seinem schwarzen Pelz bequem gemacht. Ich musste mich dringend um Kleiderschrank und Kommode kümmern, so viel stand fest.

Schon vor dem Umzug hatte ich mich intensiv mit dem Thema beschäftigt. Einen wunderschönen Schrank mit matt schimmernden Metalltüren vor der Nase, war mir dabei jedoch sehr schnell klar geworden, dass ich keinesfalls eine von den wuchtigen Schrankwänden nehmen würde, die überall ausgestellt waren. Die einzige Lösung, die ich richtig schön fand, war von Ligne Rosé und absolut unbezahlbar.

Ich scheuchte Clyde von dem Kleiderhaufen und suchte nach sauberen Jeans und einem Sweatshirt, das noch nicht völlig von seinen Haaren kontaminiert war.

Während ich mich durch den zäh fließenden Verkehr an einer der unzähligen Baustellen, die in Essen wie Pilze aus einem feuchtwarmen Waldboden schossen, von Holsterhausen zum Stadtwaldplatz quälte, sinnierte ich, getrieben von matt schimmernden Metalltüren, Ligne Rosé und der Notwendigkeit eines Kleiderschrankes, über meine finanzielle Situation nach. Die war ziemlich trostlos. Ich war nach wie vor arbeitslos und bald Harz IV-Empfänger. Nur noch ein paar Bewerbungen unterwegs und kein Vorstellungsgespräch in Aussicht.

Erst die Regionalnachrichten vom WDR2 erlösten mich von diesem unliebsamen Thema. Die Polizei, so erfuhr ich, ermittelte im Fall des mysteriösen jungen Mannes, von dem ich am Montag in der Zeitung gelesen hatte. Er war mit Spuren schwerer Misshandlungen und einer massiven Alkoholvergiftung im Nachtexpress gefunden worden und lag nach wie vor im Koma. Sein Allgemeinzustand ließ vermuten, dass er obdachlos gewesen war, und ich fragte mich, was wohl in den Köpfen von Leuten vorgehen mochte, die sich Obdachlose als Zielscheibe aussuchten. Oder Vergnügen darin fanden, Kinder zu vergewaltigen. Oder Tiere zu quälen. *This is the End* ... tönte plötzlich der alte Doors-Song in meinem inneren Ohr. Und augenblicklich sah ich Bilder von Kriegen vor mir. Vietnam, Irak, Afganistan.

Ich schüttelte mich. Ich würde es nie begreifen. Und eigentlich wollte ich gar nicht ernsthaft wissen, was in den Köpfen solcher Menschen vor sich ging. Es war schlimm genug, dass es das gab. Und dass man deshalb wachsam sein musste.

***

»Ich würde gerne Bellas Zimmer sehen. Geht das?«

Angela Brissano nickte und erhob sich mühsam vom Sofa, schwerfällig wie eine dicke, alte Frau. Nur dass sie nicht dick war. Und auch nicht alt. Sie sah kraftlos aus, so, als wäre ihr jeder Schritt zu viel, den sie machen musste.

Ich folgte ihr durch einen hell gefliesten, schmalen Flur, an dessen Wänden vergrößerte Fotografien hingen. Eine dunkle Vulkanlandschaft. Ein Hügel, über dessen steinige Hänge die Häuser eines Dorfes verstreut waren. Schafe auf einem ebenso steinigen Hügel. Das Meer, auf dem ein roter Fischerkahn trieb. Sizilien, vermutete ich.

Dann betraten wir Bellas Zimmer.

»Darf ich mich ein wenig umsehen?«

Angela Brissano schloss die Augen in stillem Einverständnis. »Ich lasse Sie lieber allein. Ich möchte hier nicht so ...« Sie beendete den Satz mit einer vagen Geste.

Ich war erleichtert, als sie die Tür hinter mir schloss.

Neugierig ließ ich meinen Blick durch den kleinen Raum schweifen. Ein freundliches Zimmer, fand ich. In zarten Gelbtönen gestrichen. Orangefarbener Teppich. Flauschig. Ein Sessel in einem helleren Orange. Die Form kannte ich. War von Ikea, den gab es auch in vielen anderen Farben. Sogar in Leder, dann aber nur schwarz. Das schmale Bett ordentlich bedeckt mit einer Tagesdecke in sonnigen Gelbtönen. Patchwork. Die Möbel aus hellem Kiefernholz. Ein kleiner Schrank, Regale, ebenfalls von Ikea. Ivar. Eine Ballonlampe aus gelbem Reispapier. Ein kleiner Schreibtisch. Darauf ein Flatscreen. Ich suchte nach dem PC und fand ihn neben dem Schreibtisch.

Während ich ihn einschaltete, hoffte ich inständig, dass er nicht passwortgeschützt war. War er nicht.

Internetanschluss? Ja.

Outlook. Im Posteingang befanden sich Mails. Belangloses Zeug. Ein bisschen Getratsche mit Freundinnen. Verabredungen. Ein paar Werbemails. Nichts, was auch nur annähernd mit Bellas Verschwinden zu tun zu haben schien. Einige Unterordner. Es könnte sich trotzdem lohnen, da einen genaueren Blick drauf zu werfen. Auch auf die gesendeten Objekte, die ich ebenfalls öffnete. Dort blieb ich an einer Mail hängen.

Hi Guddi, schrieb Bella. *Ich bin voll sauer!*

Guddi? Ich sah auf die Mailadresse. Gudrun Heckel, ach so. Ich las weiter.

Ich hab Dir doch erzählt, wie sehr ich mir einen Hund wünsche. Und Weihnachten hat mein Alter noch gesagt, zu meinem Geburtstag sehen wir weiter. Da hat er mich dann aber wieder vertröstet.

Und gestern hat er einfach Nein gesagt. Er hätte sich die Sache reiflich durch den Kopf gehen lassen. (Das ist wörtlich zitiert! Reiflich durch den Kopf gehen lassen, genau so hat er es gesagt. Voll krass!) Und das sei endgültig. Er hätte lange darüber nachgedacht und sei zu dem Schluss gekommen, dass das nicht gut ist. Wegen dem Restaurant, sagt er. Das ginge nicht, wegen der Hygiene und überhaupt. Ist das nicht absolut bescheuert? Ich finde das voll gemein! Und das habe ich ihm auch gesagt! Ich habe mich in meinem Zimmer eingeschlossen und bin dann später einfach weggegangen, ohne zu sagen, wohin ich gehe ... Sobald ich achtzehn bin, hole ich mir einfach einen Hund aus dem Tierheim, da kann er sich auf den Kopf stellen!

Aha! Bella fühlte sich von ihrem Vater also ungerecht behandelt. Ich überlegte. War eigentlich normal, ein Disput dieser Art zwischen Eltern und Kind. Kam vermutlich in jedem zweiten Haushalt vor. Konnte Bella etwa deswegen einfach abgehauen sein?

Ich suchte den Ordner, in dem die Cookies abgelegt waren. Und der Browserverlauf. Auch das wollte ich mir noch genauer ansehen. Dafür würde ich jedoch Stunden brauchen.

Also holte ich den USB-Stick aus meinem Rucksack und schob ihn in den dafür vorgesehenen Steckplatz. Während ich die Ordner kopierte, öffnete ich die Schreibtischschublade. Darin waren Hefte und ein kleines Adressbuch.

»Das hat die Polizei auch schon alles durchsucht.«

Ich zuckte heftig zusammen, denn ich hatte Guiseppe Brissano nicht kommen gehört.

»Sie haben die Sachen gestern zurückgebracht.« Er lächelte traurig. Mit einem schweren Seufzer ließ er sich in dem orangefarbenen Sessel nieder. Mir wäre es lieber gewesen, wenn er mich allein gelassen hätte. Das mochte ich ihm aber nicht sagen.

»Und? Hat die Polizei etwas Interessantes gefunden?«, fragte ich stattdessen.

»Nein.«

Ich fuhr den PC wieder runter und wandte mich dem Bücherregal zu.

»Keine unbekannten Personen in ihrem Adressbuch?«, fragte ich, während ich die Reihen der Bücher musterte, die das Regal beherbergte. Früher hätten dort Hanni und Nanni und die Fünf-Freunde-Bände gestanden. Enid Blyton. Und der Herr der Ringe. Hier fand ich lauter Titel, die ich nur dem Namen nach kannte. *Eine Tüte voller Wind*, las ich. Und *Die wilden Hühner*. Schien eine Serie zu sein.

Etliche Bände. Und *Harry Potter*. Den kannte ich wenigstens. Einige Bände hatte ich sogar selbst gelesen.

Die müde Stimme von Guiseppe Brissano ließ mich erneut erschrocken zusammenfahren. Ich drehte mich zu ihm um.

»Da steht niemand drin, der neu für uns gewesen wäre.«

Ach ja, das Adressbuch, das ich noch in den Händen hielt. Darum war es eben gegangen, bevor meine Gedanken davon gewandert waren.

»Kann ich es trotzdem mitnehmen? Ich bringe es auch ganz bestimmt zurück«, bat ich.

Das Schulterzucken interpretierte ich als Ja.

»Warum wollten Sie eigentlich nicht, dass Bella einen Hund bekommt?«, fragte ich leise. Ich vermied es dabei, ihm in die traurigen, dunklen Knopfaugen zu sehen.

Er schüttelte still den Kopf. Aber er antwortete nicht. Er wirkte so, als habe er sich völlig in sich zurückgezogen. Sein Schnurrbart hing kraftlos herunter. Wie bei einem Walross.

»Ich muss jetzt mal los«, sagte ich und flüchtete zurück ins Wohnzimmer.

»Sagten Sie nicht, dass es mit Bella keine Probleme gab?«

»Ja. Warum fragen Sie?« Angela Brissano wirkte verwundert. »Wenn es welche gegeben hätte, hätte ich es Ihnen erzählt.«

»Nun. Sie wussten doch, dass Bella sich sehnsüchtig einen Hund wünscht, oder?«

»Ja, schon. Einen Hund, eine Katze ... Welches Mädchen will das nicht?«

»Aber Bella hatte sich Hoffnungen gemacht. Sie glaubte – offenbar nicht ohne Grund –, dass sie zu ihrem Geburtstag einen Hund bekommen würde. Doch dann hat Ihr Mann sich kurzfristig dagegen entschieden.«

»Das stimmt. Wie soll das auch gehen, in einer Stadtwohnung? Und dann das Restaurant!«

»Viele Menschen halten sich Hunde in der Stadt«, sagte ich freundlich. »Und ins Restaurant muss er ja nicht mitkommen, zumindest nicht in die Küche. Gehen tut es also schon. Was hat Ihr Mann wirklich dagegen?«

»Er mag einfach keine Tiere in seiner Wohnung.« Sie machte eine hilflose Geste mit den Händen. »Er findet das unhygienisch.«

»Gab es Krach deswegen?«

»Krach würde ich das nicht nennen«, sagte Angela Brissano unglücklich. »Bella hat immer öfter *Tiere suchen ein Zuhause* geguckt, diese Sendung, in der Tierheime für ihre Tiere eine neue Bleibe suchen. Das wurde bei ihr zur richtigen Besessenheit. Dauernd kam sie mit einem anderen Vorschlag an. Bis meinem Mann schließlich der Kragen geplatzt ist und er endgültig Nein gesagt hat. Bella hat ein bisschen geweint und diskutiert, aber mein Mann blieb dabei. Nach einer Weile hat sie das Thema nicht mehr angeschnitten. Glauben Sie etwa, dass sie deswegen weggelaufen ist?« Entsetzt schlug sie die Hände vor den Mund, die Augen weit aufgerissen. Tränen schwammen darin. »Das wäre doch kindisch!«

»Sie ist doch auch noch ein Kind«, sagte ich sanft und legte ihr die Hand auf den Arm. Beobachtete, wie sich eine Träne aus dem Tränenkanal löste, eine nasse Spur neben der Nase hinterließ und der tiefen Falte folgte, die sich von der Nase hinunter zum Mund zog, um schließlich im Mundwinkel hängenzubleiben.

»Das würde ich mir nie verzeihen«, flüsterte sie. »Mir nicht, und ihm auch nicht.«

»Es ist doch überhaupt nicht raus, ob das wirklich damit zu tun hat.« Ich versuchte zu trösten, und wusste gleichzeitig genau, dass es da keinen Trost gab. Nicht solange Bella nicht unversehrt wieder da war.

Sie reagierte nicht auf meine Worte.

***

Bea war bereits da, als ich das Leibgericht betrat. Das herrlich dicke, honigfarbene Haar trug sie immer noch schulterlang und hatte es locker am Hinterkopf zusammengefasst, anstatt es wie früher in einen streng nach hinten geflochtenen Zopf zu bannen.

Ich wartete, bis wir bestellt hatten. Dann gab ich mir einen Ruck und schob ihr eine meiner neuen Visitenkarten über den Tisch. »Toni Blauvogel, Privatdetektivin im Rahmen des Vereins für Nachbarschaftshilfe Essen Süd«, stand darauf zu lesen. Außerdem meine Handynummer und die neue E-Mail-Adresse, die ich mir in der Frühe im gleichen Atemzug eingerichtet hatte.

»Bevor du mich wieder zur Schnecke machst ...«, kommentierte ich das Kärtchen.

Aber sie sagte nichts. Sah mich einfach nur an, mit aufmerksam in die Höhe gezogenen Brauen, so, als würde sie auf etwas warten.

Deshalb legte ich auch noch die Ermächtigung mit Angela Brissanos Unterschrift neben die Visitenkarte auf den Tisch.

Bea überflog erst die Ermächtigung, nahm dann die Karte, warf einen Blick darauf und schob sie in ihre Jackentasche.

»Spar dir deine Predigt, sei so lieb, ja?« Ich hielt den Kopf betont schräg und sah sie an. Das mache ich immer bei ihr, wenn ich etwas auf dem Herzen habe. Hat sie mir zumindest mal gesagt. Dieses Mal persiflierte ich mich selbst.

Aber sie überraschte mich mal wieder.

»Davon hat mir Schütte schon erzählt.« Ihr verschmitztes Grinsen zauberte Grübchen in ihre Wangen. »Also davon, dass du mal wieder ermittelst. Ich verkneife mir einfach jeden Kommentar dazu. Ist mir zu mühsam. Da könnte ich auch glatt versuchen, einem Ochsen das Tanzen beizubringen. Hätte wahrscheinlich mehr Erfolg. Also, was hast du auf dem Herzen?«

Irgendwie war mir der Wind aus den Segeln genommen. Ich hatte mich auf eine heftige Debatte eingestellt. Nun war ich völlig aus dem Konzept gebracht.

Bea beobachtete mich amüsiert. Ich sah sogar so etwas wie Akzeptanz in ihren Augen glimmen.

In meinem Kopf tummelten sich Argumente wie *Du kannst mich nicht daran hindern, zu ermitteln ... Das kann jeder machen, das ist kein geschützter Beruf ... Ich bin beauftragt von Angela Brissano ...* All die feinen Sätze, die ich mir zurechtgelegt hatte, bevölkerten mein Hirn und standen nutzlos dem Thema im Weg, weswegen ich eigentlich hier war.

»Erzähl mir von deinem verschwundenen Mädchen«, sagte Bea schließlich erstaunlich sanft.

Und ich erzählte. Zögernd erst, dann flüssiger. Von dem, was ich im Jugendzentrum herausbekommen hatte. Vom Platin am Kopstadtplatz. Von den drei Grazien, die keine Grazien waren, letztendlich, und die gelogen hatten. Und davon, dass ich Mareike versprochen hatte, sie vor ihrem gewalttätigen Vater zu beschützen.

»Ich weiß nicht, wer von deinen Kollegen mit dem Fall betraut ist«, beendete ich schließlich meine Erzählung. »Ich habe Angst, dass die sofort bei Mareikes Vater aufkreuzen und der dann wieder einen Grund zum Ausrasten hat.«

»Zuständig dafür ist das KK12. Die bearbeiten Sexualdelikte, Prostitution und Vermisstenfälle. Schöne Zusammenstellung, nicht?« Bea verzog das Gesicht. »Ich erkundige mich gleich mal, wer den Fall Bella Brissano bearbeitet. Dann sehen wir weiter.«

Unser Essen wurde gebracht. Schweigend widmeten wir uns der Linsensuppe, die wir beide bestellt hatten.

Als wir fertig waren, griff Bea zum Handy. Sie erkundigte sich nicht nur nach dem zuständigen Beamten, sondern machte auch gleich noch einen Termin für mich aus.

***

Warum es mich beruhigte, dass eine Frau die Suche nach Bella leitete, konnte ich gar nicht genau sagen. Vielleicht, weil ich annahm, dass eine Frau behutsamer mit dem Thema häusliche Gewalt umgehen würde als ein Mann.

Auf jeden Fall war ich erleichtert, als ich Kerstin Haberle in einem kleinen, schäbigen Besprechungsraum des Präsidiums gegenübersaß. Sie hatte kluge, wache Augen, und obwohl sie so aussah, als hätte sie schon mehr schäbige Dinge gesehen, als gut für sie war, strahlte ihr Blick so etwas wie Güte aus.

»Sie ist in Ordnung«, hatte Bea mir versichert. »Da gibt es weiß Gott andere Pfeifen, bei denen ich mir nicht ganz so sicher wäre. Aber sie ist o. k. Erzähl ihr einfach das, was du mir erzählt hast.«

Das tat ich aber nicht. Noch nicht. Denn zunächst wollte ich sie selbst etwas aushorchen.

»Glauben Sie tatsächlich, dass Bella einfach durchgebrannt ist?«

»Im häuslichen Umfeld gab es eigentlich nichts, was darauf hingewiesen hätte«, antwortete Kerstin Haberle zögernd.

»Vielleicht sagen Sie das auch mal Frau Brissano. Die war ganz schön entsetzt über Ihre Fragen.«

»Ich weiß.« Sie gähnte ungeniert. »Aber wissen Sie, wie viele Kinder mal eine Weile abhauen, weil sie es zu Hause nicht mehr aushalten? Weil sie sich ungerecht behandelt oder unverstanden fühlen? Weil sie die ständigen Streitigkeiten zwischen ihren Eltern nicht mehr aushalten? Das sind die häufigsten Gründe. Dann erst folgen häusliche Gewalt und sexueller Missbrauch.«

»Ich weiß nur, dass die meisten wieder auftauchen«, sagte ich langsam. »Und zwar quicklebendig.«

»Ja. Sag ich doch.«

»Was haben Sie bisher unternommen?«

»Wir haben das Jugendzentrum mit Spürhunden abgesucht. Den Weg, den Bella vermutlich nach Hause genommen hat. Den ganzen Stadtwald. Dann die Schule. Wir haben mit den Menschen gesprochen, mit denen Bella zu tun hatte, Nachbarn, Freunde, Lehrer, die Leute vom Jugendzentrum ...«

»Warum haben Sie Billbos Haus durchsucht?«

»Billbo?« Für einen kurzen Augenblick wirkte sie irritiert. »Ach so. Sie meinen Peter Biborsch.«

»Ja.« Offensichtlich war Peter Biborsch der Einzige, dessen Wohnung sie näher unter die Lupe genommen hatten. Sonst hätte sie das nicht sofort gewusst. »Warum gerade dieser Junge?«, fragte ich neugierig. »Auf mich wirkt er nicht gerade gefährlich.«

»Nun. Dafür gab es gleich mehrere Gründe.« Prüfend sah sie mich an, so, als überlege sie, inwieweit sie mich an ihrem Wissen teilhaben lassen durfte.

Ich schwieg. Wartete. Und hatte Glück.

»Es gab zwei Möglichkeiten. Entweder, die drei Mädchen haben gelogen oder Peter hat es.«

Das wäre nun der richtige Zeitpunkt gewesen, ihr vom Platin zu erzählen. »Wie meinen Sie das?«, fragte ich stattdessen, neugierig, was sie mir sonst noch erzählen würde.

»Es war nicht sehr voll an diesem Samstag in der Rübe. Der Leiter des Jugendzentrums ist deshalb relativ früh gegangen und hat Peter Biborsch die Sache überlassen.«

»Aha«, sagte ich.

»Bellas Freundinnen haben unabhängig voneinander ausgesagt, dass sie alle in der Rübe waren und dass nur Bella relativ früh gegangen ist. Peter Biborsch kann sich aber nicht daran erinnern, auch nur ein einziges der Mädchen gesehen zu haben. Und das, obwohl es so leer war.«

»Vielleicht war es die Wahrheit, und sie waren tatsächlich nicht da«, warf ich ein.

»Und«, schob Kerstin Haberle hinterher, »eine Nachbarin von Peter Biborsch hat beobachtet, dass er Bella zwei, drei Mal vor seinem Haus angesprochen hat. Es liegt auf dem Weg, den sie nimmt, wenn sie vom Jugendzentrum aus nach Hause geht.«

»Warum sollte er sie auch nicht ansprechen?«, fragte ich verwundert. »Schließlich kennt er sie. Das ist doch völlig normal.«

»Es geht eher darum, wie Bella darauf reagiert hat«, bemerkte Kerstin Haberle. »Die Nachbarin hat gehört, wie Bella das letzte Mal etwas gesagt hat, das in Richtung von ‚Lass mich doch bitte in Ruhe' ging.«

Ich runzelte die Stirn. Sah die durch dicke Brillengläser vergrößerten Augen und den unruhig auf und ab hüpfenden Adamsapfel von Billbo vor mir.

»Ein paar jüngere Mädchen aus dem Jugendzentrum haben ausgesagt, Peter Biborsch sei in Bella verliebt gewesen.« Kerstin Haberle fuhr sich über die Augen, als wolle sie eine Müdigkeit wegwischen, die sich dort dauerhaft eingenistet hatte.

»Aber er ist fünfundzwanzig«, protestierte ich.

»Und ein bisschen zurückgeblieben«, konterte Kerstin Haberle. »Außerdem ist er nicht gerade mit einem attraktiven Äußeren versehen. All das hat uns dazu veranlasst, diesen Schrotthaufen von Haus zu durchsuchen, den er da geerbt hat. Und den Garten gleich mit.«

»Und? Haben Sie was gefunden?«

Sie schüttelte den Kopf. »Leider nein.«

»Kein Wunder. Denn an dem Abend waren die Mädchen wirklich nicht in der Rübe.« Das sagte ich ganz ohne Triumph.

Kerstin Haberles Gesichtszüge entglitten ihr, als sie registrierte, was ich da gesagt hatte. »Wie meinen Sie das?«

»Variante eins trifft zu: Die Mädels haben gelogen. Keine war da.« Und ich erzählte, was ich bislang alles herausbekommen hatte.

Als ich das Präsidium verließ, fiel mir die Nachricht des Lehrers mit der Bitte um Rückruf auf meiner Mailbox wieder ein. Ich rief ihn an und machte mich nach kurzem Gespräch auf den Weg zur Schule.

✳✳✳

Herr Furtmann wirkte nervös, als er mich in einen leeren Klassenraum führte.

»Sie haben gefragt, ob uns was aufgefallen ist«, begann er zögerlich. »Also. Wenn ich so darüber nachdenke, finde ich schon, dass Bella in letzter Zeit ein bisschen anders war als früher.«

»Was meinen Sie mit anders?«

»Nun, sie ist irgendwie erwachsener geworden.« Er blickte verlegen auf seine Hände.

Ich folgte seinem Blick und sah, dass es riesige Pranken waren, von rötlichem Haarflaum bedeckt. Der Anblick war mir unangenehm, und ich musste mich zusammenreißen, um mich wieder auf das Gespräch zu konzentrieren. *Erwachsener geworden, irgendwie,* rekapitulierte ich seinen letzten Satz.

»Ist das nicht normal in diesem Alter?« Ich lächelte ironisch. »Ich meine, das ist doch klar, dass sie größer und auch reifer werden, oder etwa nicht?«

So meine ich das nicht«, sagte Herr Furtmann ärgerlich.

»Wie meinen Sie es dann? Vielleicht können Sie es ja erklären.«

»Wir hatten vor knapp zwei Monaten Projekttage.« Er nahm die Brille ab und begann, sie mit einem Taschentuch zu polieren, kariert und aus Stoff. »Da ging es um Medien.«

»Medien?«

»Ja. Um Rundfunk und Presse. Wie ein Artikel oder ein Beitrag im Radio entsteht, vom Recherchieren über das Schreiben bis hin zur Drucklegung oder zur Sendung. Darum ging es. Wir hatten den WDR und ein paar regionale Zeitungen an der Hand, die bereit waren, die Schüler zu einem viertägigen Praktikum aufzunehmen.« Er hielt die Brille prüfend gegen das Licht, hauchte auf eines der Brillengläser und polierte weiter. »Sinn und Zweck war, dass sie irgendwo in diesem ganzen Produktionsprozess vier Tage lang dabei waren. Der letzte Tag der Projektwoche diente der Aufbereitung der Erfahrungen hier an der Schule.«

»Und Bella Brissano war nach diesen Projekttagen verändert«, fasste ich vorsichtig zusammen. »Irgendwie erwachsener, so sagten Sie. Aber das zeigt doch eigentlich nur, dass die Maßnahme ihr Ziel bei Bella nicht verfehlt hat, oder sehe ich das falsch?«

»Natürlich ist es das Ziel, den Schülern selbstständiges Arbeiten und Verantwortungsbewusstsein zu vermitteln. Aber es wird bei Weitem nicht von jedem erreicht.« Er warf noch einen prüfenden Blick auf die Brille und setzte sie zurück auf die Nase.

»Versuchen Sie doch bitte, Bellas Veränderung mit anderen Worten zu beschreiben«, bat ich.

»Sie wirkte nachdenklicher.« Furtmann zögerte. »Sie war ja ohnehin eher still. Und sehr fleißig. Gerade in den letzten Wochen jedoch wirkte sie so, als habe sie etwas erlebt, das ihr keine Ruhe lässt.«

»Das muss nicht unbedingt mit den Projekttagen zu tun haben, oder? Es kann ein zufälliges Zusammentreffen sein. Diese Beschreibung könnte auch auf ein Mädchen zutreffen, das gerade frisch verliebt ist.«

»Ja, natürlich. Das habe ich zuerst auch angenommen.« Erneut nahm er seine Brille ab und begann sie zu putzen. Es schien eine Art Übersprungshandlung zu sein. »Aber gestern Abend habe ich endlich begonnen, die Klassenarbeiten der vorletzten Woche zu korrigieren«, fuhr er leise fort.

Ich war ganz Ohr.

»Sie hat einen außerordentlichen Aufsatz geschrieben. Und der hat absolut nichts mit Verliebtheit zu tun. Am besten, Sie machen sich selbst ein Bild.« Damit schob er mir ein paar zusammengeheftete Blätter Papier zu, betitelt mit der Überschrift »Der Mensch«.

»Der Mensch heißt Mensch«, singt Herbert Grönemeyer. Daran gibt es keinen Zweifel. Also daran, dass der Mensch Mensch heißt und ist. Doch woran macht Grönemeyer das fest?

Weil er lacht und weil er lebt. Weil er vermissen kann. Weil er hofft. Weil er liebt. Weil er verzeihen kann. Kurz: Weil er fühlt.

Ich mag dieses Lied. Es geht um Hoffnung. Grönemeyer will, denke ich, die Hoffnung nicht verlieren. Er klammert sich an das Positive im Menschen, an etwas, woran er unbedingt glauben will. Das eigentlich Entscheidende ist nämlich das, was er alles weglässt in diesem Lied.

Da ist doch noch so viel anderes, was den Menschen auszeichnet. Allerdings nicht im positiven Sinn. Der Mensch ist Mensch, weil ...

... er tötet.

Das tun Tiere auch. Sie töten, weil sie Hunger haben.

Auch Menschen töten, um zu essen. Nur töten wir im Regelfall nicht mehr selbst, was wir essen. Wir lassen töten. Das getötete Tier ist für uns eine Selbstverständlichkeit geworden. Und deshalb etwas, was mit einem Lebewesen nichts mehr zu tun hat. Ein Stück Fleisch hat eigentlich nicht richtig gelebt. Wir mussten dem Tier beim Töten nicht in die Augen sehen.

Der Mensch tötet noch mehr. Er tötet andere Menschen. In Kriegen, aber auch so. Aus Wut. Aus Habgier. Aus Neid. Aus Hass. Selbst aus Liebe! Und sogar die eigenen Kinder!

Auch Tiere töten manchmal ihre eigenen Kinder. Löwen oder Gorillas zum Beispiel. Das habe ich neulich in einem Tierfilm gesehen. Bei Arte. Sie tun es, um sich ihrer Rivalen zu entledigen. Oder bei Überpopulation.

Aber der Mensch ist Mensch, weil er anders tötet. Anders als ein Tier. Denn der Mensch kann sehr grausam sein.

Es gibt Menschen, die gemein sind, vor allem, wenn sie getrunken haben. Die dann Tiere oder andere Menschen quälen und es genießen, ihnen Schmerzen zuzufügen. Es genießen, Macht über andere auszuüben.

Der Mensch ist also auch Mensch, weil er tötet. Weil er quält. Weil er grausam ist. Weil er vernichtet. Weil er sich für etwas Besseres hält. Weil er auf andere herabsieht. Weil er schlägt, draufhaut. Weil er Macht ausüben will. Weil er Kriege führt. Weil er die Welt kaputt macht. Das alles tut kein Tier. Das tut nur der Mensch!

Warum also singt Herbert Grönemeyer nur von den positiven Dingen im Menschen? Von den Eigenschaften, die gut sind? Und davon, dass der Mensch irrt. Aber nie davon, dass der Mensch so furchtbar sein kann, wie er ist?

Ich denke, er singt das, weil er am Menschen irgendwie verzweifelt ist und sich mit diesem Lied ein Stück weit mit ihm versöhnen möchte. Es gibt ihm Hoffnung und Trost.

Deshalb finde ich es supergut, das Lied. Es tröstet nämlich auch mich ein wenig, obwohl ich die Menschen schrecklich trostlos finde. Es gibt so viele gemeine, grausame Dinge auf der Welt! Und ich bin mitten drin. Als Mensch.

Hoppla! Ich legte den Aufsatz auf den Tisch. Erst jetzt wurde mir bewusst, dass Herr Furtmann mich genau beobachtet hatte, während ich las.

»Verstehen Sie jetzt?«, fragte er. Sein Tonfall hatte etwas Drängendes.

Ich nickte langsam. »Was war das Thema dieser Klassenarbeit?«

»Interpretation.« Er nahm schon wieder seine Brille ab und begann sie zu putzen. »Die Schüler sollten ihr Lieblingslied interpretieren und begründen, was ihnen daran gefällt.«

Sein brillenloser Blick traf mich und suchte nach Einverständnis. Nackt irgendwie, und seltsam blind. Ich dachte an Maulwurfsaugen.

»Ja. Ich verstehe«, bestätigte ich. »Sie ist erwachsener geworden.« Und dachte bei mir, dass es das dennoch nicht so ganz traf. Denn der Aufsatz hatte trotz alledem etwas rührend Kindliches an sich.

Eine Weile starrten wir beide auf die Blätter vor uns auf dem Tisch.

»Können Sie mir sagen, was Bella während der Projekttage genau gemacht hat?«, unterbrach ich schließlich das Schweigen.

»Sie war bei der ERZ, der Essener Ruhrzeitung. Dort hat sie einem Redakteur über die Schulter geguckt. Hier ist die Kontaktadresse.«

»Sie sagten, dass der letzte Tag der Projektwoche der Aufbereitung an der Schule dient. Was muss ich mir darunter vorstellen?«

»Nun. Normalerweise schreiben die Schüler einen Abschlussbericht über die Projektwoche.«

»Und Bella?« Ich lächelte ihn an. »Sie sagen das so, als würde es auch Abweichungen von dieser Regel geben.«

»Bella hat sich an diesem Tag krankgemeldet. In der darauffolgenden Woche war sie immer noch krank. Ein bisschen komisch war nur, dass sie den Abschlussbericht auch nicht nachgeliefert hat. Bei manch anderem Schüler würde mich das nicht weiter wundern. Aber bei Bella war das ungewöhnlich. Es war das erste Mal, dass ich ihr wegen einer fehlenden Aufgabe eine fünf geben musste.«

***

Frank Zöllinger sah jünger aus, als ich der Stimme nach am Telefon vermutet hatte. Und er sah sehr flott aus. Locker, leger und mit einem dynamischen Leuchten der Berufung in den Augen.

»Schön, dass Sie sich die Zeit nehmen, mit mir zu sprechen. Ich will Sie auch gar nicht lange aufhalten«, eröffnete ich das Gespräch.

»Kein Problem.« Seine leuchtenden Augen fixierten mich.

»Sie wurden vor knapp zwei Monaten im Rahmen eines Schulpraktikums von Bella Brissano begleitet.«

»Bella? Ja. Das stimmt.«

»Dann wissen Sie ja sicher auch, dass das Mädchen vermisst wird. Ihre Zeitung hat darüber berichtet.«

»Dieses Mädchen, das verschwunden ist? Das ist Bella?« Er wirkte aufrichtig überrascht. »Ich habe den Artikel gesehen, ja. Aber mehr so die Schlagzeile.«

»Auf das Foto haben Sie nicht geachtet?«, fragte ich misstrauisch.

»Nein. Sorry. Für mich sehen Jugendliche alle gleich aus.« Er hob die Hände und lächelte. »Ich habe die Überschrift gesehen und gedacht, dass da schon wieder eines von diesen jungen Dingern zu dem falschen Sack ins Auto gestiegen ist. Ich kenne keine jungen Mädchen.«

»Außer Bella«, warf ich ein.

»Ja. Aber sie war doch nur vier Tage zum Praktikum hier«, sagte er abwehrend. »Ein nettes Mädchen. Aber deshalb komme ich doch nicht gleich auf die Idee, dass sie die Kleine ist, die jetzt verschwunden ist..«

»Was haben Sie mit ihr gemacht?«, fragte ich. Schon während ich die Worte aussprach, merkte ich, wie prekär sie klangen. Das schien auch meinem Gegenüber nicht zu entgehen.

»Also, ich muss schon sehr bitten!«

»Nein, nein! So meine ich das nicht!«, schob ich nach und machte eine beschwichtigende Geste. »Ich wollte bloß fragen, an was Sie gerade gearbeitet haben, als Bella Ihnen zugeteilt wurde.«

»Ach so, na gut.« Er wirkte immer noch pikiert. »Aber ehrlich gesagt, ich weiß es nicht mehr genau.«

»Können Sie das nicht irgendwo nachsehen?«

»Lassen Sie mich überlegen.« Er runzelte die Stirn. »Da war die Sache mit dem Gelsenzoo. Das weiß ich noch, weil Bella davon ganz begeistert war. Wir haben den Direktor und einen Tierpfleger interviewt, und der hat uns dann durch den Zoo geführt und auf die Besonderheiten der Anlage hingewiesen.«

»Der Gelsenkirchener Zoo?«, wiederholte ich enttäuscht. Das klang nicht gerade nach einer vielversprechenden Spur. Oder vielleicht doch? In dem Aufsatz war ja auch vom Verhalten der Tiere die Rede gewesen. Und von Tierquälerei. »Und sonst?«

»Warten Sie. Am Tag drauf war das Interview mit Hanno Helm.«

Hanno Helm? *In meines Herzens Kämmerlein, da passt ihr Süßen alle rein* ... Ach du dickes Ei! Dass es den überhaupt noch gab!

»Und? War auch für Bella Platz in Hannos Herzenskämmerlein?« Ich grinste boshaft.

»Dafür kann ich nichts!« Frank Zöllinger lachte. »Eigentlich sind die kulturellen Events in der aufregenden Welt der Stars und Sternchen nicht mein Ressort. Aber eine Kollegin ist krank geworden. Und einen

Termin mit Hanno Helm lässt man nicht unbedingt ausfallen. Ich war bloß der arme Kerl, der gerade greifbar war.«

»Na ja, was nicht so alles unter Kultur fällt ...«

»Bella fand den Kerl ausgesprochen schmierig. Sie wollte das Interview unbedingt mit ein paar bissigen Kommentaren würzen. Ich musste ihr erst mal klar machen, dass so was nicht geht.«

Ich grinste wieder. Das Mädel hatte ein treffsicheres Urteilsvermögen, so schien es. Wobei schmierig irgendwie falsch war, wenn man mal von den Inhalten seiner gruseligen Lieder absah. Ich persönlich fand ihn geradezu furchteinflößend steril.

Aber auch das klang nicht gerade nach einer Story, die ein junges Mädchen völlig aus der Bahn werfen konnte.

»Ach ja! Da war auch noch die Geschichte mit den Streetworkern«, sagte Frank Zöllinger. »Dabei ging es um die Arbeit, die sie auf der Straße machen. Wir haben sie in der Sozialstation besucht.«

Ich ließ mir Namen und Adressen der interviewten Personen geben und stand auf.

Bei der Verabschiedung hielt Frank Zöllinger meine Hand eine Spur zu lange fest.

»Bella ist sehr hübsch«, sagte ich versuchsweise.

»Tatsächlich? Ist sie das?«

Das klang sehr beiläufig. Zu beiläufig, fand ich. Ich beobachtete ihn genau. Er schien sich unter meinem forschenden Blick unbehaglich zu fühlen.

»Kann schon sein. Aber ich steh nicht auf junges Gemüse«, schob er nach und wandte den Blick ab. Ich hätte schwören können, dass ein Hauch von Röte über sein Gesicht zog.

Es dämmerte bereits, als ich die Redaktion verließ und mich durch den Berufsverkehr zurück nach Holsterhausen kämpfte. Unterwegs ließ ich mir das Gespräch mit dem Redakteur noch einmal durch den Kopf gehen. Gelsenzoo. Streetworker. Und Hanno Helm.

Ich war selbst überrascht, aber ein Anruf genügte. Und mein Sprüchlein. Das mit der privaten Ermittlung und dem *Andere Menschen, andere Fragen.*

Eine Art Sesam-Öffne-Dich, so schien es mir.

Auf jeden Fall hatte ich am nächsten Tag einen Termin. Bei Hanno Helm. Irgendwo am platten Niederrhein, in einem Örtchen namens Wachtendonk, besaß er ein Café. Vermutlich war er dort auch zu Hause. Hanno Helm. Ich schüttelte mich. Mir blieb aber auch wirklich nichts erspart.

Zum Gelsenzoo würde ich morgen früh als Erstes fahren, ohne Termin. Bei den Streetworkern sollte man am besten nicht vor Mittag aufkreuzen, hatte Zöllinger gesagt. Dann sei der Boss da, der käme nie so früh, weil er im Regelfall die Spätschicht mache. Ich sah auf die Uhr.

Was du heute kannst besorgen ...

Schluss jetzt, Großmutter! Max kommt heute Abend heim. Der Besuch bei den Streetworkern musste warten.

✳✳✳

Hinlegen. Nur einen ganz kurzen Moment. Nur ein ganz kleines bisschen. Nur ganz kurz die Augen schließen. Ich döste ein.

Der Mööönsch heißt Mööönsch, summte es in meinem Kopf. Zöllinger wedelte mit einem Blatt Papier vor meiner Nase herum. »Der Mööönsch« war in fetten Lettern daraufgeklebt, einzelne Buchstaben in unterschiedlichen Größen. Hanno Helms Gesicht prangte darunter. »Wanted. Greatest Popstar. Im Gelsenzoo.« In dem irgendwelche Streetworker den Tieren Grönemeyer-Songs vorgrölten.

Und der Mööönsch heißt Mööönsch ...

Als ich aus meinem wirren Traum aufschreckte, fühlte ich mich müder als zuvor. Ich fuhr den PC hoch. Suchte in meiner MP3-Sammlung nach dem Grönemeyer-Hit. Spielte ihn an und versuchte, den Text im Detail zu verstehen, was mir nicht gelang. Ziemliches Genuschele.

Über die Suchmaschine fand ich den Text. Und ein Interview mit Grönemeyer zu dem Song. Nein, zu dem ganzen Album, das damals als sein Comeback bezeichnet wurde. Ich überflog erst den Text, dann das Interview.

Bella hatte mit ihrer Interpretation ziemlich danebengelegen. Es ging schon um Hoffnung in diesem Song. Verständlich war der Text aber eigentlich nur, wenn man wusste, dass es der erste Song war, den Grönemeyer nach langer Pause nach dem Tod seiner Frau veröffentlicht hatte. Eine Art Beendigung der Trauerphase. Zeugnis dafür, dass er sich mit diesem Tod langsam, aber sicher abgefunden hatte und zurück ins Leben gekommen war.

Eine Fehlinterpretation, Bella. Denn nicht dem Menschen an sich hatte er verziehen. Er hatte sich mit sich selbst versöhnt in diesem Song, weil er wieder zurück zu den Lebenden wollte.

Aber, Süße, was zum Teufel hast du bloß in den letzten Wochen erlebt, um so ins Grübeln zu geraten? Ich seufzte. Auf jeden Fall nichts, was sich heute noch klären lassen würde.

Denn jetzt wollte ich nur noch eine Kleinigkeit kochen. Nichts Aufwendiges. Nur ein paar kleine Leckereien. Weil Max heimkam. Zeit, mir etwas Besonderes zu überlegen, geschweige denn dafür einzukaufen, hatte ich nicht gehabt. Aber ich konnte ja improvisieren.

Ich durchstöberte unsere beiden Kühlschränke und entschied mich für ein Kartoffelsüppchen und Crostini als zweiten Gang. Während die Kartoffeln leise vor sich hin brodelten, fertigte ich eine Paste aus fein gewürfelten Tomaten, gehäckselten Zwiebeln, Knoblauch und Basilikum an, würzte sie kräftig mit Muskat, Salz und Pfeffer aus der Mühle, geriebener Zitronenschale aus der Tüte und einem Teelöffel Honig, bestrich einige Weißbrotscheiben damit, raspelte deftigen Bergkäse darüber und schob sie auf einem Blech in den Ofen, den ich allerdings noch nicht anmachte. Dann nahm ich die Kartoffeln vom Herd, gab Brühe hinzu und pürierte sie mit dem Stab, schnitt ein geräuchertes Forellenfilet in feine Streifen und hob es mit ein paar Löffeln Crème Légère unter die Kartoffelsuppe. Kresse hatte ich leider keine. Aber ich hatte noch irgendwelche Tiefkühlkräuter im Eisfach. Das würde der Suppe zusätzlich Pfiff geben.

»Hey, das sieht ja schon richtig gut aus!« Anerkennend sah Max sich in meiner Wohnung um.

»Ja, finde ich auch. Nur den Stehtisch konnte ich nicht allein aufbauen. Da musst du mir helfen.« Ich lächelte, als Max sich zu den beiden Katzen hinunterbeugte.

»Hallo, meine Süßen!«, flötete er und kraulte sie ausgiebig. »Das riecht ja mal wieder lecker hier. Hast du ein Bier kalt?«

»Also bitte! Da braucht man doch nur nach nebenan zu gehen. Dein Kühlschrank ist voll damit. Ich habe eben noch zwei Flaschen dort geklaut.«

Er lachte unbefangen. »Ja. Ist doch praktisch, das mit dem nebenan, findest du nicht?«

Ich füllte die Suppe in große Tassen, die man am Henkel nehmen konnte. Wir löffelten sie auf dem Sofa und aßen die Crostini mit den Fingern.

»Mmmm«, sagte Max schließlich und leckte sich genüsslich die Finger ab. »Gut war das! Das Fastfood ging mir langsam auf den Wecker.«

»Und ich dachte, du stehst darauf. Auf Fastfood, meine ich. Hast doch den ganzen Schrank voll mit dem Zeug. Ich habe mir bei dir Spaghetti Bolognese ausgeliehen.«

»Hast du mal auf das Verfallsdatum geguckt?«, fragte Max scheinheilig. »Das Zeug in dem Schrank habe ich nicht mehr angerührt, seit ich dich kenne.«

»Ach was!« Ich war überrascht und ein bisschen gerührt. Dann meldete sich die Skepsis. »Deshalb hast du wohl auch das Gefrierfach voll mit Fertigpizza, oder?«

»Kaum bin ich aus dem Haus, spioniert sie mir nach! Aber Pizza ist was anderes.« Er lachte erneut. »Pizza ist – na, Pizza eben.«

Seine Fröhlichkeit steckte mich an. »An das Spionieren wirst du dich gewöhnen müssen. Du solltest dir schon mal ein Schließfach irgendwo zulegen für die wirklich geheimen Briefe, die ich nicht sehen soll. Nein, im Ernst. Ich hoffe, du weißt, dass ich das nicht tun würde. Bei mir herrschte einfach akuter Notstand. Ich habe nach Lebensmitteln gesucht in Ermangelung einer funktionstüchtigen Küche. Und nach Geschirr.«

»Weiß ich doch.« Mit seinem klaren Blick sah er mich an. »Sonst hätte ich dir wohl kaum einen Schlüssel gegeben.« Er zog mich an sich.

Es tat gut, ihn zu spüren, Haut an Haut. Mein Blut begann zu rauschen.

Später dann erzählte er mir von der Messe. Und von dem Kundentermin direkt im Anschluss, der den ersten wirklich großen Auftrag für ihn gebracht hatte.

»Eine Justizbehörde«, sagte er und gähnte herzhaft. »Sie haben den Verdacht, dass sich jemand in ihrem Netz herumgetrieben hat, und wollen die Sicherheitslücken schließen. Und ...«

»... dazu sollst du sie erst mal finden.«, ergänzte ich.

»Ich habe wirklich viel zu tun in den kommenden Tagen«, bestätigte er. »Alles *very urgent*! Und bei dir?«

Ich erzählte ihm von meinem Fall.

»Wie willst du jetzt weiter vorgehen?«, fragte Max.

»Ich konzentriere mich jetzt auf das, was sie beim Praktikum gemacht hat. Ich vermute, dass sie dabei mit irgendetwas konfrontiert wurde, was einen Anhaltspunkt für ihr Verschwinden liefern könnte.«

»Was könnte das sein?«

»Keine Ahnung!«, sagte ich müde. »Aber es ist zumindest eine Möglichkeit. Eine bessere habe ich nicht.«

Schweigend lauschten wir der Musik, die ich aufgelegt hatte. *Supernatural* von Santana, das Album, mit dem sie 1999 ihr Comeback hatten.

»Die Zeit rennt mir davon«, sagte ich schließlich leise. »Die Kleine ist jetzt schon fünf Tage verschwunden. Ich habe Angst, dass ich mich damit übernommen habe.«

»Du tust, was du kannst.« Max nahm mich zärtlich in die Arme. »Und was du bisher herausgefunden hast, ist absolut nicht schlecht, finde ich.«

Ich fühlte mich besser. Irgendwie hatte er ja auch recht. Ich hoffte nur, dass es reichen würde.

FÜNF

Max gab nur einen Grunzlaut von sich, als ich anfing, mich unruhig hin und her zu wälzen. Ich interpretierte den Laut als »Lass mich in Ruhe weiterschlafen« und stand auf. Bereits früh um sechs saß ich wieder am Schreibtisch.

Bonnie tappte hinter mir her, gähnte und blinzelte mich dabei so verschlafen an, dass ich laut lachen musste.

»Heute besuche ich deine Artgenossen«, teilte ich ihr mit, während ich den PC hochfuhr. »Nix kleine Katzen. Große Katzen. Ich gehe in den Zoo.«

Ich öffnete den Explorer und gab mehrere Suchanfragen ein. Ich wollte wissen, wann der Gelsenkirchener Zoo öffnete, der neuerdings Zoom Erlebniswelt hieß. Oder auch Gelsenzoo.

Und ich wollte so viele Informationen wie möglich über Hanno Helm haben, bevor ich mich nachmittags in die Höhle des Löwen nach Wachtendonk begab.

Über ihn war jedoch erstaunlich wenig im Netz zu finden. Bei einer solchen Größe am deutschen Schlagerhimmel hatte ich eigentlich erwartet, von Artikeln der Regenbogenpresse erschlagen zu werden. Aber kein Tratsch und Klatsch, keine großartig ausgeschlachteten Interviews, keine breitgetretenen Skandalgeschichten. Der Herr hatte eine erschreckend weiße Weste. Oder erschreckend gute Anwälte.

Die Fotos waren schon aufschlussreicher. Sie zeigten ihn mit der Gitarre, beim Singen und umringt von weiblichen Fans, die ihre Hände nach ihm ausstreckten. Darunter auch dralle junge Mädels, von denen eine tatsächlich ein Dirndl trug, das einen tiefen Einblick auf prall gepushte Brüste gewährte.

Ich war überrascht, so viele junge Gesichter auf der Fanmeile zu sehen. Denn bis dato hatte ich angenommen, dass Hanno Helm und seine Musik nur was für die Generation im Rentenalter sei.

Zu guter Letzt fand ich einen Videostream und spielte ihn ab. »Der Hanno, gell, der macht so supertolle Lieder, dass es mir ganz zu Herzen geht«, beteuerte eine junge Brünette, die ich bestenfalls für gerade Mal sechzehn hielt. Sie begann vor Freude zu weinen, als der göttliche Hanno sie an seine herrlich breite Brust drückte und ihr ein Bussi auf die Wangen hauchte. »Dass ich das erleben darf ... ich kann es immer noch nicht glauben ...« stammelte sie ergriffen und drückte ein übergroßes Porträtfoto mit einer ordentlich leserlichen Unterschrift ihres Idols an ihren Busen.

Ich schaltete ab. So viel Ergriffenheit war entscheiden zu viel für meinen Geschmack.

✳✳✳

Kurz vor Beginn der Öffnungszeit sagte ich der Frau am Kassenhäuschen meinen Zauberspruch auf und wurde an eine Praktikantin übergeben, die mich zunächst zur Direktion brachte. Eine Sekretärin hörte sich mein Anliegen an und bedauerte, dass der Direktor nicht im Haus war. Aber ich könne mit dem Tierpfleger sprechen, der Frank Zöllinger und Bella durch den Zoo geführt hatte.

In der Zoom Erlebniswelt war ich noch nie gewesen. Zoos deprimieren mich eher, als dass sie mich erfreuen, denn das Betrachten von Tieren hinter Gittern hinterlässt in mir einen schalen Nachgeschmack. Umso überraschter war ich, als ich der jungen Praktikantin durch den Zoo zu einem der kleinen Verwaltungsgebäude folgte, die verstreut im Park lagen. Denn keine störenden Gitterstäbe ließen die Assoziation an Gefängnis aufkommen. Der Tiergarten war weitläufig, freundlich, grün und hell.

»Das ist Afrika«, erläuterte die Praktikantin stolz. »Wir bieten den Tieren ein Leben in ihren natürlichen Landschaftszonen. Die drei Regionen Afrikas sind Wüste, Regenwald und Savanne.«

»Sieht wirklich gut aus.« Anerkennend sah ich mich um. »Hat dieser Tierpfleger eigentlich auch einen Nachnamen? Ich kann ihn doch schlecht mit Eberhart anreden.«

Sie lachte. »Bestimmt hat er das. Aber ehrlich gesagt kenne ich ihn auch nur als Eberhart. Alle hier nennen ihn so, und so stellt er sich auch selbst immer vor. Er ist so eine Art Faktotum, denn er arbeitet schon seit Ewigkeiten hier, auch schon zu den Zeiten, als das noch der Ruhr-Zoo war.«

»Na, dann weiß er ja sicher viel über die Geschichte des Zoos.«

»Das können Sie laut sagen. Aber überlegen Sie es sich gut. Wenn er einmal mit den alten Kamellen anfängt, ist er nicht mehr zu stoppen.«

Eberhart sah in der Tat so aus, als wäre er bereits eine Ewigkeit hier. Das kam durch die Haut, die wie altes, gegerbtes Leder wirkte. Sie zeugte von einem Leben, das er offensichtlich weitestgehend im Freien verbracht hatte.

»Ich erinnere mich gut an die Kleine«, brummte er. »War sehr interessiert, das Mädchen. Hat sich alles genau angeguckt.«

Das glaubte ich gerne. »Es ging also um den Zoo bei diesem Interview?«

»Ja, um was denn sonst? Um mich etwa?« Eberhart lachte rasselnd. »Die Zeitung wollte ausführlich über die neue Alaska-Zone berichten, um auch im Winter etwas mehr Publikum anzulocken. Der Redakteur war übrigens ein eitler Fatzke«, berichtete Eberhart. »Was für ein Theater, als er in einen Dunghaufen getreten ist! Dass er nicht gleich nach einem Schuhputzer verlangt hat, war ein echtes Wunder.« Wieder stieß er dieses rasselnde Lachen aus, bei dem es in der Lunge brodelte, als würde sie sich langsam, aber sicher auflösen. »Und hinter der Kleinen war er auch her.«

»Wie kommen Sie darauf?«

»Wir haben die Gletscherabfahrt mit ihnen gemacht. Ganz exklusiv.«

»Gletscherabfahrt?«

»Ha!« Eberhart stieß den Zeigefinger in meine Richtung, als habe er mich gerade einer Missetat überführt. »Sie waren wohl noch nicht hier, oder?«

Ich schüttelte verlegen den Kopf. Eberhart hatte so eine einnehmende Art, dass mir dieses Versäumnis tatsächlich unangenehm war.

»Kommen Sie. Ich zeige Ihnen, was ich meine.«

Ich warf einen flüchtigen Blick auf meine Uhr. Ich hatte noch Zeit, bevor ich zum Niederrhein aufbrechen musste, zu meinem Treffen mit Hanno Helm. Vorher wollte ich aber auch noch bei den Streetworkern in der Essener City vorbei. Ich hoffte, dass es nicht allzu lange dauern würde. Wir verließen das Verwaltungsgebäude über eine breite Promenade.

»Alaska«, stieß Eberhart hervor, während er flink wie ein Wiesel einem verschlungenen Pfad folgte. »Wussten Sie, dass es dort vier Vegetationszonen gibt? Wir haben sie alle nachgebildet.« Das klang stolz.

»Nein«, sagte ich erstaunt. »Welche denn?«

»Alaska hat einen Küstenregenwald und eine Bergregion. Außerdem eine Tundra und eine Polarregion. Letzteres ist ein Erlebnis der ganz besonderen Art. Kommen Sie.«

Nach zehn Minuten machte er endlich vor einem runden Gebäude halt.

»Ach, Eberhart, hallo.« Die Frau an der Kasse grüßte ihn freundlich. »Wie geht's?«

»Viel los gerade? Oder kannst du uns reinlassen?«

»Kein Problem. Es sind nur vier Leute drin. Gleich geht's los.«

Sie winkte uns durch.

Über einen kurzen Flur gelangten wir in eine Kuppel, durch die eine Brücke führte. Unmittelbar darauf ging das ohnehin schon gedämpfte Licht ganz aus. Dennoch war es nicht dunkel. Staunend sah ich mich um.

Wir befanden uns mitten in einer Gletscherlandschaft. Um uns herum war alles weiß. Weit. Schweigend standen wir auf der Brücke und sahen in diese strahlend weiße Weite hinein.

»Schön«, sagte ich schließlich leise. »Wirklich schön.«

»Pst.« Eberhart legte denn Finger vor den Mund. »Es geht gleich los.«

Ich verstummte und wartete.

Da, ein Geräusch. Eine Art Dröhnen. Dann begann es zu beben. Es schien, als würde der Boden unter uns ins Rutschen geraten. Er schlingerte, wackelte. Das Dröhnen wurde zum Getöse. Alles geriet in Bewegung. Wie bei einem Sturzflug.

Die ganze Kuppel schien zu schwanken, während die Kamera uns auf einer Art Floß in einer rasanten Talfahrt über eine Gletscherzunge hinabschickte, bis wir mit einem Aufplatschen im Meer landeten. Dort trieben wir zwischen gigantischen Eisschollen immer weiter hinaus. Ein Wal blies neben uns einen Strahl in die Luft.

»Wow«, sagte ich, als das Beben langsam abebbte, ganz aufhörte und das Licht schließlich wieder hochgedimmt wurde. »Wirklich beeindruckend.«

»Ja, nicht wahr!« Eberhart strahlte, als sei es sein persönlicher Verdienst. Aber wer weiß. Vielleicht war die Idee ja tatsächlich von ihm. Ich wollte lieber nicht nachfragen, denn es klang nach einer langen Geschichte. Und für die hatte ich definitiv keine Zeit.

»Und hier drin waren Sie auch mit Herrn Zöllinger und Bella?«, brachte ich ihn auf das Thema zurück.

»Zöllinger? Sie meinen den ERZ-Mann?« Er zog die Buchstaben zusammen, sodass es nach dem Rohstoff klang.

ERZ-Mann. Ein guter Name. »Ja. Sie haben mir erzählt, dass er hinter der Kleinen her war.«

»Genau. Ich habe gesehen, wie er sie angefasst hat. Während der Gletscherabfahrt.«

»Das kann doch Zufall gewesen sein. Schließlich wackelt das ganz schön, finde ich.«

»Schon. Aber es war ja schließlich Platz genug auf der Brücke. Wir waren die Einzigen. Am Anfang stand er noch neben ihr. Sehr dicht allerdings. Unnötig dicht dafür, dass wir allein hier waren. Dann tat er so, als würde er auf sie drauf fallen und hatte die Kleine plötzlich im Arm. Ließ sie gar nicht mehr los. Ihr war das sichtlich unangenehm.«

»Was hat sie gemacht?«, fragte ich interessiert.

»Ich glaube, sie hat ihm den Ellenbogen in den Bauch gerammt.« Er grinste über beide Backen, was tausende von kleinen Fältchen auf seine lederne Haut zauberte, wie bei einem verschrumpelten Apfel. »Auf jeden Fall ist er dann ganz schnell weggerückt von ihr.«

So so. Konnte aber auch Zufall sein, oder? Es hatte wirklich ganz schön gewackelt. Obwohl mir die Gleichgültigkeit des Redakteurs gestern schon etwas gespielt vorgekommen war.

Ich bedankte mich und fuhr zurück nach Essen.

***

Der Mann sah aus, als wäre er einer Dokumentation über Woodstock entsprungen. Wie eine Mischung aus Althippie und progressivem Pfarrer. Ein Bär von Mann mit vollem, zotteligem Haar und Vollbart. Automatisch wanderte mein Blick zu seinen Füßen hinunter. Ich war erleichtert, als ich sah, dass er bei diesem Wetter keine Jesus-Latschen trug.

»Hallo, ich bin Theodor Krummholz.« Volltönende Bass-Stimme, passend zum gewaltigen Körper. »Ich bin der Obermacker in diesem Laden. Sie können mich Theo nennen.« Die Hand, die er mir reichte, war kräftig und rau. So, als könne er richtig zupacken.

»Hi. Toni Blauvogel.«

»Und das ist Miriam Wessler. Meine bessere Hälfte, aber nur im Beruf.« Er lachte dröhnend über seinen Scherz und zeigte seine vergilbten Zähne.

Raucher, tippte ich. Ich reichte auch der Frau die Hand. »Ich bin Privatdetektivin.«

»Ein Privatschnüffler!« Sie stieß das Wort so verächtlich hinaus, als wäre es mit einem Virus behaftet. »Welchem armen Kerl, der eine Flasche Schnaps hat mitgehen lassen, jagt ihr denn dieses Mal hinterher? Das ist hier vergebene Liebesmüh. Für uns es schwierig genug, das Vertrauen der Menschen zu gewinnen, die am Boden sind. Da werden wir sie kaum wegen irgendeiner Lappalie verpfeifen!«

»Nun mal langsam«, sagte ich hitzig, überrascht über die plötzliche Attacke, bemühte mich aber gleich wieder um einen gemäßigten Tonfall. »Die Tür ist offen, die Sie da gerade einrennen wollen. Offener kann sie nicht sein. Es geht um was anderes.«

Misstrauisch begutachtete sie mich.

Ich musterte sie ebenfalls. Ihr Hemd war ungebügelt und ihre Jeans sah so aus, als habe sie sich gerade Kaffee darübergeschüttet. Das hätte sie mir fast sympathisch gemacht. Aber nur fast. Denn sie trug diesen selbstgerechten Zug einer idealistischen Missionarin im Gesicht, der es mir schwer machte, ihr etwas abzugewinnen.

»Lass gut sein, Miriam«, mischte Theo sich ein. »Lass sie doch erst mal loswerden, was sie von uns will.«

»Danke.« Erleichtert ließ ich die Luft ab, die ich versehentlich angehalten hatte. »Vor ungefähr zwei Monaten war hier jemand von der ERZ. Er wollte einen Artikel über die Arbeit der Streetworker schreiben.«

»Ach, dieser Modefuzzi!« Miriam Wessler verzog verächtlich ihren Mund. »Der Artikel war grauenerregend. Kein Wunder, wenn man sein Hirn größtenteils daran verschwendet, wie man auf andere wirkt.«

»Er hatte ein junges Mädchen dabei, Bella Brissano«, sagte ich, froh darüber, dass sie sich mit dem Kopfabreißen jetzt jemand anderem zugewandt hatte.

»Die meine ich ja. War ganz schön am Balzen, der Kerl. Kein Wunder, dass er da nicht richtig zuhören konnte.« Typisch Mann, implizierte ihr Blick. »Das Hirn in der Hose«, schob sie nach.

Aha, ihr war das also auch aufgefallen. Interessant. Wäre allerdings möglich, dass es sie bloß gewurmt hatte, nicht selbst das Ziel seiner Bemühungen gewesen zu sein. Verbittert, so klang sie.

»Aber die Kleine, diese Bella, die hatte ordentlich was auf dem Kasten«, mischte Theo sich wieder ein. »Die wollte echt was wissen. Was wir hier machen, mit was für Leuten wir zu tun haben. Die war so interessiert, dass sie ein, zwei Wochen später gleich wieder auf der Matte stand.«

»Ach was!« Das war ja mal eine Neuigkeit. »Sie ist noch mal zurückgekommen? Allein?«

»Ja, sag ich doch. Sie ist irgendwann nachmittags hier aufgekreuzt. Einmal ist sie sogar mit uns losgezogen. Wollte ich erst nicht machen, aber dann dachte ich, dass das Mädchen Biss hat und es gar nicht verkehrt ist, wenn sie ein bisschen was von der anderen Seite des Lebens mitbekommt.«

»Sie haben sie mitgenommen?«, fragte ich. »Wohin?«

»Na, auf eine unserer Touren. Haben wir damit ihrem reichen Papi auf die Schuhe getreten? Weil wir seinem Töchterlein gezeigt haben, dass das Gold, das hier gemacht wird, aus den Knochen anderer gesogen wird?« Er lachte wieder dröhnend.

»Sparen Sie sich Ihre Vorträge für andere auf«, sagte ich schroff. »Bei mir sind Sie an der falschen Adresse.«

Miriam holte Luft, so, als wolle sie noch einen drauf setzen.

»Der Papi ist nicht gerade reich«, schnitt ich ihr das Wort ab. »Und er macht sich große Sorgen. Das Mädchen ist nämlich verschwunden. Seit Samstag schon.« Plötzlich fühlte ich mich sehr müde.

»Die Kleine? Bella? Oh Gott. Das ist ja schrecklich.« Theo wirkte ernsthaft erschüttert.

»Ja. Das ist wirklich schrecklich. Ihre Eltern sind halb verrückt vor Angst.«

»Aber wir haben sie seitdem nicht mehr gesehen«, sagte Miriam. Auch sie wirkte bestürzt. »Sie war seit ein paar Wochen nicht mehr hier.«

»Können Sie mir zeigen, wo Sie mit ihr gewesen sind? Ich werde den Verdacht nicht los, dass ihr Verschwinden irgendwie mit diesem Zeitungspraktikum zu tun hat.«

»Klar. Mach ich«, sagte Theo hilfsbereit. »Aber da muss ich erst in den Tagesprotokollen nachsehen. Ist ja schon eine Weile her. Und wir haben gleich eine Teambesprechung. Können Sie heute am Spätnachmittag wiederkommen? Dann weiß ich Genaueres.«

Ich warf einen Blick auf die Wanduhr, die über der Tür hing, und nickte. Das passte gut. So konnte ich in Ruhe nach Wachtendonk fahren, wo ich um vierzehn Uhr die Verabredung mit dem Schlagerfuzzi hatte.

✱✱✱

Die Zähne waren einen Tacken zu weiß. Bestimmt gebleicht. Die Haare einen Hauch zu gülden. Und zu voll. Die Haut zu straff für einen

Mann, der auf die sechzig zuging. Intensive Goldbrauntönung, wie sie nur eine Sonnebank hervorbringen kann. Die obersten vier Hemdknöpfe standen offen und lenkten den Blick auf eine ebenso braun gebratene Brust, auf der ein diamantverziertes Kreuz am goldenen Kettchen baumelte.

Hanno Helm bleckte die Zähne zu einem einstudiert wirkenden Lächeln, während er mit ausgestreckten Armen auf mich zueilte. Dieser Mann hatte offensichtlich absolut kein Problem damit, Klischees zu bedienen.

Am liebsten hätte ich auf der Stelle kehrtgemacht und mich schleunigst wieder verdrückt. Stattdessen reichte ich ihm brav die Hand. Beinahe hätte ich sie mir an der Hose abgewischt, als er sie wieder losließ.

»Sie kommen wegen dem armen, armen Mädchen, das da verschwunden ist!« Seine Stimme raspelte Süßholz. »Trudchen – meine Managerin – hat mir das alles schon erzählt. Dabei kann ich Ihnen doch so gar nicht weiterhelfen! Sie hätten sich den weiten Weg sparen sollen.«

Er dirigierte mich durch das rustikal eingerichtete Café in der renovierten Fachwerkscheune, eine Treppe hinauf und durch eine Tür, auf der »Privat« stand. Der Raum war hell. Eine große Fensterfront im Giebel ließ das Licht hinein und gab den Blick frei auf Weiden und Bäume. Weißer Putz zu dunklen Fachwerkbalken. Ein Schreibtisch aus dunklem Holz. Und eine über Eck gestellte Wohnlandschaft aus cremefarbenem Wildleder. Ganz wunderbar weich, stellte ich fest, als ich mich vorsichtig darauf niederließ.

»Das Mädchen war vor einiger Zeit bei Ihnen, um Sie zu interviewen«, setzte ich an. »Nun ja, sie hat das Interview nicht selbst geführt. Sie hat einen Redakteur von der Essener Ruhrzeitung begleitet.«

Er bleckte erneut seine Zähne zu einem gekünstelten Lächeln. »Ja, ich erinnere mich. Essen. Ein seltsamer Name für eine Stadt. Das fand ich schon als kleiner Junge.«

Da hatte er recht. Aber ich ging nicht darauf ein. »Wo haben Sie sich getroffen?«

»Ich hatte eine Suite im«, er runzelte die Stirn, »Sheraton, glaube ich. Fragen Sie Trudchen, die wird es Ihnen genau sagen können. Die beiden sind dorthin gekommen.«

»Wohnen Sie immer so nobel, wenn Sie unterwegs sind? Eine Suite im Sheraton …«

»Ach, wissen Sie, bei den vielen Tourneen tut es gut, ein bisschen das Gefühl von Zuhause zu haben.« Sein Lächeln war wieder einen Ticken zu strahlend.

»Sie erinnern sich gut an Bella?«

»Mein Gott, nein! Was meinen Sie, wie viele Frauen und auch junge Mädchen tagtäglich mit mir sprechen wollen! Da kann ich mich wirklich nicht an jede einzelne erinnern.«

Da lag etwas zu viel Theatralik in seiner Stimme. Auffordernd schob ich das Porträtfoto von Bella über den Kubus aus ultramarinblauem Glas. Eine Art Couchtisch, vermutete ich.

Hanno Helm nahm das Bild. Seine Nägel waren eine Spur zu lang. Und zu manikürt. Schnell wendete ich den Blick von seinen Händen zu seinem Gesicht und beobachtete ihn, während er das Foto anstarrte.

»Ja, ich glaube, das war die Kleine«, sagte er schließlich und legte den Abzug wieder auf den Tisch. Sorgfältig, indem er den Rand an der Kante des Glases ausrichtete. »Aber ich kann mich nicht sehr gut an sie erinnern.«

Du lügst doch, dachte ich. Das sehe ich dir an der Nasenspitze an.

»Worum ging es in dem Interview? Können Sie sich daran erinnern?«

»Beim besten Willen nicht!« Geziert strich er sich die Haare aus der Stirn. »Sie müssen schon verzeihen, aber ahnen Sie, wie viele Interviews ich im Jahr gebe?«

Ich schüttelte den Kopf.

»Sehr viele. Fragen Sie Trudchen, die wird Ihnen die exakte Zahl nennen können.« Schon wieder bleckte er seine Zähne in meine Richtung. »Aber wahrscheinlich ging es um die Tournee, die ich gerade gemacht habe. Ich habe an dem Abend in der Grugahalle in Essen gespielt.«

»Keine privaten Fragen?«

Ein dezentes Klopfen enthob ihn einer Antwort. Auf Helms Herein schob ein hübscher Mann um die dreißig, eine adrette weiße Schürze um die schmale Taille gebunden, einen Teewagen in den Raum, auf dem ein kleiner Samowar vor sich hin brodelte.

Schweigend beobachtete ich, wie er zwei zierliche Teegläser unter dem kleinen Kran füllte und sie auf die gläsernen Beistelltischchen neben den Sofas stellte. Die waren ebenfalls kubusförmig, aber nicht blau, sondern smaragdgrün. Dann stellte er ein Tablett auf den Couchtisch, lüftete schwungvoll die darauf befindliche Edelstahlglocke und enthüllte eine Platte mit Canapés, die ordentlich in exakt gleichschenklige Dreiecke geschnitten waren.

»Voilà. Ich hoffe, es schmeckt.« Neugierig musterte er mich. Seine Augen waren sanft und blau, sein weiches halblanges Haar gab ihm einen fast femininen Touch.

»Danke, sehr schön. Wir bedienen uns selbst. Du solltest das Café nicht zu lange allein lassen, Igor.« Hanno Helm entließ ihn mit einem herzlichen Lächeln. »Was darf ich Ihnen anbieten? Tramezzini mit Tunfischpaste oder mit Rostbeef? Nach der Fahrt werden Sie doch sicherlich Hunger haben.«

Auch da hatte er recht. Ich merkte, wie mein Magen knurrte. Eine flüchtigen Moment lang fragte ich mich, warum ein Mann wie Hanno Helm sich die Mühe machte, eine ihm unbekannten Person, die nach einem ihm ebenfalls nicht näher bekannten jungen Mädchen suchte, mit Schnittchen zu bewirten. Doch ich schob die Frage beiseite.

»Oh, ich kann mich gar nicht entscheiden, das klingt beides so köstlich!« Mit einem Augenaufschlag lächelte ich ihn an. »Von jedem zwei bitte, wenn es keine Mühe macht.«

Belustigt beobachtete ich, wie eine seiner Augenbrauen leicht in die Höhe wanderte. Es tat gut, sich in diesem ach so feinen Ambiente ein kleines bisschen danebenzubenehmen. Ich unterdrückte ein Kichern, während ich ihm zusah, wie er die vier Dreiecke auf den dafür zu klein bemessenen Teller quetschte.

Das Besteck, das er mir reichte, legte ich auf dem grünen Kubus ab, nahm eines der Tramezzini in die Hand und biss beherzt zu. Etwas Mayonnaise quoll am Rand heraus und blieb in meinem Mundwinkel hängen. Ich leckte sie ab und tupfte sorgfältig mit der Damastserviette hinterher.

Eine Weile waren wir mit Essen beschäftigt.

»Vielen Dank. Das war wirklich gut«, sagte ich schließlich. Ich widerstand der Versuchung, mir auch noch die Finger abzulecken.»Möchten Sie noch eines?«, fragte er lächelnd.

»Danke, nein. Ich möchte Ihre Zeit auch nicht länger als nötig in Anspruch nehmen. Sie können sich also an Bella nicht besonders gut erinnern«, griff ich den Faden wieder auf, den ich während der Mahlzeit hatte schleifen lassen.

»Wie gesagt: Da sind einfach zu viele verschiedene Menschen, mit denen ich tagtäglich zu tun habe.« Hanno Helm machte eine entschuldigende Geste mit seinen manikürten Händen.

Genug geplänkelt. »Also kommt es oft vor, dass Sie junge Mädchen in ihren Suiten zu Gast haben?«, fragte ich. Zuckersüß.

»Äh – wie soll ich denn diese Frage verstehen?« Er wirkte pikiert. Es stand ihm nicht. Er sah etwas dümmlich dabei aus.

»Nun, genau, wie ich sie gestellt habe. Junge Mädchen. In Ihren Suiten. Auf Tourneen. Oft?« Ich fühlte mich wie ein Skorpion, den Stachel zum Angriff hoch erhoben.

Die Stoßrichtung drang langsam in sein Stammhirn vor. »Also ... natürlich nicht!«, ereiferte er sich.

»Also nicht«, stellte ich fest. »Dann überrascht es mich aber, dass Sie sich nicht an dieses doch eher ungewöhnliche Ereignis erinnern können. Die junge, süße Bella. Bei einem Interview. In Ihrer Suite.« Ich zog fragend eine Augenbraue in Höhe.

»Ich habe doch gesagt, dass ich mich an sie erinnere.« Er schien blass zu werden unter seiner Sonnenstudiobräune. »Ich kann mich nur nicht an das Interview erinnern. An die Fragen, die da gestellt wurden. Ich weiß wirklich nicht, was Sie von mir wollen. Ja, sie war süß, die Kleine. Das fand ihr Aufpasser aber auch, wenn Sie wissen, was ich meine.«

»Ihr Aufpasser?«

»Na, der schöne Redakteur, mit dem sie gekommen ist. Der hat ihr imponieren wollen, das war deutlich zu spüren.« Sein Tonfall klang jetzt etwas beleidigt. So, als sei er es nicht gewohnt, die Aufmerksamkeit eines Redakteurs teilen zu müssen. »Außerdem habe ich in Essen nicht übernachtet, um Ihrer Phantasie da mal Einhalt zu gebieten.« Jetzt lächelte er wieder. »Bis Wachtendonk ist es ja nicht so weit. Eine Suite wird häufig nur tagsüber angemietet, für Interviews und damit ich mich vor dem Auftritt ausruhen kann. Wenn es irgend geht, fahre ich nach einem Konzert zurück nach Hause.«

»Sie leben hier?«

»Ja. Auf einem alten Hof ganz in der Nähe. Dieses Café ist das Steckenpferd meines Cousins Igor.«

Womit wir wieder bei Frank Zöllinger wären, dachte ich resigniert, als er mich zur Tür geleitete.

Trudchen residierte einen Raum weiter. Der Raum war bei Weitem nicht so opulent ausgestattet wie Helms Reich, trotzdem bestach er durch Büromöbel, die hochwertig und teuer aussahen und in ihrer modernen Sachlichkeit einen gelungenen Kontrast zu dem alten Fachwerk bildeten. Auch hier schien ein geschickter Innenarchitekt seine Hand im Spiel gehabt zu haben.

»Hallo«, setzte ich an.

»Sind Sie fertig?«, fragte Trudchen höflich.

»Mit Herrn Helm schon«, antwortete ich wahrheitsgemäß. »Leider hat er mir nicht weiterhelfen können.« Ich seufzte.

Trudchen seufzte ebenfalls. »Das habe ich Ihnen ja bereits am Telefon gesagt, dass das wenig Sinn machen wird.« Sie stand auf, um mich zur Tür zu bringen.

»Trotzdem hätte ich noch ein paar Fragen an Sie«, warf ich schnell ein.

Sie seufzte ungeduldig. »Was denn noch?«

»Können Sie sich an sie erinnern?« Ich hielt ihr das Foto unter die Nase.

Sie setzte sich die Lesebrille auf, die sie an einem Band um ihren Hals trug. »Ist das das Mädchen, das vermisst wird?«

Ich nickte. »Ja. Bella Brissano.«

»Sie war vor einigen Wochen mit einem Redakteur der ERZ bei Herrn Helm, um ihn zu interviewen. Ich habe sie zu ihm gebracht.«

»Was für einen Eindruck hatten Sie von ihr?«

»Das kann ich nicht sagen. Ich bin rausgegangen, als die Herrschaften da waren.«

»Wie ist Herr Helm denn so?«, wechselte ich beiläufig das Thema. »Als Chef, meine ich.«

»Immer korrekt. Und sehr höflich.«

»Er ist gut im Rennen«, stellte ich fest.

»Im Rennen?«, wiederholte sie irritiert. Sie verstand nicht, worauf ich hinauswollte.

»Er ist gut im Geschäft. Sie haben doch sicher viel zu tun?«, versuchte ich es also anders.

»Ja, sehr viel, wirklich.« Jetzt lächelte sie.

»Ein Mann wie er muss doch eine immense Wirkung auf das weibliche Geschlecht haben.« Ich bemühte mich um einen schmeichelnden Tonfall. »Sicher wird er oft von weiblichen Fans belagert, egal, welchen Alters.«

»Er hat viele Verehrerinnen.« Sie hüstelte zurückhaltend.

»Da staubt er doch sicherlich manchmal ab«, versuchte ich es weiter. »Sie wissen schon, wie die Beatles damals: Hey, die Kleine ist süß, die will ich später auf meinem Zimmer sehen.«

»Aber doch nicht Herr Helm!« Trudchen wirkte ehrlich entrüstet. »So etwas hat er nie gemacht. Dabei hat er hat es wirklich nicht leicht, das können Sie mir glauben. Häufig bekommen seine Fans heraus, in welchem Hotel er untergebracht ist, und verfolgen ihn regelrecht, manchmal bis zur Zimmertür. Das ist alles andere als angenehm, so bedrängt zu werden«

»Hat er denn wirklich nie jemanden mit aufs Zimmer genommen? Junge Mädchen? Hübsche Mädchen?«

»Nein, das hat er nicht getan«, sagte sie steif. »Dafür lege ich meine Hand ins Feuer.«

»Was macht Sie da so sicher?«, fragte ich neugierig. »Ich meine, das wäre doch nur zu menschlich. Er hat Erfolg, die Frauen lieben ihn, junge Mädels auch. Also, ich würde da schon manchmal schwach werden, wenn mir die Herrenwelt so zu Füßen liegen würde.«

»Nein. Da war nichts in dieser Richtung.« Trudchen schüttelte unglücklich ihren Kopf. »Wirklich nicht. Das hätte ich mitbekommen.«

Ich sah Ergebenheit in ihren Augen. Sie verehrt ihn selbst, dachte ich überrascht. Und deshalb deckt sie ihn.

»Mir können Sie es doch sagen.« Ich lächelte sie kumpelhaft an. »Männer sind schließlich alle irgendwie gleich.«

»Nicht Herr Helm.« Ihre Stimme war fest. »So einer ist er nicht.« Irgendwas stimmte da nicht. Sie hielt mit etwas hinter dem Berg.

»Er ist so ein feiner Mensch.« Ihre Augen füllten sich plötzlich mit Tränen. »Und er kann keinen Skandal brauchen, wirklich nicht.«

Was war denn hier los? Wie ein Heiliger sah Hanno Helm nun auch nicht gerade aus. Viel zu gestylt. Viel zu blond. Viel zu braun. Viel zu ...

Dann fiel der Groschen. Die leicht beleidigte Stimme, als er von der Unaufmerksamkeit des Redakteurs berichtete. Des »schönen« Redakteurs. Frank Zöllinger sah verdammt gut aus, keine Frage. Ebenso wie Igor, der hübsche, deutlich jüngere – Cousin? Solch ein entfernter Verwandtschaftsgrad war nicht so leicht zu überprüfen. Es wunderte mich plötzlich gar nicht mehr, dass Hanno Helm sich nicht mehr genau an Bella erinnern konnte. Alles fügte sich zusammen.

»Er ist schwul, nicht wahr?«, schloss ich.

Trudchen sah bedrückt zur Seite. »Das dürfen Sie aber um Himmels Willen nicht bekannt machen!«, flüsterte sie. »Es würde das Ende seiner Karriere bedeuten.«

»Sind Sie da so sicher? Ich meine, wenn er wirklich was kann, ist es doch völlig egal, ob er schwul, bisexuell oder hetero ist.«

»Da kennen Sie seine weiblichen Fans aber schlecht.« Trudchen schnaubte leise durch die Nase. »Die würden ihn doch nicht mehr mit dem Allerwertesten angucken, wenn sie wüssten, dass er andersherum ist.

Da hatte sie vermutlich recht. Ich versprach, Diskretion zu wahren und verabschiedete mich.

Igor winkte mir freundlich lächelnd nach, als ich das Café verließ.

Diesen Besuch hätte ich mir auch sparen können. Ich machte mich auf die Rückfahrt nach Essen.

**

»An diesem Nachmittag waren wir wie üblich mit dem RoadRunner unterwegs«, informierte mich Theo mit seinem dröhnenden Bass.

»RoadRunner?«

»Unser Bus. Eine Anlaufstelle für die Kids, die auf der Straße rumhängen. Wir haben feste Plätze, an denen wir regelmäßig stehen.«

»Machen Sie da Drogenberatung, oder worum geht es?« Meine Gedanken schweiften ab und wanderten über verregnete Wiesen voller Blumenkinder, die vor einer gigantischen Bühne irgendwo im amerikanischen Niemandsland drei Tage lang Musik hörten, kifften, aßen, tranken, schissen und liebten.

»Nicht direkt. Wir sind einfach da für die Kids. Hören zu. Bieten Hilfe an, wenn sie gewollt ist.«

Ich musste mich zwingen, mich wieder auf das Thema zu konzentrieren, wegen dem ich eigentlich hier war. Daran merkte ich, dass ich müde war. Kein Wunder. Die anstrengenden Tage der vergangenen Woche hinterließen langsam, aber sicher ihre Spuren. »Was denn für Hilfe?«

»Mensch, sag mal, auf was für einem Stern lebst du denn?«, mischte Miriam sich ein. »Was denn für Hilfe?«, äffte sie mich nach.

So eine kleine Giftspritze! Irritiert schüttelte ich den Kopf. Aber die Attacke hatte erreicht, dass ich wieder voll bei der Sache war. »Ja. Was für Hilfe?«, beharrte ich.

Sie warf mir einen vernichtenden Blick zu. Plötzlich verstand ich so dumme Sprüche wie »*Die hat wohl keinen abgekriegt*«. Denn mit ihrer verbitterten Art wirkte sie auf mich wie eine Frau, die schon sehr lange allein und mit diesem Zustand alles andere als zufrieden war. Dass sie mich einfach duzte, war mir nur recht. Das machte es leichter, angemessen auf die Provokation zu reagieren.

»Komm mal von deinem hohen Ross runter.« Ich lächelte sie an, um die Worte zu entschärfen, denn ich hatte nicht die geringste Lust, zu streiten. »Ich weiß, dass es viele Kinder und Jugendliche gibt, denen es nicht gerade rosig geht. Drogensüchtige, missbrauchte, geschlagene, fertige, gemobbte, diskriminierte und vor allem ziemlich perspektivlose Kids. Weiß ich alles. Meine Frage ist, wie ihr ihnen helft, verflixt noch mal. Wie sieht eure Hilfe konkret aus, wenn ihr sie nicht beratet?«

Erneut lächelte ich sie an, aber Miriam war nach wie vor auf Streit aus. Ich sah es an der Art, wie sie hitzig Luft holte. Und Theo schien es auch zu bemerken.

»Nun lass mal gut sein«, wehrte er ab. »Das kann man sich wirklich nicht vorstellen, wenn man nichts damit zu tun hat. Also. Wir versuchen zu helfen, aber wir missionieren nicht. Für die Beratung zum Thema Drogen zum Beispiel sind speziell ausgebildete Leute in einer Drogenberatungsstelle zuständig. Das macht aber nur dann Sinn, wenn die Kids sich überhaupt entsprechend helfen lassen möchten.«

Ich nickte. »Klar. Und wenn nicht? Was macht ihr dann?«

»Wie wär's mit einer sauberen Spritze?« In Miriams Augen glitzerte es spöttisch. Aber ich sah, dass es ihr bitterer Ernst war. »Damit wenigstens nicht noch Aids mit dazukommt?«

»Enttäuscht?«, fragte Theo.

»Quatsch. Nur irgendwie – ratlos.«

»Worauf Miriam hinaus will, ist Folgendes: Indem wir den Kids ein Kondom geben, damit sie nicht schwanger werden, oder eine saubere Spritze, damit sie nicht irgendeinen Dreck von der Straße auflesen, akzeptieren wir sie genau so, wie sie sind. Wir machen ihnen keine Vorschriften – tue dies, tue das, du musst ... Damit haben sie längst abgeschlossen. Wenn wir das tun würden, würden sie nicht mehr zu uns kommen und noch weiter abstürzen.«

»Ihr wartet also, bis sie von selbst um Hilfe bitten, richtig?«

»So in etwa. Wir sind da. Wir sprechen sie an, immer wieder. Wir fragen, wie es ihnen geht und bieten ihnen Hilfe an. Wenn sie wollen, vermitteln wir eine Notunterkunft, begleiten sie zu einem Arzt oder machen einen Behördengang mit ihnen. Wir gehen mit ihnen zur Drogenberatung oder suchen ein Gespräch mit ihren Eltern. Wenn sie es wollen. Sonst nicht.«

»Wie viele solche Anlaufstellen gibt es in Essen?«

»Zu wenige. Immer zu wenige.« Theo stand auf, holte einen Becher aus der kleinen Küche und hantierte an einer großen Thermoskanne herum, während er weitersprach. »Und speziell für junge Menschen noch weniger. Es gibt das Café Basis unten im Haus. Da war Bella übrigens auch an einem Nachmittag. Dort können die Jugendlichen essen, wenn sie Hunger haben. Es gibt eine Notunterkunft speziell für

Jugendliche, den Raum 58 in der Kastanienallee hier um die Ecke. Dorthin vermitteln wir sie, wenn sie einen Schlafplatz suchen. Außerdem gibt es einen mobilen Arztbus. Da schicken wir natürlich nicht nur Jugendliche hin. Wir arbeiten eng mit dem Jugendamt zusammen. Aber wir zwingen niemanden, unsere Hilfe anzunehmen. Weil wir das gar nicht können. Hier.« Er stellte den Becher vor mich hin. »Du siehst aus, als könntest du einen Kaffee brauchen.«

»Da hast du recht!« Dankbar nahm ich den Becher entgegen.

»Willst du auch noch einen, Miriam, bevor du Feierabend machst?« Theo wartete die Antwort gar nicht erst ab, sondern verschwand wieder in der Küche.

»Und das alles habt ihr auch Frank Zöllinger und Bella erzählt?«, fragte ich Miriam.

»Ja. Darüber haben wir gesprochen. In der Zeitung erschien dann zwei Tage später auch ein Artikel. ,Streetworking in Essen' lautete die Überschrift.« Die Feindseligkeit aus ihrer Stimme war plötzlich verschwunden. Ich war froh darüber. »Danke, Theo.« Sie nahm ihren Becher entgegen und trank einen Schluck. »Der Artikel war ziemlich daneben.«

»Wieso?«, fragte ich neugierig.

»Auf der einen Seite zu moralisch, auf der anderen zu aufreißerisch. Mit anderen Worten: Mir fehlte die Sachlichkeit. Und wir wurden nicht korrekt zitiert.«

»Na komm. So schlimm war er auch wieder nicht.« Theo setzte sich wieder an den Tisch.

»Und wann ist Bella zurückgekommen und hat euch in eurem Bus begleitet?«, fragte ich ihn.

»Das Interview fand an einem Donnerstag statt. Knapp anderthalb Wochen später stand sie wieder auf der Matte. Das war ein Montag. Am nächsten Nachmittag war sie unten im Café Basis. Hat mit den Jugendlichen gesprochen, die dort waren.« Er sah auf einen Block, auf dem er sich offensichtlich Notizen gemacht hatte. »Zwei Tage später war sie schon wieder da und wollte direkt mit uns losziehen. Wir haben uns darauf geeinigt, dass sie uns am nächsten Nachmittag im Bus begleitet.«

Ich wartete gespannt darauf, dass er weiterredete.

»Wir sind nach Steele gefahren. Da sind wir mit dem RoadRunner seitdem regelmäßig.«

»Wovon hängt das denn ab, welche Orte ihr anlauft?«

»Davon, wo sich die Jugendlichen gerne aufhalten. Das wechselt schon mal«, ergriff Miriam wieder das Wort. »Was gerade aktuell ist, erfahren wir durch die Gespräche mit ihnen. Manchmal werden wir allerdings auch von Schulen gebeten, unsere Präsenz in einem Stadtteil zu verstärken. So war es auch in diesem Fall. Aus Steele wurden uns auffällige Jugendliche gemeldet, die sich regelmäßig zudröhnen und dann rumpöbeln. Das wollten wir uns näher ansehen.«

»Rauschgift?«

»Wenn du so willst.« Miriam verzog ironisch ihren Mund. »Aber ein gesellschaftlich anerkanntes.«

»Alkohol«, schloss ich.

»Genau. Wird den Kids von uns Erwachsenen ja wunderbar vorgelebt.«

»Alles arme Opfer, oder was?« Plötzlich war ich sauer. Sie hatte ja recht. Aber ihr vorwurfsvoller Unterton ging mir gewaltig auf die Nerven. »Und ich dachte immer, es gehört so etwas wie ein eigener Wille dazu, sich so oder so zu verhalten«, schob ich hinterher.

»Sicher«, warf Theo ruhig ein. »Dennoch ist es besonders in jungen Jahren oft verteufelt schwer, sich einen klaren Standpunkt zu etwas zuzulegen und diesen Standpunkt dann auch noch zu vertreten.«

Schwer vielleicht, aber gewiss nicht unmöglich, wollte ich erwidern. Doch ich schluckte die Bemerkung hinunter. Lass stecken, Blauvogel, dachte ich. Konzentrier dich auf das Wesentliche.

»Zurück zu Bella. Sie war also mit euch in Steele. Wegen der alkoholisierten Jugendlichen, die dort rumpöbeln. Habt ihr sie gefunden?«

»Haben wir. Aber an die ist schwer ranzukommen. Sie blocken, was das Zeug hält. Wir sind noch in der Annäherungsphase.«

»Was sind das für Jugendliche?«

Theo machte fing an, die Kästchen in seinem Notizblock auszumalen. Mit Schrägstrichen, mal nach links ausgerichtet, mal nach rechts. Einen Moment lang, der mir vermutlich länger vorkam, als er war, sagte er nichts. Ungeduldig trommelte ich mit den Fingern auf die Tischkante.

»Zwei Lehrlinge, ein Abiturient. Eigentlich nicht auffälliger als andere Jugendliche. Zwei von ihnen wohnen im Osten von Essen.«

Ich runzelte die Stirn, während ich gedanklich den Essener Stadtplan zurechtrückte. »Horst?«

»Ja, der eine. Hörsterfeld, genau genommen. Der andere hat es etwas besser getroffen. Seine Eltern haben ein Haus in Eiberg. Vis-à-vis zu seinem Kumpel sozusagen, wo die Stadtteile ineinander übergehen. Der dritte im Bunde wohnt in Steele nahe dem Stadtgarten.«

»Eigentlich nicht auffälliger als andere Jugendliche«, wiederholte ich. »Was bedeutet ‚eigentlich'? Klingt nach einer Relativierung, der im Regelfall ein ‚aber' folgt.«

Theo lachte. »Da hast du völlig recht. Anfangs haben sie sich wie viele andere auch in Hörsterfeld auf einem der Spielplätze zwischen den Hochhäusern herumgetrieben. Bis es der Hausmeister geschafft hat, sie dort zu vertreiben.«

»Warum?«

»Weil sie etwas zu großzügig mit Alkohol umgegangen sind.«

»Das machen ja wohl viele, oder?«

»Schon.« Theo kratzte sich seinen Vollbart. Es gab ein schabendes Geräusch. Wie Stahlwolle auf Holz.

»Was also ist das Problem bei diesen drei Jungs?«, drängte ich.

»Sie trinken, und das nicht zu knapp. Allerdings nicht so heftig, dass sie nicht weiter in die Schule oder in die Lehre gehen können. Das allein ist also nicht das Problem, da gibt es ganz andere Kaliber.« Theo machte schon wieder eine Pause. Der Typ hatte wirklich die Ruhe weg!

»Nun mach es mal nicht so spannend.«

Er erbarmte sich. »Diese Jungs fanden es witzig, auch andere abzufüllen. Ein Elfjähriger wurde von seinen Eltern sturztrunken auf dem Spielplatz gefunden. Er sagte später, die drei hätten ihn dazu genötigt, Schnaps zu trinken. Da war es dann mit der Toleranz vorbei. Sie bekamen Spielplatzverbot.«

Tonlos pfiff ich durch die Zähne. »Wohnen die noch bei ihren Eltern?«

»Grundsätzlich schon. Vielleicht pennen sie auch öfter bei Freunden. Auf jeden Fall machen sie nicht Platte.«

Miriam mischte sich wieder ein, dieses Mal ganz ohne ironischen Unterton. »Diese Art der Freizeitbeschäftigung wäre übrigens auch untypisch für Kids, die auf der Straße leben. Also, andere gezielt abzufüllen, meine ich. Seit sie aus Hörsterfeld vertrieben wurden, treiben die drei sich häufig auf einem Spielplatz oberhalb des Siepentals herum, und wenn ihnen das zu langweilig wird, machen sie in der Fußgängerzone in Steele einen auf böse Jungs. Gern auch mit der beliebten braunen Gerstensaftpulle in der Hand. Wie Theo schon sagte: Es ist schwer an sie ranzukommen.«

»Schon wieder ein Spielplatz? Wo ist der genau?«

»In der Beeksiepenstraße. Wobei Straße der falsche Begriff ist. Eigentlich ist das mehr ein steiler Weg, der vom Siepental hoch zur Steeler Straße führt. Unten am Weg sind Kleingärten, erst weiter oben fängt die Bebauung an. Und die Kleingärtner finden dauernd leere Pullen in ihnen Hecken und Gärten. Nicht nur die Braunen. Auch helle Flaschen. Wodka, Rum, so ein Zeug. Regelmäßig.«

»Weggeworfen von euren drei Kandidaten«, schloss ich.

»Ja. Wie auch immer die zueinandergefunden haben: Sie tun sich nicht gut. Sie steigern sich. Und sie ziehen andere mit hinein. Als wir mit Bella unterwegs waren, waren sie schon nicht mehr zu dritt. Es war ein Junge dabei, den wir noch nie vorher gesehen haben.«

»Ein unbeschriebenes Blatt?«

»So ungefähr. Aber nicht mehr lange, steht zu befürchten.« Sie sah frustriert aus, als sie das sagte, so, als hätte sie das schon öfter erlebt.

Neugierig sah ich mich um. Das Café Basis war ein freundlicher Raum mit hellen Tischen, an denen Grüppchen von Jugendlichen saßen. Hier also hatte sich Bella einen Nachmittag lang aufgehalten. »Weißt du, mit wem sie geredet hat?«, fragte ich Miriam.

»Nein. Aber ich bringe dich zu Iris Ritter. Die ist hier zuständig, und hat vielleicht was mitbekommen. Wenn du hier fertig bist, fahren wir dann mit dem RoadRunner die Tour ab, die wir mit Bella gemacht haben, in Ordnung?«

Ich nickte.

Miriam brachte mich nach hinten in die Küche, stellte mich vor und verschwand.

Iris Ritter war eine kleine, zierliche Frau. Von Weitem hätte man sie glatt mit einem der Mädchen verwechseln können, die um den großen, hellen Holztisch im Café herum saßen. Doch wenn man näher kam, erkannte man, dass sie bestenfalls als große Schwester durchgehen könnte. Trotz ihrer geringen Körpergröße strahlte sie große Autorität aus.

Sie wies auf einen Stuhl an einem kleinen Küchentisch und ließ sich selbst mit einem Seufzer der Erleichterung auf dem Pendant dazu auf der anderen Seite des Tisches nieder. »Puh. Das tut gut. Das viele Stehen fällt mir zunehmend schwer.«

»Kann ich mir vorstellen.« Ich lächelte sie an.

Sie lächelte zurück. »Du suchst also nach einem vermissten Mädchen?«

»Ja. Sie war einen Nachmittag lang hier im Café, sagt Miriam.« Damit schob ich ihr das Foto von Bella über den Tisch.

»Ich erinnere mich an sie. Bella heißt sie, nicht wahr?«

Ich nickte bestätigend.

»Ich war ein bisschen überrascht, als Theo sie zu mir brachte.« Iris gähnte. »Entschuldigung. Ich bin einfach wahnsinnig müde heute.«

»Da kann ich mich nahtlos anschließen.« Ich gähnte ebenfalls. »Was hat dich denn überrascht?«

»Sie war keine von denen, die sonst zu uns kommen.«

Ich drehte den Kopf. Mein Blick blieb an drei Mädchen hängen, die schnatternd und lachend an einem der Tische hinten im Café saßen. Von dieser Distanz aus wirkten sie so, als würden sie gleich heim zu ihren Müttern in ihre hübschen Jungmädchenzimmer kehren.

»Das sind ja noch Kinder«, sagte ich leise.

»Die eine ist zwölf, die beiden anderen sind dreizehn. Sie hängen an der Nadel und gehen auf den Strich.«

Ich wandte den Blick ab. Plötzlich war ich sehr traurig und sah betroffen aus dem Fenster. Beobachtete, wie ein paar Regentropfen langsam am Glas hinunterperlten. Das Fenster sah frisch geputzt aus.

Iris schwieg ebenfalls. Ich glaube, sie beobachtete mich.

Ich räusperte mich. »Was bietet ihr ihnen hier im Café an?«

»Diese Küche hier. Hier können sie kochen, wenn sie wollen. Oder ich koche was. Was Warmes zu essen und zu trinken gibt es auf jeden Fall.« Die Antwort kam wie aus der Pistole geschossen, so, als habe sie das schon oft erzählt. »Eine Waschmaschine. Ein offenes Ohr und ein freundliches Wort«, fuhr sie fort. »Und – ganz wichtig – eine Auszeit von der Straße. Entspannung. Austausch mit anderen. Vielleicht mal eine Runde Karten spielen.«

»Und was wollte Bella hier?«, fragte ich schließlich.

»Erst hat sie mich gelöchert. Wie viele Kinder hierher kommen, wie viele davon auf der Straße leben, wie sie sich durchschlagen ...«

»Und? Wie viele sind es?«

»Wir haben zurzeit um die vierhundert Straßenkids hier in Essen. Nicht alle, die hierher kommen, leben auch auf der Straße. Einige gehen wenigstens ab und zu mal nach Hause zu ihren Eltern. Aber fast alle sind drogenabhängig in irgendeiner Form. Alkohol, Tabletten oder der richtig harte Stoff. Und viele landen dann irgendwann auf dem Strich, um die Sucht finanzieren zu können.«

»Mann, Mann, Mann«, sagte ich in bester Ballauf-Manier.

Iris lächelte. »Beim ersten Mal hat Bella mit ein paar von den Mädels geredet. Von denen ist heute aber keine hier.«

»Das erste Mal? Heißt das, sie ist wiedergekommen?«, fragte ich überrascht.

»Ja. Ungefähr eine Woche später war sie wieder hier. Da hat sie mit Bodo geredet, und mit Lasse. Das ist der Blonde da drüben. Bodo ist heute nicht da. Wenn ich recht überlege, habe ich ihn die ganze Woche nicht gesehen. Den Bodo, meine ich.«

Schweigend dachte ich über das nach, was ich gerade gehört hatte. Sie war also noch mal wiedergekommen, nachdem sie mit Theo und dem RoadRunner unterwegs gewesen war. Ich wusste nicht so recht, was ich mit dieser Information anfangen sollte. Dann gab ich mir einen Ruck. »Ich frag diesen Lasse mal, was sie von ihnen wollte.« Damit stand ich auf.

»Hast du schon eine Spur?«, hielt Iris mich zurück.

»Zu Bella?«

»Nein. Zum lieben Gott natürlich«, witzelte sie. Dann wurde sie wieder ernst. »Die Kleine war echt aufgeweckt. Es täte mir leid, wenn ihr etwas passiert ist.«

»Mir auch. Was ich bisher herausbekommen habe, ist leider eher wirr und undurchsichtig und mündet in irgendwelche Sackgassen.«

»Halte uns auf dem Laufenden, ja?«, bat sie.

Ich nickte und ging zu dem Tisch, an dem Lasse allein saß und in einer Zeitschrift blätterte.

»Lasse, nicht wahr? Sag mal, kenne ich dich nicht von irgendwoher?«

Er sah zu mir hoch und musterte mich. »Nee, kann ich mir nicht vorstellen«, sagte er schließlich frech.

Ich musterte zurück. Hübscher Kerl, noch keine zwanzig. Er schien sich gerade die Haare gewaschen zu haben, denn sie fielen ihm in nassen Strähnen auf die Schultern. Das Auffälligste an ihm waren seine großen blauen Augen, die eine ungeheure Sanftmütigkeit ausstrahlten.

»Doch«, beharrte ich. »Ich bin mir ziemlich sicher. Bist du öfter im Südviertel?«

»Klar«, gab er freimütig zu. »Ich verkaufe da die Straßenzeitung, abends, in den Kneipen.«

»Mensch, ja. Daher also! Sag mal, vor fünf Wochen ungefähr war hier dieses Mädchen, Bella. Iris sagt, dass sie länger mit dir geredet hat.« Wieder legte ich das Foto auf den Tisch.

»Warum willst du das denn wissen?« Misstrauen schlich sich in seinen Blick und verschleierte das intensive Leuchten. Er hatte seltsam große Pupillen. Dann ging sein Blick zur Seite.

»Sie ist verschwunden. Und ich habe den undankbaren Job, sie zu suchen.«

»Scheiße, Mann. Damit habe ich nichts zu tun.« Er sah aus, als wollte er aufspringen und sich davonmachen.

»Hey. Das sage ich doch auch gar nicht. Wirklich nicht!«, beschwichtigte ich ihn. »Bitte, es ist wichtig!«

Er sah mich immer noch nicht an, blieb aber immerhin sitzen.

»Bella hat sich in den letzten zwei Monaten verändert«, sagte ich behutsam. »Sagen zumindest ihre Lehrer. Und zwar seit ungefähr dem

Zeitpunkt, als sie hier im Café und mit Theo und Miriam unterwegs war. Irgendwas muss sie dabei gesehen haben, was zu dieser Veränderung geführt hat. Das vermute ich wenigstens«, schob ich kleinlaut hinterher.

»Ja, und? Dafür kann ich doch nichts.«

»Weiß ich doch. Aber du hast mit ihr geredet. Beziehungsweise sie mit dir. Vielleicht hat sie dir ja was erzählt, was mir weiterhilft.«

»Die hat hauptsächlich mit Bodo geredet«, wehrte er ab. »Ich habe nur so dabei gesessen.«

»Aber dann hast du doch mitbekommen, worum es ging, oder?«

»Ich war ein bisschen zugedröhnt an dem Nachmittag.« Sein Blick flackerte kurz zu mir und dann sofort wieder zur Seite. »Ich habe echt nicht viel mitbekommen.«

»Das Wenige reicht vielleicht schon.« Ich lächelte ihn an. »Komm, ich will dir wirklich nichts Böses. Ich suche verzweifelt nach Hinweisen. Bellas Eltern sind halb verrückt vor Angst. Was wollte sie denn von euch wissen?«

»Die hat uns ausgefragt. Wie wir das machen, mit dem Pennen und so. Da war der Bodo fein raus mit seinem Wohnwagen. Hat richtig geprahlt damit, dass er eigentlich nicht mehr Platte macht. Dass er 'nen festen Job hätte, bei 'nem Bauern oder so, und dort auch in einem richtigen Wohnwagen wohnen darf.«

»Ist das so?«

»Keine Ahnung. Ich war nie da. Eigentlich ist der Bodo kein Aufschneider. Aber die Kleine hatte es ihm angetan. Da wollte er wohl nicht so schlecht dastehen.«

»Und dir? Hatte sie es dir auch angetan, Lasse?«

Er nickte verlegen. »Gefallen hat sie mir schon auch. Aber bei einer wie der hat doch so einer wie wir ohnehin keine Chance. Das wusste der Bodo auch. Hat er später selbst gesagt.«

»Was genau hat er gesagt?«, bohrte ich nach.

»Na, er fing an rumzuschwärmen. Wie das wäre mit einem Mädchen, das einen liebt und zu einem gehört. In einer kleinen Wohnung mit Balkon oder vielleicht sogar mit Garten und 'nem richtigen Doppelbett mit weichen Daunendecken, wo man jeden Morgen zu zweit aufwacht, ganz eng beieinander. Wo es manchmal ein gekochtes Ei zum Frühstück gibt, richtig auf den Punkt gekocht, sodass das Eigelb nicht mehr flüssig, aber auch nicht richtig hart ist. Cremig muss es sein, das Eigelb, hat der Bodo gesagt. Dazu helle weiße Brötchen mit Butter. Und selbst gekochte Marmelade, nicht so süß wie die gekaufte. Und ein kleinen Fratz, später mal. Das wäre ein Leben! Wenn man clean wäre, richtig clean. Das wäre doch ne Chance, hat er gesagt, mit so einer wie Bella.«

»Also stimmt das doch nicht, das mit dem Bauern?«

»Ich weiß nicht. Aber ich glaube, dass zumindest das mit dem Wohnwagen stimmt. Früher hat der Bodo in dem Stellwerk in Horst gepennt. Weißt du, da, wo die S1 und die S3 auseinandergehen, die eine nach Hattingen, die andere nach Bochum. Sieht aus wie ein kleiner Bunker, das Ding. Da hat er mich mal mit hingenommen. Eine Weile bin ich dann nachts auch da hin. Jetzt schlafe ich im Raum 58. Das ist besser. Keine Ratten. Und außerdem sauber. Ich will doch nicht völlig abstürzen und noch zum Junkie werden oder so. Und dann womöglich noch Stricher!« Er schüttelte sich.

»Hast du denn keine Eltern mehr?«

»Doch. Schon.« Er zuckte mit den Schultern. »Aber die sind getrennt. Meine Mutter schluckt seitdem tonnenweise Tabletten und hat laufend andere Macker. Einer blöder als der andere. Ist nicht unbedingt mein Leben da. Da bin ich doch nur im Weg. Und mein Alter – na ja. Der ist ab nach Düsseldorf nach der Scheidung, Karriere machen. Meine Mutter denkt, ich bin bei ihm. Manchmal ruf ich sie an. Ich will nicht, dass sie sich Sorgen macht.«

»Und wovon lebst du?«

»Ey, ich arbeite, klar? Ich verkaufe die Straßenzeitung. Und da ist so ein Getränkegroßmarkt, wo ich frühmorgens das Leergut zum LKW bringe und die vollen Kästen dann in der Halle stapele. Außerdem sammele ich Pfandgut. Das hat mir der Bodo gezeigt. Du ahnst ja gar nicht, wie viele Pfandflaschen die Leute wegwerfen. Musst nur mal in die Abfallkörbe an Straßen und Spielplätzen gucken. Wenn du das regelmäßig machst, kannst du dir gut die Kohle für den nächsten Tag verdienen. Zumindest im Sommer.«

»Ist doch gut«, sagte ich, frustriert über seine Schilderungen. »Aber meinst du nicht, du könntest doch noch die Kurve kriegen, wenn du wieder zur Schule gehst? Damit du vielleicht nicht ewig Straßenzeitungen verkaufen, Leergut sammeln und Bierkästen durch die Gegend schleppen musst?« Ich klinge schon wie Großmutter, dachte ich müde.

Sein Gesicht wurde hart und störrisch, und er machte Anstalten, aufzustehen.

»Noch mal zurück zu Bella«, wechselte ich schnell das Thema. »Bist du denn sicher, dass Bodo nicht versucht hat, den Traum wahr zu machen? Mit Bella ...«

»Quatsch!«, sagte Lasse empört. »Der Bodo wusste genau, dass das Träume sind. Er fand die Kleine süß. Viel zu süß, um zu ihm zu passen. Und zu jung auch. Er ist doch schon Mitte zwanzig. Sie hat ihn eben zum Träumen gebracht, das ist alles!«

»Ich weiß immer noch nicht, worüber ihr euch mit Bella unterhalten habt.«

»Ich kann mich nicht mehr erinnern.« Lasse runzelte die Stirn. »Tut mir leid, wirklich. Aber wie gesagt – ich war etwas zugedröhnt an dem Nachmittag.«

»Alkohol?«

»Nee. Das Zeug rühre ich nicht an.«

»Was dann?«

Theo tauchte in meinem Blickfeld auf. Er tippte auf die Uhr an seinem Handgelenk.

Ich nickte ihm zu. Drei Minuten noch, signalisierte ich mit den Fingern zurück.

»Nur ein bisschen Dope«, sagte Lasse, der von dem Intermezzo nichts mitbekommen zu haben schien. »Aber das Zeug hat wirklich tierisch reingehauen.«

»Du liebe Güte!« Ich grinste. »Das versteh ich wirklich nicht. Wenn ich früher Shit geraucht habe, hat das kaum gewirkt. Wirklich nicht. Ein bisschen benebelt war ich vielleicht. Aber mehr nicht. Was war denn das für ein Teufelszeug?«

»Ich glaube, sie verkaufen sonst immer gestreckte Ware, und das hier war rein.« Lasse grinste zaghaft zurück.

»Oder sie haben irgendein Sauzeug druntergemischt, um dich auf härtere Sachen zu bringen«, konterte ich. »Hast du dir noch mehr von dem Zeug verschafft?«

Betreten guckte er zur Seite. Ein klares Eingeständnis.

»Wirf es weg«, schlug ich vor. »Ich meine, weil du doch kein Junkie werden willst. Wäre schade. Du bist nämlich ein netter Kerl.« Ich schob ihm meine Karte rüber. »Falls dir doch noch was einfällt.«

Auf dem Weg zum Bus rief ich Max an, um ihm mitzuteilen, dass es später werden würde. Ein seltsames Gefühl. Sechs Jahre lang war ich niemandem Rechenschaft schuldig gewesen, wenn ich später als gewohnt nach Hause kam.

Du bist Max auch jetzt keine Rechenschaft schuldig, meldete sich meine innere Stimme.

Ach nee? Bist du nicht? Warum rufst du denn dann an?

Weil es einfach schön ist, dass jemand zu Hause auf dich wartet. Auch wenn es nur in der Nachbarwohnung ist.

Ja, genau. Das war wirklich schön. Ich lächelte.

✳✳✳

Der RoadRunner verfügte über eine durchgezogene Sitzbank. Auch zu dritt hätten wir locker nebeneinander im Cockpit des Wohnmobils Platz gefunden. Aber Theo hatte Miriam nach Hause geschickt.

»Mach Schluss für heute, Mädchen«, hatte er gesagt. »Das hier übernehme ich.«

»Was treibt die Jungs dazu?«, fragte ich, als wir an der Ampel am Steeler Wasserturm standen.

»Was meinst du? Sich zuzuschütten?«

»Ja.«

»Sag mal, hast du als Teenager nie über die Stränge geschlagen?« Theo klang erstaunt.

»Klar doch. Mit vierzehn habe ich mich mit meiner Freundin Regina durch die gut bestückte Hausbar ihrer Eltern durchprobiert, nachmittags. Mir war reichlich schlecht danach. Und dann die erste Fete in irgendeinem Partykeller. Billiger Lambrusco. Davon hatte ich so viel getrunken, dass ich mich übergeben musste. Im letzten Schluck war irgendwas Undefinierbares gewesen. Und weil die Flasche von Mund zu Mund gegangen war, wollte ich lieber gar nicht wissen, was das gewesen sein könnte. Aber ich habe dann trotzdem drüber nachgedacht ...«

»Eigentlich hast du dich also übergeben, weil es eklig war, nicht, weil du zu viel von dem Zeug getrunken hattest, oder?« Geschickt steuerte Theo das große Wohnmobil durch den Feierabendverkehr. Die Steeler Straße entlang, deren eine Spur wie üblich von parkenden Autos blockiert wurde, obwohl hier zu den kritischen Uhrzeiten seit Kurzem striktes Halteverbot herrschte.

»Mag sein. Zumindest habe ich nicht so viel vertragen wie heute.«

»Das ist übrigens zu erklären.«

»Na, na, na! Was weißt du über meinen aktuellen Alkoholkonsum?«, fragte ich spitz.

»Nichts.« Er machte eine beschwichtigende Geste. »Ich will auf was ganz anderes raus. Wusstest du, dass der Organismus von Jugendlichen Alkohol sehr langsam abbaut?«

»Wenn sie das Zeug nicht gewohnt sind, ist das doch wohl logisch, oder?«

»Nein. Das allein ist es nicht. Ihnen fehlt ein Enzym, das für den Abbau von Alkohol wichtig ist. Dieses Enzym züchtet sich der Mensch erst mühsam heran.«

»Enzyme kann man doch nicht züchten!«

Ich muss wohl etwas blöd aus der Wäsche geschaut haben, denn Theo grinste. »Klar kann man. Hast du übrigens sicherlich auch. Das passiert automatisch, wenn man über längere Zeit oder häufig hintereinander den Alkoholgehalt im Blut auf mehr als null Komma fünf Promille treibt.«

Das war mir neu. Interessant!

»Dann züchten die Kids von heute ihre Enzyme aber ziemlich schnell heran«, sagte ich nachdenklich. »Alkoholexzesse dieser Art, wie sie heute regelmäßig und systematisch stattzufinden scheinen, hatten wir nämlich damals nicht. Ich meine, der Zweck war nicht, sich sinnlos zu betrinken. Es waren Experimente – wie schmeckt das, was passiert dann? Hatte irgendwie alles mit dem Wunsch zu tun, erwachsen zu sein.« Ich ärgerte mich, dass ich es nicht besser formulieren konnte.

»Bist du sicher, dass es heute nicht das gleiche Motiv ist?« Theos volltönender Bass war plötzlich erstaunlich sanft.

»Natürlich bin ich nicht sicher«, sagte ich grantig. Die plötzliche Sanftheit in seiner Stimme machte mich fuchtig. »Aber das, was heute teilweise so abgeht, hat doch ganz andere Ausmaße. Dagegen waren meine Geschichten harmlos. Unregelmäßig. Und ich habe vor allem keine anderen willentlich mit hineingezogen.«

»Bist du da so sicher?«

Schon wieder dieser sanfte Ton! Aber ich sagte nichts.

»Es ging doch auch damals ums Coolsein«, fuhr Theo fort. »Es war zum Beispiel cool zu rauchen. Hast du nie über andere gelacht, weil sie nicht geraucht haben? Oder weil sie husten mussten, wenn sie es taten?«

»Nein!«, sagte ich bestimmt. »Klar war es cool. Und ich wollte cool sein. Aber ich habe nie jemanden ausgelacht, der das nicht wollte oder konnte!« Zumindest konnte ich mich nicht daran erinnern. Im Gegenteil. Ich hatte es gehasst, wenn man sich über andere lustig machte.

»Wo also ist der Unterschied?« Er kratzte sich erneut das Kinn unter dem Vollbart und machte eine seiner Pausen, so, als würde er auf eine Antwort von mir warten. Aber es schien eine rhetorische Frage, denn er wirkte so, als habe er die Antwort längst parat.

Also schwieg ich.

»Ums Coolsein geht es immer«, fuhr er schließlich fort, während er den RoadRunner am Steeler S-Bahnhof vorbeisteuerte. Beim Fahren warf er einen prüfenden Blick auf den unattraktiven Vorplatz, so, als hielte er nach jemandem Ausschau. Aber er hielt nicht an. »Und warum will man cool sein?«, fuhr er fort. »Weil man sich von den anderen abheben möchte. Weil man sich damit ein Stück weit über die anderen erhebt. N'est-ce pas?«

»Mag sein«, stimmte ich zu. »Aber vielleicht auch, weil man sich damit ein Stück weit irgendwo zugehörig fühlt. Dazu gibt es doch sicher ganze wissenschaftliche Abhandlungen. Was sagen denn die Experten dazu?«

»Die Experten sagen, dass es zwar stimmt, dass sich die Zahl der Alkoholmissbrauch betreibenden Jugendlichen drastisch erhöht hat. Genau genommen hat sich innerhalb von fünf Jahren die Zahl von Minderjährigen mehr als verdoppelt, die in stark alkoholisiertem Zustand ins Krankenhaus eingeliefert werden mussten. Dennoch reden wir hier von einem verschwindend geringen Prozentsatz. Bei circa zehn Millionen Jugendlichen waren es knapp zwanzigtausend Fälle dieser Art.«

»Du wechselst das Thema«, tadelte ich. »Eben waren wir noch beim Warum. Jetzt bist du beim Wieviel.«

Er zuckte mit den Schultern. »Zum Warum komme ich gleich noch mal.«

»Schon gut. Dann erst mal Zahlen. Also alles halb so wild?«

»Den Zahlen nach schon. Dennoch halten die Experten die Situation für bedenklich. Das jedoch aus einem anderen Grund.«

Wenn der Kerl nur nicht immer diese Pausen machen würde! »Was denn?«, drängelte ich.

Theo seufzte und warf mir einen vorwurfsvollen Blick zu. Als würde ich ihn um seine Pointe bringen. »Bei Umfragen kam heraus, dass viele Jugendliche mindestens einmal im Monat mehr als fünf alkoholhaltige Getränke an einem Tag zu sich nehmen, ohne deswegen im Krankenhaus zu landen. Ein Problem ist das ganz sicher – übrigens ebenso bei Erwachsenen.«

»Wie der Herr, so's Gescherr, würde meine Großmutter jetzt sagen.«

»Kluge alte Dame.«

»Ja, aber lästig. Sie ist schon über zwanzig Jahre tot, und trotzdem verfolgt sie mich immer noch mit ihren Binsenweisheiten.«

»In jeder Binsenweisheit steckt ein Stückchen Wahrheit«, sagte Theo lächelnd.

»Ja, ja, kein Rauch ohne Feuer ...« Ich kicherte. Dann wurde ich wieder ernst. »Alkohol unter Jugendlichen ist also deshalb verbreiteter als früher, entnehme ich deinen Worten, weil es auch bei uns Erwachsenen immer mehr ausufert. Ist das nicht ein bisschen platt?«

»Finde ich gar nicht. Es wird ihnen doch vorgelebt.«

»Was ist mit den ganzen Fällen von Komasaufen, die in der letzten Zeit verstärkt durch die Presse gegangen sind? Ist das etwa blinde Panikmache?«

»Nein. Es ist ein Erscheinungsbild. Es gibt mehr Fälle als früher. Mehr Fälle – und auch mehr Todesfälle.«

Hinter Theos Profil sah ich die Bäume am Ruhrufer aufblitzen.

»Woran liegt das? Was meinst du? Ist die Hemmschwelle heute niedriger?«

»Glaube ich nicht. Um ins Alkoholkoma zu fallen, muss ein Jugendlicher in kurzer Zeit sehr viel trinken. Sein Alkoholpegel schnellt rapide in die Höhe, und da ihm besagtes Enzym fehlt, wird nichts abgebaut. Dass der Jugendliche das unterschätzt, ist ja mal irgendwie logisch. Der hat ja schließlich keine Erfahrung mit dem Zeug.«

»Und diese Jungs, die Kinder damit abfüllen? Was soll so ein bescheuertes Verhalten?«

»Kontrolle? Machtausübung? Belustigung? Ich weiß es nicht. Wenn ich es wüsste, wäre es ja einfach.«

Ich erkannte Frust in Theos Stimme.

Er wendete den Bus an der Kurt Schumacher Brücke, die nach Überruhr und Burgaltendorf hinüberführt, und parkte das Wohnmobil auf dem Seitenstreifen an der Henglerstraße.

»Steig aus, wir gehen zu Fuß.«

Es war inzwischen kurz nach sieben. Auf dem Platz hinter der Bushaltestelle am Grendtor lungerten wie üblich ein paar Jugendliche herum, die versuchten, sich einen verwegenen Anstrich zu geben. Ihre Rapperhosen mit dicken Ketten hingen tief unter dem Po.

Wie sich das alles wiederholte! Ich musste grinsen, als ich an meine eigene Jugend dachte, an die Punker, die damals einen auf Bürgerschreck machten, an Popper, die als brav und dämlich galten, an Skins und Anarchos und autonome Jugendzentren. Das ewig gleiche Bedürfnis nach Abgrenzung. Anders sein als die Eltern. Als die ganze verdammte Generation vor einem. Jetzt war ich selbst eine, von der die Jugend sich abgrenzen wollte.

Wir liefen das Dreieck zwischen den Steeler Plätzen ab, die die Fußgängerzone beenden. Grendplatz, Dreiringplatz, Kaiser-Otto-Platz. Von dort ein kurzer Abstecher den Laurentiusberg hinauf zur Kirche. Und wieder zurück zum Grendplatz.

»Fehlanzeige«, grummelte Theo. »War sowieso eine blöde Idee von mir. Ich dachte, wir sehen sie vielleicht eher, wenn wir zu Fuß unterwegs sind. Lass uns zum RoadRunner zurückgehen.«

»Schade. Aber du hast recht. Das bringt nichts. Außerdem ist mir schweinekalt!«

Wir näherten uns wieder dem Grendtor.

Plötzlich fasste er mich aufgeregt am Arm. »Doch, da vorne an der Bushaltestelle, das sind sie. Der mit den blonden Strähnen und den Springerstiefeln ist das Alphatier. Der, der am Stadtgarten wohnt. Der mit der Stoppelfrisur und den langen Haaren im Nacken ist sein Kumpel aus Eiberg. Und der breiter gebaute mit der Bundeswehrtarnhose macht für die beiden den Lakeien. Er ist, glaube ich, nicht besonders helle. Der Neuzugang scheint heute nicht dabei zu sein. Gut für ihn. Bella war übrigens ziemlich aufgeregt, als sie das Grüppchen gesehen hat.«

»Hat sie gesagt, warum? «

»Nein«, sagte Theo nachdenklich. »Ich wollte sie fragen, aber dann kamen zwei andere Kids in den Bus und haben mich abgelenkt. «

Ich setzte mich in Bewegung, um zu Goldsträhnchen und seinen Kumpels rüberzugehen, aber Theo hielt mich zurück.

»Zu spät.« Er deutete auf den Bus, der langsam in die Haltebucht rollte. Die Jungs stiegen ein. »Aber du weißt ja jetzt, wie sie aussehen. Sie treiben sich ziemlich oft hier herum. Lass uns zum Bus zurückgehen. Ich muss noch an die Pferdebahn für den Rest der Schicht. Da stehe ich freitags zurzeit immer. Soll ich dich in der Stadt absetzen?«

Ich überlegte flüchtig, ob ich noch mitfahren sollte, entschied mich aber dagegen. Der Straßenstrich war nicht der Ort, an dem diese Jungs hier aufkreuzen würden.

***

»Du kommst spät, mein blauer Vogel«, sagte Max. Ein flüchtiger Blick über die Schulter, und schon fixierte er wieder den Bildschirm.

»Und du sitzt immer noch am Schreibtisch«, stellte ich fest. »Arbeitest du etwa noch?« Ich umarmte ihn von hinten und küsste seinen Nacken.

»Ja. Ich kann jetzt auch nicht abbrechen. Wird leider noch eine Weile dauern.«

»Macht nichts. Ich bin verdammt müde. Ich esse eine Kleinigkeit und lege mich hin, glaub ich.«

Clyde sprang auf Max' Schreibtisch.

»Gut, dass du da bist. Der Kerl tanzt dauernd vor dem Bildschirm herum, und Bonnie nervt, weil sie schmusen will.«

»Die Süßen!« Ich hob Clyde vom Schreibtisch und setze ihn sanft auf den Boden, drückte Max noch einmal fest und hauchte lächelnd einen weiteren Kuss in seinen Nacken. »Nacht Max, bis morgen.«

»Hmmm. Schlaf gut!« Er sah schon wieder konzentriert auf den Bildschirm.

»Kommt, meine Süßen.«

Gefolgt von einem gestreiften und einem schwarzen kleinen Hausfreund verschwand ich in meine Wohnung.

Ich machte mir zwei belegte Brote, schenkte mir ein Glas Wein ein und legte eine CD von Sting auf. Während ich aß, dachte ich über den vergangenen Tag nach. Ging in Gedanken noch mal die Gespräche durch, die ich mit den verschiedenen Leuten geführt hatte. Frank Zöllinger. Tierpfleger Eberhart. Hanno Helm. Theo Krummholz. Miriam Wessler. Iris Ritter. Lasse. Im Laufe des Tages hatte ich eine ganze Menge über Bella erfahren. Vielleicht wäre es gut, wenn ich mir Bellas Zimmer noch einmal ansehen würde, jetzt, mit diesem erweiterten Wissensstand, dachte ich. Denn ich hatte das Gefühl, ihr sehr nahe gekommen zu sein. Aber der Frage, wohin sie verschwunden war, war ich leider überhaupt nicht näher gekommen.

Interessant war jedoch die Tatsache, dass drei Leute unabhängig voneinander ausgesagt hatten, Frank Zöllinger hätte versucht, sich an Bella ranzumachen. Das sah nicht gut aus für den Redakteur. Ich würde ihm morgen noch mal gewaltig auf den Zahn fühlen.

SECHS

Um sechs Uhr konnte ich schon wieder nicht mehr schlafen. Wälzte mich ruhelos im Bett hin und her, den Kopf angefüllt mit den jüngsten Erlebnissen. Hanno Helm paarte sich mit Theo, Sandra machte schnippische Bemerkungen, und Bellas Mutter beteuerte zum tausendsten Mal, dass es keinerlei Ärger in der Familie gegeben habe. Als mich auch noch Billbo durch seine vergrößernden Brillengläser anstierte, wusste ich, dass ich verloren hatte. Ich würde nicht wieder einschlafen, so viel stand fest.

Dann fiel es mir wieder ein. Das hatte ich ja komplett vergessen. Ich Idiot!

Ich warf die Bettdecke beiseite und schwang die Beine über die Bettkante. Dabei fegte ich Bonnie rüde beiseite, die es sich auf dem Deckbett gemütlich gemacht hatte. Mit einem erschreckten Gurren hopste sie auf den Boden.

»Tut mir leid, du Fellnase, aber mir ist gerade was Wichtiges eingefallen.« Ich kraulte flüchtig ihren getigerten Pelz, lief ins Wohnzimmer, griff im Vorbeigehen nach meinem Rucksack, der im Flur an der Garderobe hing, schaltete den PC ein und begann, in den Taschen des Rucksacks herumzukramen. Mit einem triumphierenden Schrei hielt ich schließlich den Stick in meinen Händen, auf dem ich die dbx-Datenbanken aus Outlook-Express und etliche Dateien von Bellas PC gespeichert hatte.

Um mir Bellas Mails in Ruhe in meinem eigenen Mailsystem ansehen zu können, kopierte ich die Datenbanken in das entsprechende Verzeichnis auf meinem Rechner und öffnete mein Outlook.

Ich sortierte zunächst alles nach Datum, dann die gesendeten Objekte nach Empfänger und den Posteingang nach Absender. Eine Weile studierte ich konzentriert die Mails.

Im Posteingang Jungmädchenzeug, das meiste. Viele Fotos, mit dem Handy gemacht und per MMS verteilt. Bella hatte sie dann offensichtlich von ihrem Handy an ihre Email-Adresse geschickt, vermutlich, weil der Speicherplatz auf dem Handy begrenzt war. Mehrere Fotos von Sandra und Gudrun, Mareike und Bella. Dann ein Junge, der aussah, als wäre er um die zwanzig. Er hatte den Arm um Sandra gelegt, die ihn von der Seite her anhimmelte. Ein anderes Foto zeigte die beiden in innigem Kuss. Das musste Sven sein.

Hier waren alle vier Mädchen zusammen auf einem Bild. Während die drei Grazien Kusshände warfen, blickte Bella ernst in die Kamera, eine Augenbraue leicht fragend in die Höhe gezogen. Sie sah ihrer Mutter wirklich verteufelt ähnlich.

Eine Reihe von Aufnahmen schienen in einer Disco gemacht worden zu sein. Nebulöse, unscharfe Gesichter, farbig angestrahlt. Jugendliche beim Tanzen. Dieses Mal schienen auch noch andere Jungs mit dabei zu sein.

Das letzte Foto zeigte Bella mit einem etwas älteren Jungen. Es war eine Großaufnahme, man sah nur die beiden Köpfe, die einander zugewandt waren, obwohl beide frontal in die Kamera blickten. Es sah so aus, als hätte der Junge Bella mit dem Arm an sich herangezogen.

Darüber stand: *Bella, du guckst ja ganz verliebt. Da geht doch was ...* *Küsschen, Sandra*

Ich guckte mir das Foto genauer an. Sandra hatte recht. Bellas Blick war diffus, bei Weitem nicht so klar wie auf den anderen Aufnahmen. Verträumt irgendwie. Auch ihr Lächeln wirkte verträumt. Und ein wenig traurig.

In einem Unterordner, der mit »Rike« tituliert war, fand ich diverse Mails von Mareike. Was ich in diesem Ordner las, drehte mir den Magen um. Klang nach einem Fall fürs Jugendamt.

... heute ging es wieder los ... Mama an den Haaren gepackt ... hinterher hat er geweint ... mal wieder besoffen ... noch ein blaues Auge ... hat er ihr einen Zahn rausgeschlagen ... völlig blau ... bei mir ist er vorsichtiger, passt auf, dass man es nicht so sieht ... seit sie arbeitslos ist, ist es noch schlimmer

geworden ... ich kann Mama doch nicht im Stich lassen, sonst wäre ich schon längst abgehauen ...

Die meisten Mails von Bella an Mareike drehten sich um dieses Thema. *Du musst endlich was tun*, lautete Bellas Antwort, wieder und wieder. *Sonst schlägt er euch eines Tages noch tot. Du hast doch einiges gelernt bei der Selbstverteidigung ... oder zeig ihn an ...*

Recht hatte sie. Ein übles Arschloch, das sich nicht unter Kontrolle hatte und seinen Frust gerne an Frau und Tochter ausließ. Puh. Das konnte ich nicht einfach ignorieren. Während ich mir den schmerzenden Nacken massierte, überlegte ich, was ich tun sollte. Dann schrieb ich kurz entschlossen eine Mail an Bea und stellte ein paar Textpassagen zusammen. *Hast Du eine Idee, wie man da vorgehen kann, ohne dem Mädchen und der Frau noch mehr Schaden zuzufügen?*, beendete ich die Mail. Als ich sie abgeschickt hatte, fühlte ich mich besser.

Die letzte Mail an Mareike befand sich noch in den gesendeten Objekten. Ich öffnete sie.

Liebe Rike,

wie ergeht es dir im Praktikum? Meins ist superinteressant. Weiß gar nicht mehr, ob ich wirklich Dolmetscherin werden möchte. Ich würde auch gerne Reportagen schreiben, so wie der Frank Zöllinger. Das ist echt cool.
Nur dass der Zöllinger mir etwas zu sehr auf die Pelle rückt, nervt mich. Heute habe ich ihm meinen Ellenbogen in den Magen gerammt, als er mich plötzlich von hinten umarmte. Ein reiner Reflex, wie wir es bei der Selbstverteidigung gelernt haben. Er tat dann so, als sei er in mich hineingestolpert. Aber ich glaube, dass es Absicht war. Hinterher war ich voll entsetzt darüber.
Er sieht ja wirklich gut aus. Und es ist doch auch irgendwie toll, dass er mich so mag. Aber ich bin froh, wenn das Praktikum morgen vorbei ist. Dann bin ich das Problem los.
Ich bin gespannt, wie es dir ergangen ist und was du mir zu erzählen hast.
Bis Freitag, Bella

Ich runzelte die Stirn und druckte die Mail aus. Jetzt hatte ich es schwarz auf weiß. Das würde meinem kleinen Überfall auf den Redakteur gleich sehr zugute kommen.

Und wer war der Junge auf dem Foto? Auch das musste ich herausbekommen. Ich öffnete das Foto und schickte es ebenfalls an den Drucker. Leider nur in schwarz-weiß, aber besser als gar nichts.

Clyde sprang auf den Schreibtisch und tanzte vor dem Bildschirm herum. »Geh zu Max«, brummte ich. »Ich bin doch nicht die Küchenfee!«

Clyde sah das anders. Er tänzelte wieder vor meiner Nase herum und stupste mich auffordernd mit dem Kopf an.

»Hast ja recht. Ich könnte auch gut einen Kaffee gebrauchen.« Und Hunger hatte ich auch. Also machte ich mir eine kleine Kanne mit Presskaffee, schäumte Milch auf, fütterte die beiden Katzen, schüttete ein paar Erdnussplätzchen auf einen Teller und trug Teller und Kaffeepott zurück an meinen PC.

Dort benannte ich die Verzeichnisse um, in denen meine Favoriten, Links und Bookmarks abgelegt waren, kopierte die entsprechenden Ordner von Bella vom USB-Stick und startete den Explorer.

Nacheinander durchstöberte ich Favoriten und Links. Bella hatte sich offensichtlich mit einem sehr brisanten Thema auseinandergesetzt.

Es überraschte mich nicht, dass es sich dabei um das Thema Alkoholismus bei Jugendlichen handelte.

Ich rief bei der ERZ an und erfuhr, dass Frank Zöllinger heute frei hatte. Die Suchanfrage im Telefonbuch zauberte mir einen einzigen Eintrag eines F. Zöllinger in Essen an den Bildschirm. Er wohnte in Bredeney in der Lilienstraße. Der Blick auf die Uhr ließ vermuten, dass er noch friedlich in seinem Bett lag. Das war gut. Das war sogar sehr gut.

Auf einem Zettel an Max, den ich ihm mit der Tageszeitung auf die Fußmatte legte, informierte ich ihn, dass die ich Katzen schon gefüttert hatte und einiges erledigen musste. Dann fuhr ich los. Unterwegs kaufte ich zwei Brötchen und eine Laugenbrezel.

***

»Wer ist da?«, meldete sich eine verschlafen klingende Stimme über die Sprechanlage.

»Brötchenservice Toni Blauvogel«, flötete ich. »Die Frau, die nach Bella sucht. Das mit den Brötchen ist nicht gelogen. Ich habe wirklich welche mitgebracht.«

»Was wollen Sie?« Die Stimme klang misstrauisch.

»Ein Kaffee wäre toll«, sagte ich fröhlich. »Nett, dass Sie mir einen anbieten. Ich habe wirklich nur ein paar Fragen.«

Ein trockenes Lachen am anderen Ende der Sprechanlage. Oder war es ein Husten? Kurz darauf hörte ich den Summer und drückte die Tür auf.

Er sah aus, als hätte er die Nacht durchgemacht. Seine Augen waren verquollen und leicht blutunterlaufen, und selbst auf die Entfernung roch ich kalten Rauch und die unverkennbaren Ausdünstungen von zu viel Bier.

»Harte Nacht gehabt?«, erkundigte ich mich und unterdrückte ein schadenfrohes Grinsen. »In welche Läden gehen Sie denn so, wenn Sie auf Rolle sind?«

»Goethe-Bunker, Ego-Bar ...«

»Auch ins Platin?«

»Ja, auch.«

»Immer auf der Jagd nach jungem Gemüse, was?«

»Was soll das?«, fragte er grob.

Wortlos knallte ich ihm die Mail von Bella auf den Tisch und beobachtete ihn, während er las. Da er ohnehin schon bescheiden aussah, konnte ich leider nicht erkennen, ob er blass wurde.

»Ich ... äh ...« Er fuhr sich durch die verstrubbelten Haare. »Das ist nicht wahr.«

»Nein? Tsss, diese jungen Mädchen. Was die sich immer alles einbilden!«

»Ja ...« Er räusperte sich. »Ich weiß ehrlich nicht, wie sie darauf kommt. Sie hat eine lebhafte Phantasie, die Kleine, das habe ich damals schon bemerkt. Da war wahrscheinlich der Wunsch Vater des Gedankens.« Er versuchte sich an einem Lächeln. Es wirkte seltsam aufgesetzt und zauberte Wölfe und Schafpelze in mein Hirn.

Ich weiß, Großmutter, ich weiß, dachte ich.

»Hanno Helm und Eberhart, der Tierpfleger sagten mir ebenfalls, Sie hätten erheblich an Bella herumgegraben.« Ich konnte mir ein hinterhältiges Grinsen nicht verkneifen.

Wie du mir, so ich dir, tönte die alte Dame im Hintergrund.

Das ist die falsche Metapher, Großmutter, gab ich gedanklich zurück. Ich würde in dieser Runde nichts einstecken, so viel stand fest.

»Nein, wirklich, ich ...« Die hellen Strahlen der Frühlingssonne schoben sich zögernd durchs Fenster und blieben an Zöllingers Gesicht hängen.

»Macht sich gar nicht gut, so was. Verführung von Minderjährigen. Unzucht mit Abhängigen. Ich bin gespannt, was die Polizei dazu sagt.«

»Nein, nein, nein!« Er schüttelte den Kopf und machte eine abwehrende Geste mit den Händen. »So war das nicht!«

»Wie war es dann?«

Er schien sich einen Ruck zu geben. »Hören Sie.« Sein Tonfall wurde beschwörend. »Ja, es stimmt. Die Kleine war wirklich süß. Überhaupt nicht so kokett, wie sie in dem Alter oft sind. Hübsch. Intelligent. Und dann noch so ernsthaft dabei. Ich fand sie wirklich ...« Er biss sich auf die trockenen Lippen. »Sie war außergewöhnlich. Und eigentlich habe ich immer ganz gute Chancen bei jungen Frauen.«

»Mädchen«, sagte ich böse.

»Ja«, sagte er niedergeschlagen. Dann wurde er trotzig. »Junge Frauen, Mädchen. Sie mögen mich nun mal. Was kann ich dafür? Sie werfen sich mir förmlich an den Hals!«

»Diese hier aber nicht!«

»Ja, nein, also, verdammt noch mal! Ich habe es doch nicht nötig, hinter einem jungen Mädchen herzurennen, das nicht will!«

»Und doch haben Sie es getan. Lag's am Jagdfieber?«, schlug ich vor. »Soll ja bekanntlich einen großen Reiz auf viele Männer ausüben, so ein Nein. Und wenn das Wild noch dazu so etwas Besonderes ist ... Haben Sie selbst gesagt.«

»So ein Blödsinn!«

»Wenn man immer ein Ja gewohnt ist, kann man vielleicht mit einem Nein nicht so gut umgehen«, bohrte ich weiter.

»Noch mal: Warum sollte ich ein junges Mädchen entführen, wo es doch zig andere gibt, die ich haben kann!«

»Wer redet denn von Entführung? Vielleicht haben Sie sie ja auch angebaggert, sie hat sich gewehrt und Sie haben ein bisschen überreagiert?«

Er zuckte zusammen, als habe ich ihm einen Schlag verpasst.

»Sie spinnen ja.« Sein Tonfall war scharf.

»Muss ja nicht gleich Mord sein«, schob ich hinterher. »Vielleicht Totschlag im Affekt? Wo ist es passiert?«

»Raus!« Er zischte mehr, als dass er sprach. »Das ist absurd. Völlig absurd und haltlos. Ich habe das Mädchen nicht mehr gesehen, seit sie ihr Praktikum gemacht hat. Und ich habe es nicht nötig, mich einer Frau, von mir aus auch einem Mädchen, an den Hals zu werfen, wenn sie nicht will. Denn es gibt genug andere, die scharf auf mich sind. Und jetzt verschwinden Sie.«

Ich machte keine Anstalten, aufzustehen. Musterte ihn stattdessen mit klinischer Gründlichkeit. Registrierte die ersten Ansätze von schlaffer werdender Haut in seinem Gesicht. Die Fältchen um Augen und Stirn. Die leichte Aufgeschwemmtheit, die einen übermäßigen Konsum von Alkohol verriet. Jetzt, in diesem gnadenlos hellen Morgenlicht, erkannte ich, dass er weit über vierzig sein musste.

Er schien in sich zusammenzufallen unter meinem Blick.

»Ist schon ätzend mit dem Älterwerden«, sagte ich schließlich freundlich. »Aber da müssen wir alle durch. Hilft doch auch nicht, sich mit Menschen einzulassen, die gut und gerne die eigenen Kinder sein könnten.«

»Finden Sie das lächerlich?« Seine Stimme war seltsam tonlos.

»Nein. Nicht lächerlich. Eher traurig. Ich frage mich, was die Triebkraft für eine solche Beziehung ist – außer dass junge Menschen noch über straffes, makelloses Fleisch verfügen. Viele jedenfalls.«

Er zuckte mit den Schultern. »Das allein ist es nicht.«

»Was noch? Fühlt man sich gut neben einem jungen Ding? Erfahren und anerkannt? Weil man so jemandem die Welt erklären kann? Oder ist es der Reiz, nicht hinterfragt zu werden?«

Er antwortete nicht.

Eine Weile war es seltsam still im Raum.

»Das geht Sie wirklich nichts an«, sagte er schließlich müde.

»Da bin ich mir nicht so sicher«, murmelte ich. »Hier. Ihre Brötchen. Guten Appetit.« Ich warf die Tüte auf den Tisch und verschwand.

Als ich im Auto saß, rief ich Bea an und wies sie kurz auf die Mail hin, die ich morgens in Sachen Mareike an sie abgeschickt hatte. Dann ließ ich mir das Gespräch mit Frank Zöllinger noch mal durch den Kopf gehen. Ich glaubte ihm nicht, so einfach war das. Der Kerl hatte Dreck am Stecken. Aber ich war mir nicht sicher, ob er wirklich was mit dem Verschwinden von Bella zu tun hatte. Um diese Frage sollten sich besser die Profis kümmern. Kurz entschlossen rief ich Kerstin Haberle an. Die fand meine Informationen hochinteressant und kündigte mir einen Besuch bei Frank Zöllinger an. Hausbesuch, sagte sie munter. Es klang so, als würde sie sich die Hände reiben bei dieser Vorstellung.

Die Sache kam ins Rollen. Trotzdem machte ich mich auf den Weg zum Stadtwaldplatz. Solange das Mädchen nicht wieder aufgetaucht war, würde ich weitermachen. Ein weiterer Blick in Bellas Zimmer konnte nicht schaden, jetzt, wo ich eine Menge mehr über das Mädchen wusste. Vielleicht hatte ich ja was übersehen. Und schließlich war da ja auch noch der Junge auf dem Foto.

***

»Kann ich bitte noch mal Bellas Zimmer sehen?«

Angela Brissano nickte, machte jedoch keine Anstalten, aufzustehen. »Sie wissen ja, wo es ist«, sagte sie müde. »Gehen Sie ruhig.«

Zum zweiten Mal stand ich in dem kleinen Zimmer, in dem Bella aufgewachsen war.

Ich setzte mich auf das schmale Jungmädchenbett. Ließ die freundlichen Gelbtöne des Raumes auf mich wirken. Sah mir die Plakate an, die an den Wänden hingen. Seltsamerweise nicht die üblichen Popsternchen. Keine Sarah Connor, keine Kylie Minogue, keine La Fee und auch keiner der Jungs von Tokio Hotel. Stattdessen ein großes Poster von Tim und Struppi. Ein Plakat, auf dem lauter Kinder unterschiedlicher Nationalitäten zu sehen waren. »Die Kinder dieser Welt« lautete der Titel. Und ein großer Kunst-Kalender mit Hundewelpen.

Ich ließ mich mitten im Zimmer auf dem flauschigen orangefarbenen Teppich nieder. Betrachtete das Bett. Beäugte den hellen Schreibtisch aus Kiefernholz schräg von unten. Drehte mich schließlich um fünfundvierzig Grad und hatte nun das Regal direkt vor mir, das die Stirnseite des Raumes einnahm. Mein Blick wanderte erneut über die Bücherreihen. *Die wilden Hühner* ... *Harry Potter* ... An einem Stapel von Magazinen auf dem unteren Regalbrett blieb er hängen. Die Zeitschriften waren sorgfältig aufeinandergeschichtet. Aber darunter schien sich noch etwas anderes zu befinden. Es sah aus wie Zeitungen. Ein fünfzehnjähriges Mädchen, das Tageszeitungen sammelte? Das wollte ich mir näher ansehen.

Ich nahm den Stapel aus dem Regal. Hob die Hochglanzmagazine ab, eines nach dem anderen. Elf Hefte von GEOlino, dem Wissens-Magazin für Kinder. Zwei Exemplare der Zeitschrift Mädchen. Und war schließlich bei dem unteren Stoß angelangt. Verwirrt blätterte ich die Zeitungen durch.

»Hat Sie jemals mit Ihnen über das Thema Obdachlosigkeit gesprochen?«

»Über Obdachlose? Nein.« Angela Brissano hatte sich wieder gefangen. »Wie kommen Sie darauf?«

Wortlos reichte ich ihr die Zeitungen. Es waren Straßenzeitungen, die von Obdachlosen auf der Straße verkauft wurden. Bella hatte immerhin zwölf davon gesammelt. Dazwischen lagen mehrere Artikel, aus dem Internet ausgedruckt, die sich mit obdachlosen Jugendlichen befassten.

»Das verstehe ich nicht«, sagte sie leise. »Sie hat nie darüber gesprochen, dass sie sich dafür interessiert.«

»Kann ich die Zeitungen bitte mitnehmen?«

»Ja, machen Sie nur.« Geistesabwesend klang das, so, als würde sie noch über den seltsamen Fund nachdenken.

»Kennen Sie diesen Jungen hier?« Ich reichte ihr den Schwarzweiß-Ausdruck des Fotos, das Bella mit dem Jungen zeigte.

Sie nahm es und betrachtete es lange. »Nein«, sagte sie schließlich zögernd. »Er kommt mir nicht bekannt vor. Ich glaube nicht, dass er mal hier war.«

Ich nahm das Bild wieder an mich und wollte mich schon zum Gehen wenden. Da fielen mir die Internetseiten wieder ein, die Bella besucht hatte.

»Hat Bella mal über das Thema Alkohol mit Ihnen gesprochen?«, fragte ich also.

Angela Brissano sah auf. Eine steile Falte erschien zwischen ihren Augenbrauen. Offensichtlich war ihr dieses Thema nicht gänzlich unbekannt.

»Sie – mein Mann hat ...« Sie räusperte sich. »Dienstags haben wir unseren freien Tag. Das Restaurant ist dann geschlossen.«

Ich wartete.

»Wir trinken nicht viel, mein Mann und ich. Wenn wir nachts aus dem Restaurant kommen noch ein kleines Glas Wein vielleicht. Aber mehr nicht.«

Ich wartete geduldig, denn sie schien noch etwas auf dem Herzen zu haben.

»An unserem freien Abend vor drei Wochen hatten wir bereits ein Glas zum Abendessen getrunken. Daraus sind schnell mehrere geworden. Und dann hat Guiseppe noch eine zweite Flasche geöffnet. Wir haben gelacht, rumgealbert. Mein Mann wurde sehr lustig. Er hat Scherze gemacht und ...«, eine leichte Röte überzog plötzlich ihr Gesicht, »er ist sogar etwas anzüglich geworden, also, mir gegenüber, nicht Bella gegenüber natürlich. Das macht er sonst nie. Da hat sie uns mit einem ganz komischen Blick angesehen. Als mein Mann mir noch ein Glas einschenken wollte, hat sie ihm die Flasche aus der Hand gerissen. ‚Hört auf, so viel zu trinken', hat sie geschrien. ‚Ich kann das nicht leiden!' Als wäre das oft passiert, dass wir einen über den Durst getrunken hätten!« Das klang entrüstet.

»Was ist dann passiert?«

»Mein Mann hat ihr die Flasche wieder abgenommen. ‚Das geht dich gar nichts an, Cara mia', hat er gesagt. ‚Lass uns doch unseren

Spaß'. Und hat mir noch ein Glas eingeschenkt. Mir aber war der Appetit vergangen. Bella hatte mir die Stimmung gründlich verdorben.«

»Kennen Sie den Grund? Ich meine, wissen Sie, warum Ihre Tochter so reagiert hat?«

Angela Brissano schüttelte den Kopf. Ich glaubte ihr.

Im Auto suchte ich nach der Telefonnummer von Sandra. Tippte sie ins Handy ein. Besetzt. Ich versuchte es wieder. Immer noch besetzt. Und wieder ...

Nach zehn Minuten hatte ich endlich Glück.

»Wer ist der Junge auf dem Foto, der Bella umarmt?«, fragte ich forsch, als ich sie endlich am Ohr hatte.

»Hä? Was wollen Sie wissen?« Sandra wirkte so überrascht, dass sie vergaß, ihrer Stimme eine gelangweilte Note zu geben. Oder eine rotzige.

»Ihr habt erzählt, dass Bella keinen Freund hatte. Wer ist der Junge auf dem Foto, das du ihr geschickt hast?«

»Na, auf jeden Fall nicht ihr Freund!« Sandras Tonfall wurde schnippisch.

»Aber du hast unterstellt, dass sie verliebt ist!«

»Wo haben Sie das her?«

»Das Foto? Bella hatte die MMS auf ihrem PC gespeichert.«

»Haben Sie da etwa rumgeschnüffelt? Das ist ja echt voll krass! Privatangelegenheit, Mann!«

»Da täuschst du dich, Mädel. Das ist es schon seit Tagen nicht mehr. Also los. Ansonsten hetze ich dir die Bullen auf den Hals.«

»Alex«, sagte Sandra widerwillig.

»Alex. Na also, geht doch. Und weiter?«

»Nichts weiter. Ich kenne seinen Nachnamen nicht.«

»Wo habt ihr ihn kennengelernt? Erzähl mir jetzt nicht, in der Rübe. Ich weiß, dass ihr da schon seit einiger Zeit nicht mehr hingeht!«, sagte ich drohend.

»Wer hat denn da gepetzt? Das war doch bestimmt Rike, dieses Weichei!«

»Mensch Sandra!« Mir platzte der Kragen. »Es ist mir scheißegal, ob ihr mit gefälschten Unterschriften ins Platin geht. Das ist mir so was von wurscht, wie wer mit wem und wie oft ... Ich suche Bella. Und ich will wissen, woher ihr diesen Alex kennt. Was wisst ihr überhaupt über ihn?«

Ich hörte, wie sie schluckte.

»Wir kennen ihn aus dem Platin. Aber Bella kennt ihn noch woanders her, glaube ich. Von irgendeiner Schülerfreizeit, an der sie im letzten Jahr teilgenommen hat.«

»Aber sie sind nicht zusammen, oder?«

»Nein. Sag ich doch. Bella hatte sich ein bisschen in ihn verguckt. Alex war das eher peinlich, glaube ich. Er hat sie immer Küken genannt. Da war nix.«

»War Alex letzten Samstag auch im Platin?«

»Nein!«

Ihr pampiger Ton ging mir tierisch auf den Geist. Still dankte ich wem auch immer, dass ich keinen mürrischen, blasierten und obendrein noch so rotzfrechen Teenager großziehen musste.

»Hat Bella auf ihn gewartet?« Ich bemühte mich um einen ruhigen Tonfall.

»Weiß ich doch nicht. Seit ich sie damit aufgezogen habe, dass sie in ihn verknallt ist, hat sie in dieser Hinsicht dicht gemacht. Wenn es so ist, dann hat sie es mir nicht auf die Nase gebunden. Sind sie jetzt endlich fertig mit dem Verhör? Ich warte nämlich auf einen wichtigen Anruf.«

Blöde Göre, dachte ich wütend und legte auf.

Als Nächstes blätterte ich die Zeitungen aus Bellas Zimmer durch, die ich vorhin einfach auf den Beifahrersitz geworfen hatte. Fast alles Ausgaben des Straßenmagazins »Fifty Fifty« Und alle älteren Jahrgangs. Düsseldorf, soweit ich wusste. Ich sah ins Impressum. Es gab Lokalredaktionen in mehreren Städten, darunter Duisburg. Eine Anzahl von Herausgebern. Einer davon die Essener Tafel. Eine alte Ausgabe der »DRZ – die Ruhrzeitung« war dabei, Redaktion, Verlag und Vertrieb in Essen. Soweit ich wusste, gab es die aber schon länger nicht mehr. Zumindest war mir seit bestimmt zwei Jahren keine mehr zum Kauf angeboten worden. Und ein Exemplar von »Hinz und Kunz« aus Hamburg.

Ich blätterte die Zeitungen durch und überflog die Schlagzeilen. Ein paar sozialkritische Artikel. *Sozialticket für die Armen* lautete eine der Überschriften, und *Sozialwohnungen – verkauft und verraten*. Prominente wie Günther Grass, Jörg Immendorff, Campino, Ulrike Folkerts oder Joanne K. Rowling, die Kunst zugunsten von Obdachlosen verkauften, Kapitel aus ihren aktuellen Büchern umsonst abdrucken ließen oder Interviews gaben, ein paar Politiker, die sich zu Wort meldeten.

Und dazwischen berichteten immer wieder Obdachlose oder »Ehemalige« von ihren Abstürzen, Zielen und Träumen. Auch junge Menschen kamen zu Wort. Es waren traurige Lebensläufe und rührend schlichte Wünsche, von denen diese Menschen erzählten.

Was hatte ein behütetes Mädchen wie Bella dazu bewogen, sich so intensiv mit diesem Thema zu befassen?

✱✱✱

In Steele durchstreifte ich die Fußgängerzone auf der Suche nach Goldsträhnchen und seinen Kumpels. Erfolglos. Aber aufgeben wollte ich nicht. Außerdem hatte ich Hunger.

In einem Café am Kaiser-Otto-Platz fand ich einen Platz direkt hinter der großen Scheibe. Bestellte Milchkaffee, Wasser und einen Vollkornbötchen mit Schinken und Käse, griff mir eine der ausliegenden Tageszeitungen und überflog die Artikel. Zwischendurch ließ ich immer wieder die Zeitung sinken und beobachtete die Menschen, die, beladen mit Einkaufstüten, aus der Fußgängerzone auf den Platz strömten.

Dann schlug ich den Regionalteil auf. An einer Schlagzeile blieb ich hängen.

Junger Obdachloser Opfer von Gewalt, stand dort zu lesen. Ich dachte an Lasse und die rührenden Lebensgeschichten, die ich vorhin erst studiert hatte, und las weiter.

Der junge Mann, der seit einem Übergriff am vergangenen Wochenende im Alfried Krupp Krankenhaus in Steele im Koma liegt, ist mittlerweile identifiziert. Es handelt sich um den Obdachlosen B. Herzog. Er wurde in der Nacht zum vergangenen Sonntag mit schweren Vergiftungserscheinungen im Nachtexpress gefunden. Die Ärzte vermuten, dass der Alkohol, den der Vierundzwanzigjährige zu sich genommen hat, gepanscht war. Außerdem wies sein Körper massive Spuren von Schlägen und Tritten auf. Sachdienliche Hinweise zum Übergriff auf den jungen Obdachlosen nimmt jede Polizeidienststelle entgegen.

Erneut dachte ich an Lasse. Ans Café Basis. An die Arbeit der Streetworker. Und an die Straßenzeitungen, die Bella gesammelt hatte.

Ich signalisierte der Kellnerin, dass ich zahlen wollte.

Während ich auf die Rechnung wartete, zogen grölend ein paar Jugendliche vorbei. Ich erkannte Goldsträhnchen und seine beiden Kumpanen. Sie ließen sich auf den Stufen des Kumpel-Brunnens am Platz nieder.

Ein Stück weiter hinten erhob sich ein schlaksiger Jugendlicher von einer Bank, die rund um einen schmächtigen Baum herumgebaut war. Ein Adler mit ausgebreiteten Schwingen zierte die Rückseite seiner Lederjacke.

Er ging auf die Jungs am Brunnen zu und redete auf sie ein. Seiner Gestik nach zu urteilen, war er ziemlich wütend. Leider konnte ich sein Gesicht von meinem Platz aus nicht sehen. Die Jungs schüttelten mehrfach den Kopf. Einer tippte sich mit dem Zeigefinger an die Schläfe. Baute sich auf wie ein Gorillamännchen. Drohend. Aggressiv.

»Die Rechnung, hab ich gesagt!«, rief ich wütend. »Wie lange muss ich denn noch warten!« Ich wollte raus hier. Mitbekommen, was da draußen geschah, und unbedingt das Gesicht von Adlerschwinge sehen. Fluchend sah ich mich im Raum um. Die Kellnerin wirkte verärgert über meinen Ton und signalisierte, dass sie noch zu tun hätte.

Der Junge mit den Adlerschwingen auf der Jacke schien nicht locker zu lassen. Sie schrien jetzt zu dritt auf ihn ein, bis Goldsträhnchen ihn schließlich wegschubste. Adlerschwinge wäre beinahe lang hingeschlagen, fing sich stolpernd, drehte ab und trat mit hängenden Schultern den Rückzug an, direkt in meine Richtung.

Augenblicklich erkannte ich ihn. Die weichen, fast femininen Züge, umrahmt von ebenso weichen braunen Locken. Es war der Junge auf dem Foto. Der, der Bella im Arm hatte.

Ich zerrte die Geldbörse aus dem Rucksack, knallte einen Zehner auf den Tisch, riss meine Jacke von der Garderobe und sprintete hinterher. Aber ich fand ihn nicht mehr. Weder in der Fußgängerzone noch vor dem Kaufhaus, von dem ich nicht wusste, zu welcher Kette es mittlerweile gehörte. Ich hatte ihn in dem dichten Gedränge kurz vor Geschäftsschluss verloren.

Nur die Jungs waren immer noch am Brunnen. Und die würde ich mir krallen. Jetzt gleich.

Ich nahm mein Handy aus der Innentasche meiner Jacke und schlenderte um den Brunnen herum an den duschenden Zechenbrüdern aus Metall vorbei. Hob das Mobiltelefon ans Ohr und sprach unsinnige Sätze hinein. Dabei fingerte ich an der Menütaste herum, um die Kamera zu starten.

Während ich mich im Neunzig-Grad-Winkel zu den Jungs ebenfalls auf den Stufen des Brunnens niederließ, quatschte ich weiter unsinniges Zeug in das Gerät an meinem Ohr und ließ schließlich das Handy sinken, so, als habe ich mein Gespräch beendet. Richtete es auf die Jungs aus und löste aus, mehrfach hintereinander. Ich war erleichtert, dass sie mich überhaupt nicht beachteten.

Umso besser. Ich kontrollierte die Ergebnisse. Zwei Fotos waren unscharf, aber das dritte war ganz gut zu gebrauchen. Während ich dem spätpubertären Gegröle der drei lauschte, überlegte ich, wie ich weiter vorgehen sollte.

Angriff ist die beste Verteidigung, sagte die alte Dame versuchsweise. Aber ich muss mich doch gar nicht verteidigen, Großmutter, wandte ich ein. *Dann pack den Stier bei den Hörnern*, teilte sie mir resolut mit. Ich seufzte, holte das Foto von Bella aus dem Rucksack und stand auf.

»Kennt ihr die hier?« Mein Tonfall klang forscher, als mir zumute war. Mit ausgestrecktem Arm hielt ich ihnen das Foto hin. Ich wollte ihnen nicht zu nahe kommen.

»Oooch, die Mama sucht nach ihrem Liebling«, sagte der eine der Kumpels. Vier Ringe zierten seine rechte Augenbraue, ein weiterer die Unterlippe. Dunkle Haare, oben so kurz gestuft, dass sie standen, im Nacken lang und strähnig. Eine längere, knallrot gefärbte Strähne hing ihm bis tief zwischen die Schulterblätter. Er hatte viel Geld für einen Friseur ausgegeben, so viel stand fest.

»Vielleicht guckst du dir das Foto mal an«, schlug ich vor. »Dann kannst du der Mama ja sagen, ob du ihren Liebling gesehen hast.«

Er grinste, nahm mir das Foto aus der Hand und drehte sich zur Seite. Leider konnte ich ihm so nicht mehr ins Gesicht sehen. »Nee, kenn ich nicht«, sagte er. »Du?«

Goldsträhnchen warf ebenfalls einen gelangweilten Blick auf das Foto.

»Nie gesehen.« Er nahm einen Zug aus der Bierflasche, die er neben sich auf den Stufen stehen hatte. »Sollte ich?« Seine Gleichgültigkeit wirkte gespielt.

Er gab mir das Foto zurück. Da er immer noch auf den Stufen saß, musste ich näher an die drei herantreten, als mir lieb war.

»Und du?« Jetzt war es auch egal. Den gewünschten Abstand hatte ich nun mal nicht halten können. Ich hielt dem Dritten, dem Lakaien, das Bild vor die Nase. Er war ziemlich aus dem Leim gegangen und sah in der Tat nicht gerade helle aus, ganz so, wie Theo ihn beschrieben hatte.

»Aber ...«, hob er lallend an. Er war betrunken, aber es schien, als würde er Bella durchaus erkennen.

»Kennst du auch nicht«, schnitt der Dunkelhaarige ihm das Wort ab. »Geh Bier holen!«

»Aber ...«

»Geh Bier holen, habe ich gesagt!« Etwas klackte beim Sprechen gegen seine Zähne.

Der Lakai erstarrte förmlich. »Klar. Mach ich«, sagte er und verschwand eilfertig. Dass er nicht die Hacken zusammenschlug, verwunderte mich. Vielleicht war ihm das auch einfach nicht möglich, denn er trug die knöchelhohen Turnschuhe ohne Schnürsenkel und schwankte außerdem beträchtlich, als er in Richtung des Globus-Centers davonschluffte.

»Na, du bist mir ja ein Herzchen«, sagte ich zu dem Dunkelhaarigen. »Kommandiert ihr ihn immer so rum?«

»Jedem das, was er verdient!« Er grinste und hob die Bierflasche zum Mund, die er bis dahin in der Hand gehalten hatte. Es klackte laut, während er trank. Zungenpiercing, vermutete ich. Aber so genau wollte ich es eigentlich gar nicht wissen.

»Also, wir kennen die Kleine hier nicht«, mischte sich Goldsträhnchen von den Stufen her ein. »Pass halt besser auf dein Töchterlein auf.«

»Sie hat einen Freund«, fuhr ich fort, ohne auf die Provokation einzugehen. »Und dieser Freund, der war gerade hier bei euch und hat Terz gemacht. Worum ging es denn da?«

»Ach, der!« Goldsträhnchen gab sich lässig. »Den kennen wir auch noch nicht lange. Der rennt uns dauernd nach, will dazugehören und kapiert einfach nicht, dass wir unter uns sein wollen.«

»So so. Mit dem Mädchen hat das also nichts zu tun«, bohrte ich nach.

»Mensch, Mutter, du nervst!« Goldsträhnchen zündete sich eine Kippe an.

»Ich bin Privatdetektiv«, sagte ich eisig. »Das Mädchen hier ist seit fast einer Woche verschwunden. Und ich bin mir ziemlich sicher, dass ihr mehr mit ihrem Freund zu tun habt, als ihr mir weismachen wollt, ebenso wie ihr auch Bella kennt. Fragt sich nur, warum ihr das Gegenteil behauptet.«

Der Dunkelhaarige machte einen Schritt auf mich zu. Baute sich dicht vor mir auf. So dicht, dass ich seinen biergeschwängerten Atem riechen konnte. Ich musste mich zwingen, stehen zu bleiben. Aber ich wich nicht zurück. Keinen Millimeter.

»Jetzt noch mal ganz langsam zum Mitschreiben.« Er hob den Zeigefinger und bemühte ein Lächeln. Aber sein Tonfall war nach wie vor drohend. »Wir kennen sie nicht, klar? Und den Typ eben, den wollen wir einfach nicht in unserer Clique haben. Wir sind doch kein verdammter Kindergarten. Das haben wir ja wohl laut und deutlich gesagt. Es wäre besser für dich, wenn du uns nicht weiter auf den Geist gehen würdest. Ist das jetzt angekommen bei dir?«

Hier kam ich nicht weiter. Wortlos ließ ich sie stehen. Ich hatte eine Idee, die mir vielversprechender erschien.

Zehn Minuten später schluffte der Lakai der beiden im breiten Eingang des Globus-Centers an mir vorbei. Vor Schreck ließ er beinahe die schwere Plastiktüte fallen, als ich ihm in den Weg trat.

Ich hielt ihm erneut das Foto unter die Nase.

»Du kennst sie, nicht wahr?«

Sein Blick flackerte unruhig hin und her. Als würde er Unterstützung bei seinen Freunden suchen. Nur dass die nicht da waren.

»Nein.« Nervös leckte er sich über die Lippen. »Kenn ich nicht, ehrlich nicht!«

»Ich glaube dir nicht«, sagte ich ruhig.

»Was'n los mit ihr?« Immerhin. Das erste klitzekleine Zeichen eines Interesses.

»Sie ist verschwunden. Seit einer Woche.«

»Ja, aber da kann ich doch nix für. Echt nicht.«

»Seid ihr manchmal im Platin?«, lenkte ich ab.

»Klar. Ab und zu. Bräute aufreißen und so.«

»Bella ist auch ins Platin gegangen«, sagte ich leise. »Und kennst du den?« Ich zeigte ihm das Foto von Bella und Alex.

Sein Blick irrte erneut suchend umher. Ihm fehlte eindeutig jemand, der ihm die Richtung vorgab.

»Das ist der Alex«, sagte er schließlich mürrisch. »Die Kleine kenn ich trotzdem nicht«, schob er schnell hinterher. Zu schnell.

»Und hat der auch einen Nachnamen, der Alex?«

»Schmidt, glaub ich. Kann ich jetzt ...«

Vor der gläsernen Eingangstür sah ich Goldsträhnchen auftauchen. Ich ließ seinen Kumpel stehen und verschwand im Einkaufszentrum.

Immerhin, den Nachnamen hatte ich nun auch. Aber was für einen. Schmidt. Grundgütiger. Ausgerechnet Schmidt! Das war ungefähr genauso aufschlussreich wie Meier oder Müller.

Die zarte Frühlingssonne der frühen Morgenstunden war einem steten Nieselregen gewichen, als ich, selbst mit zwei prall gefüllten

Beuteln an jeder Hand, vom Globus-Center zurück zum Auto lief. Ich wurde nass und war mächtig durchgefroren, als ich endlich zu Hause ankam.

In dem Kleiderhaufen in meinem Schlafzimmer suchte ich nach trockenen Klamotten und fing an zu fluchen. Alles voller Katzenhaare! Ich musste mich dringend um eine vernünftige Schranklösung kümmern. Dringend! Aber nicht jetzt.

Das Bett zog mich magisch an. Ich setzte mich auf den Rand. Gähnte und ließ mich nach hinten kippen. Nur einen kleinen Moment die Augen schließen ... Wohlweislich deckte ich mich nicht zu. Ich wusste, würde ich ins Warme kriechen, wäre ich augenblicklich eingeschlafen.

Als das Telefon klingelte, wollte ich erst nicht drangehen. Dann tat ich es aber doch. Und war überrascht, als ich Schütte an der Strippe hatte.

»Hallo Toni, wie geht's dir?«, fragte er.

»Hei Schütte. Danke der Nachfrage.« Ich konnte mir ein Gähnen nicht verkneifen. »Sorry. Ich bin schrecklich müde.«

»Dann leg dich doch hin.«

»Hab ich gerade, zumindest für einen kurzen Moment.« Ich gähnte wieder herzhaft.

»Oh, hab ich dich etwa geweckt? Das tut mir leid.«

»Nee, das war gut so.« Ich ging zum Schreibtisch, den Hörer zwischen Kinn und Ohr geklemmt. Mein Blick fiel auf die Schnipsel mit den Namen und den Eckdaten, die ich zum Fall notiert hatte. »Keine Zeit zum Schlafen. Ich suche immer noch nach dem verschwundenen Mädchen.« Versuchsweise schob ich die Schnipsel wieder zu dem Organigramm zusammen, das ich am Mittwochabend gemacht hatte.

»Kein Erfolg?«

»Nein. Aber ein Haufen Spuren, die ich nicht richtig zusammenbringen kann. Das lässt mir keine Ruhe.«

»Kann ich verstehen. Deshalb rufe ich aber nicht an.«

»Worum geht es denn?«, fragte ich neugierig.

»Du bist doch immer noch arbeitslos. Schon was in Aussicht?«

»Pfui Teufel. Jetzt schneidest du nach dem einen Frustthema gleich das nächste an.« Ich schrieb den Namen Alex auf ein neues Blatt Papier und machte einen Kringel darum.

»Du hast mit dem verschwundenen Mädchen angefangen, nicht ich«, verteidigte sich Schütte. »Aber jetzt mal im Ernst. Suchst du noch, oder hast du schon was in Aussicht?«

»Kein rosiger Streifen am Horizont. Und in den letzten Wochen habe ich geschlurt«, gab ich zu. »Der Umzug und die Suche nach dem Mädchen. Ich bin einfach nicht dazu gekommen, mich auch noch mit der leidigen Jobfrage zu befassen.« Ich malte einen weiteren Kringel und schrieb ,Goldsträhnchen und Co.' hinein.

»Wie lange gibt es noch Arbeitslosengeld?«

»Sag mal, Schütte, warum fragst du das denn alles? Willst du Großmutter den Rang ablaufen?« Ein Kästchen für Steele. »Oder machst du wieder einen auf Mr. Wichtig?« Das konnte ich mir nicht verkneifen.

Er ging nicht darauf ein. »Vielleicht hab ich was für dich, Toni«, sagte er stattdessen.

Pause. Mein Stift verharrte in der Luft.

»Toni? Bist du noch dran?«

Ich räusperte mich. »Was hast du gesagt?«

»Ich sagte, dass ich was für dich habe«, wiederholte Schütte bereitwillig. »Vielleicht. Vorausgesetzt, du willst, und die Wellenlänge stimmt.«

»Einen Job?«

»Ja. Arbeit gegen Bezahlung. Oder willst du ewig weiter rumhängen?« Es klang so, als würde er grinsen.

»Ich hänge nicht rum«, sagte ich in spitzem Ton. »Ich weiß mit meiner Zeit sehr viel anzufangen. Nicht zuletzt arbeite ich jetzt als Detektiv.«

»Schon gut, schon gut. Das ist auch toll, dass du das machst. Aber wenig einnahmeträchtig. Also. Wie lange noch?«

»Wie lange was?«

»Wie lange bekommst du noch Arbeitslosengeld?«

Ich wollte gar nicht erst drüber nachdenken. »Knapp drei Monate«, nuschelte ich.

»Aha. Das ist nicht mehr lange. Dann bist du bei Hartz IV angekommen. Und damit wirklich raus, stimmt's?«

»Kann schon sein«, gab ich zu und trommelte mit dem Bleistift auf die Tischkante. »Nicht unwahrscheinlich jedenfalls.«

»Und wie soll es dann weitergehen?«

»Sag mal, willst du das nicht meine Sorge sein lassen? Irgendwie geht es schon weiter. Tut es immer. Außerdem klingt das so, als hätte ich mich nicht gekümmert. Habe ich aber. Immer wieder.«

»Dann lass das Jammern und hör dir an, was ich habe.«

»Also gut.« Ich seufzte. »Schieß los.«

»Schon mal was von Polizeisoftware gehört?«

»Du meinst so Fahndungsdateien und so ein Zeug?«

»Auch. Unter anderem. Die Polizei ist eine riesige Organisation.« Schütte machte eine bedeutungsvolle Pause.

»Ja und?«

»Und in vielen Bereichen – das muss aber unter uns bleiben – ist die Software, die im Einsatz ist, alles andere als koordiniert.«

»Das ist jetzt ein Scherz, oder?«

»Nein. Leider nicht. Es gibt unglaublich viele kleine Insellösungen, die bereits innerstädtisch nicht richtig gut miteinander harmonieren, geschweige denn kommunizieren.«

»Jaaa?«

»Ja. Und zwischen den Dienststellen der einzelnen Städte sieht es nicht besser aus, landesübergreifend noch schlechter. Langer Rede kurzer Sinn: Du bist doch Organisatorin, wenn ich es recht im Kopf habe.«

»Jaaaa?«

»EDV-Organisatorin«, bohrte er nach.

»Ja. Aber ...«

»Die Polizei in Nordrhein-Westfalen sucht händeringend Spezialisten, die die Sache organisatorisch angehen und eine aktuelle Bestandsaufnahme machen können. Vor allem geht es aber darum, das Resultat der ersten Bestandsaufnahme von vor ein paar Jahren endlich umzusetzen.«

»Das da wäre?«

»Eine Software namens Inpol-neu soll – in Koordination mit anderen Bundesländern – auch bei uns eingeführt werden. Ich bin allerdings nicht unbedingt derjenige, der das gut erklären kann.«

»Du willst, dass ich Bulle werde?«, fragte ich entsetzt.

»Nein, Toni.« Ich hörte ihn seufzen, so, als habe er mit dieser Reaktion gerechnet. »Gewiss nicht. So etwas unaussprechlich Schreckliches würde ich dir niemals zumuten! Ich schlage dir nur vor, dich um einen Job zu bewerben, bei dem es um die Einführung einer Software in einer großen Organisation geht – und um weitere Bestandsaufnahmen eines sehr verworrenen Istzustandes.«

Er klang so, als würde er einem kleinen Kind etwas erklären wollen. Geduldig. Fürsorglich. Und überhaupt nicht wichtig. Plötzlich schämte ich mich.

»Ich habe einen Freund, der eine der Abteilungen leitet, die mit der Umstrukturierung der EDV befasst sind«, fuhr Schütte fort. »Von ihm weiß ich, dass sie händeringend qualifizierte Leute suchen. Ich würde nichts weiter tun, als einen Termin für dich mit diesem Freund ausmachen.«

»Puh.« Ich wusste nicht, was ich sagen sollte.

Er schwieg. Wartete auf Antwort. Plötzlich sah ich ihn vor mir, wie ich ihm das erste Mal begegnet war, nachts, auf dem Ruhrschnellweg. Ein Mr. Wichtig erster Güte. Dann dachte ich daran, wie er ausgesehen hatte, als er mit Bea aus dem Urlaub zurückgekehrt war. Braungebrannt, die Haare anders geschnitten, ohne seinen albernen Schnauzer und mit einer anderen Brille. Daneben Bea, die von innen heraus zu leuchten schien, wenn sie ihn ansah. Und jetzt bot er mir einen Job an. Zumindest eine Art Vorstellungsgespräch, wenn ich ihn richtig verstanden hatte. Roch nach dem Vitamin B, das ich so hasste. Ich musste schlucken.

»Das kommt jetzt sehr plötzlich. Ich – sei mir nicht bös. Ich denke drüber nach und melde mich. Ich hab nur im Augenblick den Kopf absolut nicht frei für dieses Thema.«

Er sagte immer noch nichts. Ich hatte den Eindruck, dass er etwas enttäuscht war.

»Dank dir, Reinhold! Ich weiß das sehr zu schätzen. Wirklich!«, schob ich schnell hinterher. »Ich muss mir das in Ruhe durch den Kopf gehen lassen, das kann ich aber erst, wenn ich mit meiner Aufgabe hier fertig bin. Ich melde mich. Bald. Ganz bestimmt. Sobald ich darüber nachdenken konnte.«

»Warte nicht zu lange, Toni.«

Ich legte auf.

Ich? Zu den Bullen? Das konnte nicht sein Ernst sein! Schnell schob ich das Thema beiseite. Und schielte doch schon wieder hin, um es erneut energisch beiseite zu schubsen. Nicht jetzt!

Stattdessen malte ich weitere Kästchen, Kringel und Sprechblasen. Seit Mittwoch hinzugekommen waren die Themen Obdachlosigkeit, Alkoholismus, Menschsein und Streit wegen Hund. Weitere Personen waren Zöllinger, Streetworker, Hanno Helm, Tierpfleger Eberhart, Lasse, Goldsträhnchen und Co. und Alex. Als Örtlichkeiten kamen Gelsenzoo, Café Basis, RoadRunner, Steele und ERZ hinzu. Ich schnitt sie alle aus. Machte mir einen extra starken Kaffee, der Max die Tränen in die Augen getrieben hätte, und setzte mich wieder an das Machwerk vor mir auf dem Tisch.

Ich trank den Kaffee in schlürfenden, kleinen Schlucken, während ich auf die Zettel vor mir starrte. Und merkte frustriert, dass ich immer noch keine neue, zündende Idee hatte.

Überall steckte ich fest. Zu viele einzelne Puzzleteilchen, die scheinbar nichts miteinander zu tun hatten. Und doch konnte ich das Gefühl nicht loswerden, dass die Teilchen sehr wohl zusammengehörten und ich nur nicht in der Lage war, sie richtig zuzuordnen.

Chronologisch ging ich noch einmal die Ereignisse der letzten beiden Tage durch und ergänzte das Organigramm um die neuen Elemente. Das brachte mich nicht weiter. Also mischte sie auf dem Tisch kräftig durch und ordnete sie in zufälliger Reihenfolge an.

Billbo, Angela und Guiseppe Brissano, Streetworker, Alex, Gelsenzoo, Alkoholismus, Sandra, Verliebt?, Hanno Helm, Straßenzeitungen, Hund, Platin, Lasse, Rübe, Gudrun, Café Basis, Eberhart, Der Mensch, Mareike, Goldsträhnchen und Co., Schule, Zöllinger, ERZ, RoadRunner, Steele.

Ich starrte eine Weile auf die Kette von Worten, schob die Schnitzel wieder zusammen und legte eine neue Folge.

Sandra, Gelsenzoo, Platin, Goldsträhnchen und Co., Billbo, Rübe, Alkoholismus, Verliebt?, ERZ, Straßenzeitungen, Hund, Lasse, Gudrun, Café Basis, Mareike, Eberhart, Steele, Streetworker, Der Mensch, Schule, Zöllinger, Angela und Guiseppe Brissano, RoadRunner, Hanno Helm, Alex.

Das führt doch zu nichts! Rate nicht, denk nach, Blauvogel, verdammt noch mal!

Also legte ich Bella wieder in die Mitte. Sortierte die Zettel erneut nach Inhalt. Alles, was mit der Familie zu tun hatte, legte ich in einem Strang nach links weg, ein weiterer Zweig führte zum Jugendhaus Rübe und von dort weiter zum Platin. Außerdem war da noch der Pfad Schule.

Bis dahin entsprach das Organigramm in etwa dem Stand von vor ein paar Tagen. Ich griff nach den neuen Zetteln. Die Kästchen ERZ und Zöllinger bildeten den Auftakt zu den Schienen Gelsenzoo, Hanno Helm und Streetworker. Letztere wurde mit den Rubriken Lasse, Café Basis, Straßenzeitung, Obdachlosigkeit, RoadRunner, Goldsträhnchen und Co., Steele und Alex bestückt. Alex wiederum gehörte auch zum Strang Platin ...

Ich starrte minutenlang auf das Ergebnis. Aber es half nichts. Keine zündende Idee, die sich mir aufdrängte. Nicht mal der Ansatz einer Idee. Wütend wischte ich die Kästchen wieder durcheinander und verkrümelte mich aufs Sofa.

Als Max in meine Wohnung kam, war meine Laune an einem Tiefpunkt angelangt.

»Hallo«, sagte er und ließ sich neben mich auf die Couch fallen. »Legst du neuerdings Patiencen aus Papierschnitzeln?« Er deutete zum Schreibtisch hinüber.

»So ähnlich. Hallo Max.« Ich rang mir ein Lächeln ab.

»Störe ich?« Ich spürte, wie er mich forschend ansah.

»Nee. Ist schon in Ordnung.«

Er war klug genug, mich in dieser Stimmung nicht anzufassen.

»Hör zu, Toni«, sagte er stattdessen. »Anstatt hier zu Hause miese Stimmung zu verbreiten, sollten wir ausgehen. Ich schlage vor, wir gehen jetzt ins Chat Noir, bestellen uns Pistazienkerne, Oliven und die große Käseplatte, probieren ein paar Weine, und dann erzählst du mir, was dich beschäftigt. Ich vermute mal, es hängt mit der Suche nach dem Mädchen zusammen.«

»Ich komme nicht weiter«, sagte ich böse. »Und mir fällt nichts mehr ein.«

»Umso mehr Grund, Abstand zu bekommen und später noch mal neu anzusetzen. Glaub mir, das ist besser, als hier Trübsal zu blasen.«

Sein Vorschlag klang verlockend. Und außerdem vernünftig.

Also zogen wir los.

***

Der Charme des Chat Noir war trotz umfangreicher Renovierungen und Inhaberwechsels erhalten geblieben. Es hatte sich in dieser Hinsicht in den letzten fünfundzwanzig Jahren erfreulich wenig verändert. Größere Fenster machten die Weinstube nun allerdings auch im Sommer attraktiv, und neuerdings standen bei milden Temperaturen auf einer kleinen Terrasse vor dem Lokal sogar ein paar Bistrotische bereit. Jetzt im März zog es allerdings niemanden hinaus.

Auf Höhe des Folkwangmuseums hatte es wieder heftig zu regnen begonnen, und ich war froh gewesen, dass Max an einen Schirm gedacht hatte.

Wir ergatterten einen der kleineren Tische im Nebenraum.

Mit dem ersten Schluck Wein besserte sich meine Laune. Als die Pinienkerne und die Oliven vor uns auf dem Tisch standen, hatte ich das erste Glas bereits getrunken und bestellte ein zweites. Dieses Mal gleich null Komma zwei Liter. Und als die Käseplatte kam, ein weiteres. Ebenfalls null Komma zwei. Als nur noch ein paar schnöde Reste auf der Holzplatte übrig waren, war es noch nicht mal halb neun, und ich spürte die Wirkung des Weines wie einen kuscheligen, warmen Nebel. Ich griff erneut nach der Karte und überlegte, welchen guten Tropfen ich als Nächstes probieren sollte.

»Du hast ja heute einen ordentlichen Zug drauf« stellte Max fest und stand auf. »Ich geh eben mal pieseln.«

»Stimmt«, gab ich zu. Ich trank den letzten Schluck des Roten und sah ihm hinterher. Max, der Gute. Seine Jeans waren wie üblich ziemlich ausgeblichen, die dicke Geldbörse in der Gesäßtasche gab seiner wunderbar runden Pobacke eine seltsam verbeulte Form, und das Schildchen vom Sweatshirt guckte mal wieder raus. Ich musste kichern und fühlte gleichzeitig, dass ich ihn schrecklich gern hatte.

Durch den angenehmen Nebel meines Schwipses hindurch kam ein Zeitungsverkäufer auf mich zu. Helle Haare umrahmten sein Gesicht wie ein Heiligenschein. Ich blinzelte. Dann erkannte ich ihn.

»Hei«, rief ich erfreut und winkte Lasse an den Tisch. »Wir haben uns gestern im Café Basis kennen gelernt. Erinnerst du dich?«

»Klar. Du bist die, die das Mädchen sucht.«

»Setz dich«, bat ich. Ich fühlte mich meiner Zunge nicht mehr ganz mächtig. »Willst du was trinken? Wein, Wasser, Kaffee? Bier? Vielleicht auch was zu Essen? Ich lade dich ein.« Ich schob ihm die Karte rüber.

»Danke.« Er wirkte überrascht und lächelte unsicher. Es kam vermutlich nicht ganz so oft vor, dass er mit an den Tisch gebeten wurde.

»Wie lange lebst du jetzt eigentlich schon auf der Straße?«, fragte ich, nachdem er Vollkornnudeln mit Gemüse und ein Bier bestellt hatte.

»Etwa ein Jahr. Hast du auch eine Kippe?«

»Nein. Ich rauche nicht.«

»Egal.«

Max kam zurück an den Tisch.

»Das ist Lasse«, stellte ich vor. »Er verkauft die Fifty Fifty.«

»Hallo Lasse.« Max sah etwas überrascht aus. »Ich bin Max.« Er reichte Lasse die Hand und setzte sich wieder.

»Die Fifty Fifty ist eine Straßenzeitung. Eine Straßenzeitung ist ...«

»Ich kenne die Fifty Fifty«, schnitt mir Max belustigt das Wort ab.

»Also, Lasse verkauft Straßenzeitungen. Und Bella sammelt sie«, spann ich den Faden weiter. Ich wandte mich an Lasse. »Weißt du, warum?«

»Warum was?«, fragte Lasse irritiert. Meinen Gedankensprüngen hatte er offenkundig so schnell nicht folgen können.

»Warum Bella Straßenzeitungen sammelt.«

»Ach so. Nein, tut mir leid.« Ein Leuchten zog über Lasses Gesicht. »Aber der Bodo, der hat ihr gesagt, dass er ihr noch ein paar alte Exemplare besorgen kann von der Fifty Fifty.«

»Wann hat er ihr das angeboten?«

»Als sie im Café Basis war. Wo ich so – na ja – nicht so ganz bei mir war.«

Das war ja interessant. »Du kannst dich wieder erinnern?«

Lasse nickte eifrig. »Ja. Ich weiß es wieder.«

»So plötzlich?«, fragte ich misstrauisch. »Gestern Nachmittag war doch alles weg.«

Betreten sah er auf den Boden. »Ich war gestern etwas ...«

»... zugedröhnt«, beendete ich den Satz. Daher also die weit aufgerissenen blauen Augen mit den riesigen dunklen Pupillen.

Er nickte.

»Du wirst dir noch das Hirn kaputt machen mit dem Zeug!« Ich seufzte. »Ist ein bisschen schade in deinem Alter. Aber das hatten wir ja bereits gestern. Also. Du kannst dich wieder an das Gespräch erinnern, das ihr mit Bella geführt habt, als sie im Café Basis war?«

»Ja.« Er sah betreten zur Seite. »Obwohl ich wirklich nur dabeigesessen habe.«

»Ein bisschen weggetreten, ich weiß«, sagte ich bissig.

»Danke.« Er nahm sein Bier in Empfang, und ich bekam ein weiteres Glas Rotwein.

Wer im Glashaus sitzt, sollte nicht mit Steinen werfen, mischte sich Großmutter ein. Ich schickte sie weg.

»Eine große Flasche Wasser bitte noch«, orderte ich trotzdem. Ich sah hoch und begegnete Lasses blauem Blick.

»Bist du oft hier?«, fragte Lasse, gar nicht mehr verlegen.

»Ab und zu, warum?«

»Gehst du auch oft in andere Kneipen?« Mit großen, unschuldigen Augen sah er mich an.

»Manchmal schon.«

»Und trinkst du nur Alkohol, wenn du ausgehst? Oder hast du auch zu Hause was?«

»Natürlich auch zu Hause. Immer auszugehen ist mir zu teuer. Warum fragst du?« Jetzt war ich diejenige, die irritiert war.

»Ich meine ja nur, weil deine Zunge etwas schwer zu sein scheint.« Wieder bohrten sich seine blauen Augen in meine.

Max lachte trocken auf, verkniff sich aber einen Kommentar.

Eine Auflaufform mit überbackenen Nudeln wurde gebracht.

»Mmh. Die riechen aber gut.« Suchend sah sich Lasse um.

»Ja, ich habe heute einiges intus.« Ich reichte ihm ein Besteck. » Ich habe versucht abzuschalten. Ich kann zurzeit nicht schlafen, wegen Bella. Die Sache wächst mir über den Kopf.« Ich hatte das seltsame Gefühl, mich rechtfertigen zu müssen.

»Das muss doch jeder. Also, ich meine, jeder muss doch dauernd von irgendwas abschalten.« Lasse widmete sich wieder seinen Nudeln.

»*Touché*.« Ich hob meine Hände, als wollte ich mich ergeben. »Ich werde dir keinen Vortrag mehr über den Konsum von Drogen halten. Versprochen. Also: Worum ging es in dem Gespräch?«

Lasse kaute und grinste gleichzeitig. Dann wurde er wieder ernst. »Sie hat von einem Jungen erzählt, der in eine Clique von Säufern der übelsten Art geraten ist.«

»Alex«, vermutete ich.

»Kann sein.« Er zuckte mit den Schultern. »Sie hat den Namen nicht genannt – glaube ich jedenfalls. Auf jeden Fall wollte sie wissen, wie man so jung schon so abstürzen kann wie Bodo oder ich. Also so, dass man auf der Straße landet. Sie hat gefragt, ob das auch bei Alkohol passieren könne. Und ob wir jemals ernsthaft versucht hätten, aus der Situation herauszukommen.«

»Eine Menge Fragen«, sagte ich langsam. »Konntet ihr sie beantworten?«

»Bodo, nicht wir. Ich hab nur dabeigesessen«, erinnerte mich Lasse.

»Ja, ich weiß. Du warst zugedröhnt. Mit irgendeinem Sauzeug«, sagte ich süffisant. »Was hat Bodo ihr erzählt?«

»Die Wahrheit. Wie es bei ihm war und wie er klarzukommen versucht. Dann wollte sie, dass einer mit dem Jungen redet. Einer von uns. Einer von der Straße also.«

»Das hat sie vorgeschlagen?« Ich war überrascht. Bella entpuppte sich als ein äußerst couragiertes junges Mädchen.

»Hat sie. Und Bodo hat vorgeschlagen, dass sie ihm Straßenmagazine zu lesen geben könnte. Weil die doch voll sind mit Lebensgeschichten von Menschen wie uns.«

»Sie wollte ihm demnach ganz schön zusetzen, diesem Alex«, sagte Max nachdenklich. Er hatte das Gespräch aufmerksam verfolgt.

»Sieht nach einer ziemlichen Großoffensive aus«, stimmte ich zu. »Und?« Damit wandte ich mich wieder Lasse zu. »Hat sie? Ich meine – hat Bodo ...?«

»Das weiß ich nicht.« Lasse schob sich die letzte Gabel der Nudeln in den Mund. »Ich habe ihn danach länger nicht gesehen«, erzählte er kauend. »Bis ich ihm das nächste Mal über den Weg gelaufen bin, hatte ich die Sache schon wieder vergessen.«

»Du warst doch nicht etwa zugedröhnt?« Ich kicherte und zwinkerte ihm zu.

Er lachte zurück. »Ich glaube, den Ausschlag hat Struppi gegeben.«

»Welchen Ausschlag? Wer ist Struppi?«

»Na, dass Bodo bereit war, mit diesem Freund von Bella zu reden. Struppi ist Bodos Hund. So ein kleiner Foxterrier. Der schlief unter Bodos Stuhl. Und als er aufgewacht ist, also der Struppi, nicht der Bodo, der war ja wach, da hat sich Bella gar nicht mehr eingekriegt. ‚Ist der süß‘, hat sie immer wieder gesagt und den Struppi gekrault. Das hat er sich sogar gefallen lassen. Sonst lässt der sich nur von Bodo anfassen. Aber bei dem Mädchen, da hat er sich richtig rangeschmissen. Ich glaube, das fand Bodo gut.«

»Weißt du vielleicht, wo wir Bodo finden können? Ich würde gerne mal mit ihm reden.«

Lasses klarer, unschuldiger Blick verschleierte sich. »Das wird nicht gehen«, sagte er traurig. »Der liegt nämlich im Krankenhaus. Und da darf ihn keiner besuchen, weil es ihm so schlecht geht.«

»Oh. Das tut mir leid. Was hat er denn?«

»So ein paar Arschlöcher haben ihn zusammengeschlagen. Und getreten. Mit Stiefeln und so.«

Mir fiel der Artikel wieder ein, den ich nachmittags im Café in Steele gelesen hatte. »Heißt er etwa Herzog, der Bodo?«

Lasse nickte bedrückt. »Ja. Deswegen hat er auch diesen Spitznamen. *Der Herzog*, so wird er von vielen genannt. Aber Bodo mag das nicht besonders. Na ja, jetzt hat er wenigstens sein weißes Bett mit sauberen Laken.« Lasses Blick war plötzlich so trostlos, dass es mir das Herz zuschnürte.

»Kann ich irgendwas für dich tun?«

»Nee, lass mal. Ich muss mich jetzt sputen. Wenn ich Glück habe, kriege ich im Raum 58 noch ein Bett. Aber da muss ich mich ranhalten. Könnte knapp werden. Sonst sind alle Plätze belegt.«

»Und wo schläfst du dann?«

»Vermutlich im Stadtgarten. Oder irgendwo in der U-Bahn, wenn es regnet. Das mag ich aber nicht so gerne, wegen der Ratten. Dank für Speis und Trank«, sagte er artig. »Man sieht sich.«

Damit verschwand er.

Ich orderte Milchkaffee und noch eine große Flasche Wasser.

»Kein Wein mehr?«, fragte Max.

»Die Stimme der Vernunft rät: Besser nicht. Übrigens: Dein Schildchen hängt mal wieder raus.«

»Was? Ach so. Mach mal weg.« Max drehte mir den Rücken zu, damit ich das Schildchen ins Sweatshirt zurückschieben konnte.

»Also. Erzähl mal. Wie bist du an Lasse geraten? Wer ist Bodo? Mir scheint, du hast eine ganze Menge erlebt in den letzten beiden Tagen.«

»Kann man wohl sagen.« Ich massierte mir den verspannten Nacken. »Willst du es chronologisch, oder soll ich versuchen zu sortieren?«

»Chronologisch bitte«, entschied Max nach kurzem Zögern. »Sortieren tun wir dann später.«

»Na gut. Aber es ist eine lange Geschichte. Gestern früh war ich erst einmal im Gelsenzoo.«

»Echt? Da wollte ich auch immer schon mal hin.«

»Ich habe nicht sonderlich viel davon gesehen. Gefiel mir aber ganz gut. Im Sommer können wir da also gerne mal hin. Jedenfalls habe ich dort Eberhart kennengelernt. Er ist Tierwärter.« Ich lehnte mich zurück, um Platz zu machen für den Milchkaffee, der vor mich hingestellt wurde. Dann schöpfte einen großen Löffel Milchschaum vom Kaffee und schob ihn in den Mund.

»Aha.«

»In Quintessenz habe ich erfahren, dass Bella vom ERZ-Mann angebaggert wurde. Dezent, aber deutlich. Dann war ich in Wachtendonk. Halt, nein. Vorher ...«

»Wachtendonk?«, unterbrach mich Max. »Das ist doch am Niederrhein, oder?«

»Genau. Dort ist Hanno Helm zu Hause. Der Name ist dir ein Begriff, ja?«

»Grundgütiger! Du sprichst tatsächlich von Hanno Helm? *Dem* Hanno Helm?«

»Genau dem.« Ich strubbelte mir durch meine asymmetrisch gestuften Haare.

»Singt der etwa immer noch?«, fragte Max entsetzt.

»Nicht totzukriegen. Auf jeden Fall hat er dort ein Ausflugslokal in einem wunderschön restaurierten Gutshof. Es gibt dort Hühner und Ziegen für die Kleinen, und oben hat er sein Büro. Irgendwo im Ort muss es auch noch ein Wohnhaus geben. Ebbenfalls ein alter Hof, wenn ich ihn richtig verstanden habe. Von seinen Eltern oder so. Ich habe mit ihm gesprochen und dann mit Hildchen, der treu ergebenen Sekretärin. Oder Managerin. So was in der Art halt.«

»Betthäschen?« Max grinste süffisant.

»Nein. Definitiv nicht.«

»So hässlich?«

»Oh nein, das wäre ungerecht. Eher chancenlos. Ihr fehlt nämlich ein wichtiges Attribut.«

»Zu wenig Holz?«, fragte Max vergnügt.

»Nein, darum geht es nicht. Und wenn, dann um Hartholz in Lingamform.« Ich kicherte über mein Wortspiel und kratzte einen weiteren Löffel Milchschaum aus der Tasse. Der Schaum landete auf meinem T-Shirt, als ich den Löffel zum Mund hob. »Mist«, schimpfte ich und bearbeitete den Fleck mit einer Papierserviette.

»Lingamform?«, kam Max aufs Thema zurück. »Ich weiß nicht, was das sein soll.«

»Es ist ein großes Geheimnis, und du darfst es keinesfalls der zahlreichen Fangemeinde unter die Nase reiben. Habe ich versprochen. Zumindest nicht der weiblichen.«

»Jetzt rede mal Klartext«, verlangte Max.

»Ein Lingam ist ein Luststab. Des Knaben Wunderhorn, du ungebildeter Kerl. Es gab sie schon im frühen China, aus Holz, aber auch aus Jade, und sie dienten der Damenwelt zur autoerotischen Belustigung.«

»Hanno Helm ist schwul? Ist es das, was du mir damit sagen willst?«

»Exakt. Aber wie gesagt, posaune es nicht in der Gegend herum. Ich hab's dem integeren Hildchen versprochen. Mit der Hand auf dem Herzen.«

»Was hat der Helm überhaupt mit Bella zu tun?«

»Nichts. Nur, dass sie ihn mit dem ERZ-Mann interviewt hat. Beim Schulpraktikum, habe ich dir doch schon vorgestern erzählt«, sagte ich vorwurfsvoll. »Der Möööönsch heißt Möööönsch, du erinnerst dich? « Ich kicherte. »Und jetzt Szenenwechsel. Finstere Innenstadt. Weberstraße.«

»Toni, du bist betrunken!«

»Sag ich doch.« Ich stürzte ein halbes Glas Wasser in mich hinein. »Aber es wird langsam besser. Kann ich bitte noch einen Milchkaffee haben, Winnie?«, rief ich dem Kellner zu. »Also. Finstere Innenstadt. Kastanienallee.«

»Eben hast du noch Weberstraße gesagt«, beschwerte sich Max.

»Das ist direkt um die Ecke, gehört auch irgendwie zusammen. Also: Finstere Innenstadt«, wiederholte ich hartnäckig. Ich wollte nicht einen Millimeter von meinem Konzept abweichen.

»So finster ist die doch gar nicht«, wandte Max ein.

»Ja, aber es passt besser zur Dramaturgie.« Ich warf ihm einen ungehaltenen Blick zu. »Jetzt unterbrich mich doch nicht dauernd. Du machst mich noch ganz wuschelig im Kopf. Dort in der Weberstraße ist das Café Basis. Und der Ausgangspunkt der Streetworker, die mit dem RoadRunner Stadtteilarbeit machen. Für abstürzende – nein ...«

»Einstürzende Neubauten. Die wären doch wirklich ein super Kontrast zu Hanno Helm.«

»Sag bloß, so was hast du dir früher reingetan?«

Max lachte. »Nein. Das war mir doch etwas zu abgedreht, dieses Getrommele in Parkhäusern.«

»Ja. Ein ziemlich infernalischer Krach. Aber jetzt mal im Ernst. Die Streetworker machen dort einen beeindruckenden Job.«

Ich erzählte Max von meiner Begegnung mit Theo und Miriam, berichtete, wie ich Lasse kennengelernt hatte und machte dann den Schwenk hin zu der Fahrt im RoadRunner nach Steele.

»Und dort habe ich dann drei wirkliche Sunnyboys getroffen«, fuhr ich fort. »Die waren gestern Abend nur so schnell verschwunden, dass ich nicht mehr mit ihnen reden konnte. Aber heute habe ich sie gefunden.«

»In Steele?«

»Ja, in der Fußgängerzone. Goldsträhnchen und seine beiden Freunde. Und dann ist da auch noch der Alex.«

»Wer?« Max wirkte jetzt so, als würde er gedanklich aussteigen.

»Ich habe vergessen, dir die Sache mit dem Foto zu erklären. Dem von Bella und Alex. Was Bella von Lasse und Bodo wollte, hast du ja vorhin selbst mitbekommen.«

»Das wird mir jetzt zu kompliziert, Toni.«

»Du wolltest es doch unsortiert! Aber warte.« Ich zupfte Winnie am Ärmel, der gerade mit einem Tablett voller leerer Gläsern an uns vorbeikam. »Hast du vielleicht einen Stift für mich?«

Er nickte. »Bring ich dir gleich.«

»Ich zeichne es auf«, beschied ich Max, als Winnie den Stift brachte, und malte das Organigramm vom Nachmittag auf eine Papierserviette.

***

Max starrte lange auf die Zeichnung. »Das ist zu unübersichtlich«, sagte er schließlich und kratzte seinen Dreitagebart. »Auf der einen Seite zu viel und teilweise unwichtiges Zeug, wenn du mich fragst. Die ganze Spur um die Rübe beispielsweise kannst du doch jetzt getrost streichen, oder? Sie waren doch eindeutig im Platin. Da solltest du reduzieren. Und auf der anderen Seite fehlt was.«

»Was denn?«

»Du vernachlässigst die Örtlichkeiten.«

»Wieso? Ist doch alles da. Platin, Schule, Rübe, ach nee, die kann ich wirklich streichen, da hast du recht. Aber da sind noch die Orte Steele, Wohnung, Café Basis ...«

»Ja. Aber nicht geografisch sortiert. Zuletzt wurde Bella im Platin gesehen. Sie ist dort früher gegangen. Und zum Platin gehört die Örtlichkeit City. Oder Stadtmitte, von mir aus.«

»Ich verstehe nicht, worauf du hinauswillst.«

»Da Bella verschwunden ist, spielen doch die Örtlichkeiten wohl eine ziemlich große Rolle. Wo wurde sie zuletzt gesehen?« Er sprach das Wo mit Betonung aus. »Im Platin in der City. Und wo ist sie nach dem Platin hingegangen?«

»Wenn wir das wüssten, müssten wir nicht suchen«, sagte ich sarkastisch.

»Wir kennen aber weitere Örtlichkeiten, die hier eine Rolle spielen könnten. Das Café Basis ist ebenfalls in der City. Und diese Notunterkunft, dieser Raum 58.«

»Ja, aber das hat mitten in der Nacht alles zu. Und vergangenen Samstag war es genauso. Bella ist ungefähr um diese Uhrzeit vor einer Woche zum letzten Mal gesehen worden.«

»Wo wohnt Bella?«

»Am Stadtwaldplatz«, sagte ich zögernd. So langsam begriff ich, worauf er hinauswollte.

»Zieh doch die anderen Örtlichkeiten einfach mal mit in Betracht«, sagte Max freundlich. »Ist doch eh alles nur Raterei. Aber wenn du logisch raten willst, wäre ein logischer Ansatz eben die geografische Lage.«

Er hatte recht. »Zu Goldsträhnchen und seinen halbstarken Kumpels gehört die Örtlichkeit Steele«, griff ich den Faden auf. »Dort sind die Streetworker mit Bella hingefahren. Und ich habe Alex dort heute mit den drei Mistkerlen streiten sehen. Das ist der Junge, in den Bella sich vermutlich verliebt hat.«

»Na also. Steele. Dann wäre da noch die andere Schiene«, fuhr Max fort. »Die, die zum ERZ-Mann führt. Sein Arbeitsplatz liegt auch in der Stadtmitte.«

»Er wohnt in Bredeney. Da war ich heute früh. Eine schicke Bude hat er da. Und er geht ab und zu ins Platin, hat er mir erzählt. Außerdem hat er heute endlich zugegeben, dass er auf junge Mädchen steht. Er behauptet allerdings, *sie* würden *ihm* die Bude einrennen. Ich habe ihm Kerstin Haberle auf den Hals gehetzt, diese Kripo-Frau, die Bellas Fall bearbeitet.«

»Also gibt es über die Person Zöllinger eine Verbindung zwischen dem Platin in der City und Bredeney, wo er wohnt. Nehmen wir mal rein hypothetisch an«, fuhr Max fort, »dass Bella zu einem dieser drei Orte wollte. Stadtwaldplatz, Bredeney oder Steele. Wie ist sie dann dort hingekommen?«

»Um die Uhrzeit? Vermutlich mit den Öffentlichen. Zumindest hat ihre Freundin Mareike gesagt, dass sie vom Platin immer zusammen zur Bushaltestelle gelaufen sind.«

»Gibt es andere Möglichkeiten?«

»Mit dem Taxi oder zu Fuß vielleicht?«, schlug ich vor.

»Zu Fuß ist das sehr weit. Da läuft man bestimmt eine Dreiviertelstunde«, überlegte Max. »Also eher unwahrscheinlich. Und mit dem Taxi? Bestimmt nicht als Schülerin. Es sei denn, ihre Eltern würden ihr dafür Geld geben. Die wussten aber gar nicht, dass Bella in die City wollte. Warum nicht mit dem Fahrrad?«

»Das steht zu Hause im Keller.«

»Also mit dem Nachtexpress.« Max stand auf und ging zur Theke.

Kurze Zeit später kehrte er mit dem Linienplan der Stadt Essen zurück.

»Wo hast du den denn so schnell her?«, fragte ich staunend.

»Beziehungen, gepaart mit einer guten Beobachtungsgabe und einem hervorragenden Gedächtnis.« Max lächelte verschmitzt »Ich habe hier vor über einem Jahr mal mitbekommen, dass ein Gast das auf dem Tisch hat liegen lassen. Deshalb habe ich Winnie gefragt, ob er weiß, wo das Ding hingekommen ist. Er fand es in der Kramschublade unter der Theke. Ist nämlich ganz praktisch, dieser Plan, deshalb hat er ihn aufgehoben. Allerdings ist er nicht mehr ganz aktuell.«

Max rückte Gläser und Wasserflasche beiseite und breitete den Linienplan der EVAG vor uns auf dem Tisch aus. Gemeinsam beugten wir uns darüber.

Wir brauchten eine Zeit, um uns in dem Wirrwarr der Buslinien zurechtzufinden. Das schummerige Dämmerlicht der Weinstube machte die Sache nicht gerade einfacher. Aber zwanzig Minuten später waren wir schlauer, was die Streckenführung des Nachtexpress-Netzes in Essen betraf.

Zum Stadtwaldplatz und von da aus weiter nach Heisingen fuhr der NE7. Von dort aus war es nur ein Katzensprung zur Wohnung der Brissanos. Der NE8 fuhr über Rüttenscheid an Bellas Schule vorbei nach Bredeney und von dort aus nach Haarzopf. Auch die Wohnung von Frank Zöllinger lag nahe einer Haltestelle des NE8. Und der NE5 verband die City mit Steele, Eiberg und Hörsterfeld. Ich begann, eine weitere Skizze anzufertigen.

»Viel, viel besser, findest du nicht auch?«, lobte Max. »Allerdings denke ich, dass Bella nicht nach Hause wollte.«

»Das glaube ich auch nicht«, gab ich ihm recht. »Deshalb fällt aus meiner Sicht der NE7 schon mal flach. Komm, lass uns zahlen.«

Kurze Zeit später verließen wir das Chat Noir.

»Ich will noch zum Platin«, sagte ich kurz entschlossen.

»Ach nö! Was hast du denn da vor? Wenn du tanzen willst, lass uns lieber noch einen Abstecher ins Süd machen«, nörgelte Max.

»Ich möchte aber nicht tanzen. Ich will noch mal mit dem Türsteher vom Platin reden. Du musst ja nicht mit. Ich mach das auch allein. Außerdem wollte ich noch eine Runde Bus fahren.«

»Nachtexpress?«

Ich grinste ihn an.

»Da kann ich nicht widerstehen. Ich begleite dich.«

∗∗∗

Meister Proper erkannte mich wieder. Er grüßte mich sogar freundlich.

»Na, haben Sie Ihre Tochter gefunden?«

»Nein. Leider nicht.« Mit der Hand signalisierte ich Max, dass er sich nicht einmischen sollte. »Sagen Sie, kennen Sie diese Jungs hier?«

Ich hielt ihm mein Handy mit dem Foto von Goldsträhnchen und seinen beiden Freunden unter die Nase.

»Netter Versuch. Aber tut mir leid, ich erkenne rein gar nichts, vor allem bei dem Licht hier. Da braucht man ja ein Vergrößerungsglas.«

Ich sah auf das Display. Er hatte recht. Bei dem Licht konnte man die Gesichtszüge der drei Jungs absolut nicht erkennen.

»Schade. Was ist mit dem hier?« Ich zeigte ihm das Foto von Bella und Alex, das ich ausgedruckt hatte.

»Der war ein paarmal hier«, bestätigte Meister Proper. »Ich weiß nur nicht mehr genau, wann.«

»Letzten Samstag nicht?«

»Nicht dass ich wüsste.«

»Und meine Kleine ist auch wirklich allein gegangen, ja?«

»Das habe ich doch schon gesagt. Keiner hat sie begleitet. Sie verschwand in Richtung Hauptbahnhof.«

Ich wandte mich schon zum Gehen. Da fiel mir noch etwas ein. »Ist Ihnen ein älterer Mann aufgefallen, so ein Schönling, der einen auf jung macht? Groß, breitschultrig, dunkles, halblanges Haar. Er arbeitet bei der Zeitung.«

»Ach, Sie meinen den Frank? Ja, der kommt öfter.« Meister Proper schnalzte abfällig mit der Zunge. »Kann gar nicht genug raushängen lassen, dass er von der Zeitung ist.«

»War der am letzten Samstag hier?«, fragte ich aufgeregt.

»Das kann gut sein. Warte, warte, warte...« Er zog seine Stirn kraus und legte sie in lauter dralle, propere, wellenförmige kleine Wülste. »Da gab es Stunk letzte Woche. Er hatte sich mit so einer Blonden angelegt. Die haben sich ziemlich gezofft, hier auf der Straße. Schließlich ist die Blonde abgezischt. Allein. Und er ist wieder reingegangen.«

»Aber Bella war das nicht?«

»He, hab ich dunkelhaarig gesagt?« Er hob seine Hand zu einer gebieterischen Stopp-Geste, sodass das Tigermaul seine Zähne in meine Richtung bleckte. Aber sein Ton war nicht unfreundlich dabei. »Sie war blond, nicht dunkelhaarig! Und nicht ganz so jung wie Ihre Tochter. Vielleicht knapp zwanzig. Außerdem ist Ihre Tochter viel früher gegangen. Der Krach zwischen Frank und der anderen da, der war weit nach Mitternacht. Sie hatten beide ordentlich getankt. War ein ganz schönes Gekeife.«

Ich bewunderte seine gute Beobachtungsgabe. Aber die gehörte zu seinem Job vermutlich einfach dazu.

»Danke. Sie waren mir eine große Hilfe.«

»Ich denke, den ERZ-Mann können wir damit vergessen«, sagte Max, während wir die Kettwiger Straße zum Hauptbahnhof hinuntergingen. »Er hat ein Alibi.«

»Ja, damit ist er raus. Das werde ich Frau Haberle aber erst am Montag stecken. Geschieht ihm ganz recht, wenn er noch ein bisschen strampeln muss.« Ich gähnte herzhaft. Immerhin fühlte ich mich um einiges klarer im Kopf als noch vor zwei Stunden. »Damit entfällt auch der NE8 Richtung Bredeney, und wir können uns auf Steele konzentrieren.«

Ich war überrascht, wie voll es am Hauptbahnhof um diese Uhrzeit war. Auf den Bahnsteigen des neuen Busbahnhofs am Hauptausgang des Hauptbahnhofes drängelten sich viele Leute.

Die Essener Nachtexpress-Busse fahren vom Hauptbahnhof aus ab dreiundzwanzig Uhr dreißig zunächst halbstündig, später dann im Stundentakt sternförmig in die Stadtteile. Der Andrang jetzt um ein Uhr dreißig war groß, und ich entdeckte zwischen den vielen Jugendlichen auch etliche ältere Menschen.

Warum auch nicht, dachte ich. Ist eine vernünftige Einrichtung, dieser Nachtexpress. Von meinem ehemaligen Domizil am Isenbergplatz aus hatte ich die für mich relevanten Kneipen und Restaurants immer bequem zu Fuß erreichen können. Von Holsterhausen aus war es jetzt zwar etwas weiter, aber trotzdem per Pedes immer noch gut machbar. Sollte ich mich je entschließen, weiter an die Peripherie dieses städtischen Molochs zu ziehen, würde ich mit Sicherheit auch öfter mal auf die Nacht-Öffis zurückgreifen. Falls ich dann überhaupt noch Wert auf Streifzüge durch die Essener Szenekneipen legen würde – also später, wenn ich älter wäre.

Ich entdeckte den NE5, zupfte Max am Ärmel und stieg ein.

Aufmerksam betrachtete ich die jungen Gesichter um mich herum.

Und erneut fiel mir auf, wie schwer es mittlerweile für mich war, das Alter junger Menschen zu bestimmen. Die meisten um mich herum hätte ich auf unter sechzehn geschätzt. Aber vermutlich lag ich da falsch.

Wir setzten uns ziemlich weit vorne hin, mit dem Rücken in Fahrtrichtung, und hatten damit den ganzen Innenraum des Busses im Blickfeld. Ich sah junge Paare, die leise miteinander sprachen. Eine Gruppe aufgepeppter Mädchen, die sich schnatternd unterhielten. Jungs, die selbst um diese Uhrzeit immer noch genug Kraft hatten, lautstark herumzustrotzen und einen auf coole Macker zu machen. Dazwischen ältere Paare. Und eine müde Frau mittleren Alters, die aussah, als hätte sie den ganzen Abend in einer Kneipe bedient und nur noch den Wunsch, es sich endlich mit hochgelegten Beinen bei irgendeinem Spätfilm vor dem Fernseher gemütlich machen zu können.

Ich versuchte, mir Bella in diesem Bus vorzustellen. Ein junges Mädchen, allein, mitten in der Nacht. Unterwegs nach Steele, vielleicht um Alex zu suchen, der sie versetzt hatte. Sie wäre nicht weiter aufgefallen. Oder doch? Immerhin war kaum jemand hier im Bus ohne Begleitung unterwegs.

Der Nachtexpress holperte die gesamte Steeler Straße entlang. Schwanenbusch, Parkfriedhof, Dinnendahlstraße, Stadtgarten. Kurvte dann zum S-Bahnhof Steele, um gleich darauf in Richtung Steele Ost abzubiegen.

Irgendwo hier war Bella ausgestiegen. Oder war sie weitergefahren?

Freisenbruch, Zweibachegge, Schacht Heinzmann, Schwimmbad Oststadt, Hörsterfeld. Der Bus umkreiste die Hochhaussiedlungen in Hörsterfeld, aber anstatt über den Sachsenring die gleiche Strecke zurückzufahren, nahm er die Route über die Freisenbruchstraße zurück nach Steele. Ich begriff das Prinzip. Die Stadtteile wurden sozusagen umrundet, um möglichst nah an möglichst viele Straßen heranzukommen. Deshalb fuhr er nicht hin und her, sondern in kreisförmigen Bewegungen um dicht besiedelte Wohngebiete herum. Erst als wir wieder am Steeler Bahnhof ankamen, machte der Bus eine kurze Pause.

»Wo wollen Sie eigentlich hin?«, fragte eine misstrauische Stimme aus dem Hintergrund.

Ich zuckte zusammen und drehte mich um.

»Ich meine, Sie kommen doch aus der Stadt. Und hier am Steeler Bahnhof waren wir schon mal. Kennen Sie sich nicht aus, oder was?«

»Wir fahren zurück«, sagte Max. »Wir wollten nur die Strecke kennenlernen.«

»Dann müssen Sie aber noch mal bezahlen.« Der Busfahrer wirkte unfreundlich. »Ich kann so 'nen Ärger nicht mehr brauchen, nicht nach letzter Woche.«

Max zückte seine Geldbörse, reichte ihm einen Schein und wartete auf das Wechselgeld.

Der Bus setzte sich erneut schaukelnd in Bewegung.

»Klingt so, als wäre er letzte Woche auch gefahren«, flüsterte ich Max zu.

Der nickte müde.

»Dann sollten wir ihn fragen.« Ich machte Anstalten, aufzustehen.

»Ja, aber später.« Max hielt mich zurück und wies auf etwas in meinem Rücken. »Da ist so ein Schild: Bitte nicht mit dem Fahrer sprechen. Und so unfreundlich wie der war ...«

Wir schwiegen, bis wir den Hauptbahnhof wieder erreicht hatten und der Fahrer den Motor abstellte.

»Ich muss mal«, verkündete Max. »Ich bin gleich zurück« Er steuerte auf McDonald's zu, vor dem sich ein paar abgerissene Gestalten herumtrieben. Ansonsten war es ziemlich ausgestorben außerhalb des Busbahnhofes.

Ich folgte dem Busfahrer an den Rand der Haltestelle. Das Licht der Straßenlaternen spiegelte sich gelb auf der nassen Straße wieder, die Leuchtreklame des Handelshofes warf rötlich schimmernde Muster auf die Fahrbahn. Geduldig wartete ich, bis er sich eine Zigarette angezündet hatte.

»Sind Sie letzte Woche auch in der Nachtschicht gefahren?«, eröffnete ich das Gespräch.

»Ja. Und ich habe so einen Unglücksraben zwei Stunden durch die Gegend geschaukelt. Konnte doch nicht ahnen, dass der kurz davor war, abzunippeln.« Er inhalierte tief, während er auf einen imaginären Punkt auf dem Pflaster vor sich starrte.

»Sie haben diesen Bodo Herzog gefunden?« Ich musterte ihn neugierig. Das Ereignis steckte ihm offenkundig immer noch in den Knochen.

»Ja. Hab einen ganz schönen Schreck bekommen, das können Sie mir glauben. Ich war die ganze Woche krankgeschrieben. Ist heute meine erste Schicht seitdem.« Die Zigarette glühte rot auf, als er erneut daran zog.

»Wo ist er denn eingestiegen?«, fragte ich. »Können Sie sich daran erinnern?«

»An der Dinnendahlstraße«, kam es wie aus der Pistole geschossen. Logisch. Das hatte er vermutlich alles schon der Polizei erzählt.

»Haben Sie denn nicht gemerkt, dass er krank war?«

»Ich dachte doch, ich tue ihm einen Gefallen. Der sah aus wie eine Obdachloser, der ein paar Runden lang ein warmes Plätzchen haben will«, sagte der Busfahrer mürrisch. »Wer konnte denn ahnen, dass er mir hier im Bus fast stirbt? Die Hand hat ihm gezittert, als er bezahlt hat. War auch nicht gerade sauber. Aber was soll's, hab ich mir gedacht. Ist doch auch nur ein Mensch. Dass er so abgerissen aussah, weil er in 'ne Schlägerei verwickelt worden war, konnte ich doch nicht wissen!«

»Niemand macht Ihnen einen Vorwurf.« Beschwichtigend legte ich eine Hand auf seinen Arm und drückte ihn kurz, bevor ich sie wieder zurückzog. Ich hatte das Gefühl, dass er einen Zuspruch dieser Art bitter nötig hatte. »Ich hätte auch Mitleid gehabt.«

»Klar macht man mir einen Vorwurf«, sagte er bitter. Er nahm einen tiefen Zug und blies den Rauch durch die Nase wieder aus. »Es gab ziemliches Theater deswegen. Da half auch keine Arbeitsunfähigkeitsbescheinigung. Die haben mich ziemlich zur Schnecke gemacht.«

»Weswegen?« Ich war überrascht. »Weil ein Mensch in Ihrem Bus fast stirbt? Dafür können Sie doch nichts!«

»Weil ich jemanden ein paar Kreise habe mitfahren lasse, ohne dass er erneut bezahlt.« Er schnaubte verächtlich durch die Nase. »Das ist der Skandal, nicht, dass da ein Mensch fast gestorben wäre! Warum interessiert Sie das denn so?« Er beäugte mich, plötzlich wieder misstrauisch. »Sind Sie etwa von der Presse?«

»Nein. Ich suche ein junges Mädchen, das seit Samstag verschwunden ist. Sie kennen sie nicht zufällig?«

Ich zeigte ihm das mittlerweile schon sehr zerknitterte Bild von Bella und Alex.

»Diese Kleine hier? Die habe ich letzten Samstag gesehen«, gab er bereitwillig Auskunft. »Ich glaube sogar, sie ist an derselben Haltestelle eingestiegen.«

»An der Dinnendahlstraße?«, fragte ich erstaunt. »Nicht am Hauptbahnhof?« Das machte keinen Sinn.

»An der Dinnendahlstraße«, bestätigte der Busfahrer.

»Um ein Uhr neununddreißig. Genau wie der junge Mann, der jetzt im Koma liegt.«

»Sind da viele zugestiegen an der Dinnendahlstraße?«

»Sie fragen mir ja ein Loch in den Bauch«, knurrte er. Zog am Glimmstängel und inhalierte tief. »Ein paar waren es schon. So vier, fünf Leute. Und ein Hund.«

»So ein kleiner Foxterrier etwa?«

»Kann sein. Ich kenn mich mit Hunden nicht aus. So ein kleiner, drahtiger, mit kurzem, irgendwie lockigem Fell, weiß und hellbraun.« Der Rauch quoll ihm aus dem Mund, als er sprach. »Der war bei dem Mädchen. Deshalb ist sie mir überhaupt aufgefallen. Sie hatte eine Monatskarte.«

»Hatten Sie den Eindruck, dass sie zusammen mit Bodo Herzog unterwegs war?«

»Nein. Der hat sich doch allein auf eine Bank gesetzt. Außerdem hat er separat bezahlt.«

»Wissen Sie noch, wo das Mädchen ausgestiegen ist?«, fragte ich aufgeregt.

»In Eiberg. Ich habe noch gedacht, dass sie jetzt hoffentlich bald zu Hause sind, sie und ihr kleiner Hund. War ja immerhin zwei Uhr in der Früh! So ein junges Ding gehört nicht allein auf die Straße um diese Uhrzeit, Hund hin, Hund her! Außerdem sah sie so aus, als hätte sie Kummer.«

»Wieso das?«

»Sie hatte geweint, das sah man. Und kalt war ihr. Sie hat sich fest in ihren Mantel gewickelt, die ganze Zeit. Vermutlich hat ihr Freund mit ihr Schluss gemacht oder so und sie dann allein nach Hause geschickt. Diese Jungen heute haben doch wirklich kein Verantwortungsgefühl.« Er nahm einen letzten Zug und trat den Stummel aus. Dann hob er ihn sorgsam auf. »So. Ich muss mal wieder. Geht gleicht weiter. Ich muss die Leute reinlassen und kassieren.«

Ich sah ihm hinterher. Den Stummel warf er in einen Abfalleimer.

***

Um viertel nach drei waren wir endlich zu Hause. Nicht mit dem Nachtexpress. Vom Hauptbahnhof aus hatte ich uns ein Taxi spendiert.

Zwei kleine Gestalten tauchten aus dem Dunkel des Gartens vor meiner Terrassentür auf und begehrten Einlass.

»Lass uns schlafen, blauer Vogel«, sagte Max. Seine Augen hingen auf Halbmast.

Ich schüttelte nur stur den Kopf. »Hat keinen Sinn. Ich glaub nicht, dass ich das jetzt kann. Ich muss noch was überlegen.«

»Ohne mich.« Er warf mir einen besorgten Blick zu, nahm Bonnie auf den Arm, gab mir einen Kuss und ließ mich an meinem Stehtisch zurück. »Mach nicht mehr so lange«, sagte er an der Tür. »Du siehst ziemlich fertig aus. Komm, Clyde, mein Süßer!«

Ich schenkte mir die Reste des Kaffees ein, den ich am Nachmittag gekocht hatte, und trank ihn in kleinen Schlucken. Kalt war er. Und verteufelt bitter. Egal.

Völlig übermüdet nahm ich schließlich ein Blatt Papier und schrieb:

Fakt: Bella ist mit dem NE5 von der Dinnendahlstraße aus nach Eiberg gefahren. Im gleichen Bus wie Bodo Herzog.

Frage: Was hat sie in der Zeit zwischen dreiundzwanzig Uhr dreißig und ein Uhr neununddreißig gemacht, als sie an der Dinnendahlstraße eingestiegen ist?

Hypothese: Sie ist mit dem NE 5 vom Hauptbahnhof zur Dinnendahlstraße gefahren und hat dort ...

Ich überlegte einen Moment. Dann schrieb ich weiter: *... nach Alex gesucht.* Das war schließlich meine Ausgangsthese.

Hypothese: Bei dieser Suche muss etwas passiert sein, was sie mit dem verletzten Bodo zusammengeführt hat, denn um ein Uhr neununddreißig sind beide an der Dinnendahlstraße in den Bus gestiegen.

Fakt: Bella ist in Eiberg ausgestiegen, Bodo nicht.

Frage: Warum stieg der Hund mit aus?

Hypothese: Der Hund traute ihr. Und hatte angenommen, dass Bodo mit aussteigt. Der aber konnte nicht mehr aussteigen. Er war schon ohnmächtig.

Frage: Warum saßen Bodo und Bella dann im Bus getrennt?

Dazu hatte ich keine Idee. Also weiter.

Frage: Was wollten Bella und Bodo in Eiberg?

Hypothese: Bodo hatte dort irgendwo seinen Wohnwagen. Fragte sich nur, wo genau.

Ich gähnte herzhaft. Aber ich war noch nicht fertig. Nicht ganz, jedenfalls. Ich schnitt ein paar weitere Kästchen aus und beschriftete sie. Ein paar weitere Puzzlesteine: Bodo, Krankenhaus, Eiberg und Wohnwagen. Dafür waren viele alte überflüssig. Ich pickte sie aus dem Organigramm auf dem Schreibtisch und schob die übrigen zu einem neuen Bild zusammen: Zur Essenz.

✳✳✳

Es war fast fünf, als ich ins Bett kroch. Völlig übermüdet, aber insgesamt zufrieden mit mir. Denn ich hatte eine Spur, die ich weiter verfolgen konnte. Dazu allerdings musste ich unbedingt noch mal mit Lasse reden.

Ich seufzte, als ich mir den Wecker auf halb neun stellte.

SIEBEN

Um neun war ich bereits in der Innenstadt und wartete vor der Notunterkunft.

Lasse grinste breit, als er mich sah. »Du schon wieder! Wenn du mich jetzt zum Frühstück einladen willst, könnte ich glatt glauben, du wärest verknallt in mich.«

Ich grinste zurück. »Keine Chance, Kleiner. Ich könnte deine Großmutter sein. Aber trotzdem: Wie wäre es mit einem Frühstück?«

»Um die Zeit wirst du hier noch kein Café finden, das schon auf hat«, sagte Lasse. »Ich wollte in der Basis frühstücken. Komm doch mit.«

»Nee, lass mal«, wehrte ich ab. »Da bin ich wirklich fehl am Platz. Ich will euch nichts wegfuttern.«

Und außerdem, gestand ich mir still ein, würde ich mich unwohl fühlen zwischen all den mehr oder weniger gestrandeten Existenzen. Ich gehörte da nicht hin und würde es irgendwie als … Anbiederei empfinden. Als aufgesetzt. Wie auch immer.

»Ich habe nur eine kurze Frage«, schob ich hinterher.

Lasse blieb unschlüssig vor mir stehen.

»Ich wollte dich fragen, wo Bodo seinen Wohnwagen hat. Also, wo der steht. Weißt du das?«

»Nee. Bodo hat nur was von dem Bauern erzählt, so ´nem Bio-Typ. Ökologische Landwirtschaft. Ich glaube, der Wohnwagen steht irgendwo auf dem Gelände des Bauern. Hat Bodo gesagt, da bin ich mir ziemlich sicher.«

»Kannst du ihn beschreiben, den Bodo?«, bat ich.

»Tja, wie sieht er aus? Ist schwer zu sagen. Also, er ist größer als ich.« Lasse tastete mit der Hand nach seinem Scheitel und hob sie dann weiter in die Höhe. »Ungefähr so, glaube ich.«

»Also einen knappen Kopf größer. Eins achtzig, schätze ich.«

»Könnte hinkommen.« Er ließ die Hand wieder sinken.

»Wie hat er seine Haare?«

»Haare?« Lasse lachte gackernd auf. »Welche Haare? Nee, da ist nur noch so ein dunkler Flaum auf seinem Kopf. Bodo hat mal gesagt, dass er ganz nach seinem Alten schlagen würde. Dem wären auch sehr früh die Haare ausgegangen. Deshalb trägt er ja auch immer diese rote Baseballkappe. Ohne die geht er nicht weg.«

Eine rote Baseballkappe. Na, da waren wir ja schon mal einen Schritt weiter. »Und was für eine Figur hat er?«

»Schlank. Eigentlich fast dürr. Und er hat braune Augen.« Lasse machte eine Schnute, während er überlegte. Er wirkte rührend kindlich dadurch.

»Und der Hund«, ergänzte ich.

»Genau. Struppi.«

»Dank dir, Lasse. Du hast mir wirklich sehr geholfen.«

Ich sah ihm hinterher, wie er die Straße überquerte und in Richtung der Basis verschwand. Und hoffte inständig, dass er es bald schaffen würde, sich aus dem Elend zu befreien, in das er sich hineinmanövriert hatte.

»Lasse«, rief ich ihm hinterher.

Er drehte sich um.

»Wirf es einfach weg, das Sauzeug!« Ich warf ihm eine Kusshand zu und ging.

Mein Kopf fühlte sich seltsam leer an. Nicht leicht, sondern leer. Eine Leere, wie sie nur chronischer Schlafmangel produzieren kann. Ich wusste, dass es nicht gut war, in diesem Zustand Auto zu fahren. Dennoch fuhr ich nicht nach Hause. Die Zeit drängte. Und ich hatte eine Spur.

Ich fuhr zum Alfried Krupp Krankenhaus und erkundigte mich nach Bodo Herzog.

»Intensivstation, sechster Stock, Station 3b«, teilte mir eine gleichgültige Schwester am Empfang mit.

Die Station betrat ich mit einem Gefühl der Beklemmung, wie es mich immer in Krankenhäusern überkommt. Ich weiß nicht, ob es am

Geruch liegt, an den vielen Betten, die auf irgendwelchen Fluren herumstehen, oder an den vielen weißbekittelten Menschen, alle in Eile, so, als ginge es immer und permanent um Leben und Tod. Was ja in vielen Fällen auch stimmt. In diesem Fall jedenfalls ganz bestimmt.

»Sind Sie eine Angehörige?«, fragte die Stationsschwester zweifelnd. Elsbeth stand auf dem Namensschild an ihrer Kleidung. Eine resolut wirkende, rundliche Person mit dunklen Kräusellöckchen und einem zarten, dunklen Flaum auf der Oberlippe.

»Nein. Ich bin Privatdetektivin und untersuche in Zusammenhang mit dem Verschwinden eines jungen Mädchens auch den Unfall, der Bodo Herzog widerfahren ist.«

»Unfall ist gut«, schnaubte Schwester Elsbeth so heftig, dass ihre Löckchen ins Wippen gerieten. »Der Mann wurde schwer misshandelt und obendrein vergiftet. Da kann man wohl kaum von einem Unfall sprechen, oder?«

»Nein«, stimmte ich zu. »Wie geht es ihm?«

Sie sah mich prüfend an. »Ich darf Ihnen wirklich keine Auskunft geben, wenn Sie nicht mit ihm verwandt sind.«

»Bitte«, insistierte ich. »Ein junges Mädchen ist verschwunden. Zuletzt wurde sie mit Bodo Herzog gesehen. Sie waren im gleichen Bus, und alles deutet darauf hin, dass sie zusammen unterwegs waren. Was auch immer mit ihr passiert ist: Es hängt mit Bodo zusammen, da bin ich mir mittlerweile sicher.«

Unschlüssig sah sie mich an. Dann traf sie eine Entscheidung.

»Er liegt immer noch im Koma, und es ist fraglich, ob er wieder aufwachen wird.«

Erleichtert registrierte ich, dass sie mich nicht wegschicken wollte.

»Abgesehen davon bin ich mir nicht sicher, ob das so gut für ihn wäre«, sagte Schwester Elsbeth langsam.

»Warum?«

Sie schnaubte erneut durch die Nase. »Er war bereits nicht mehr ansprechbar, als er hier eingeliefert wurde. Schwer zu sagen, wie viel er eingeflösst bekommen hat. Aber er hatte über drei Promille im Blut, nachweislich durch Methanol zugeführt.«

»Methanol? In der Zeitung habe ich gelesen, dass gepantschter Alkohol im Spiel gewesen sein soll.«

»Kommen Sie mit«, sagte sie resolut.

Ich folgte ihr den Flur hinunter. Unsere Gummisohlen quietschten leise auf dem Linoleum. Am Ende des Flures ging ein Gang nach rechts ab.

Und dort, hinter einer Glasscheibe, konnte ich eine reglose Gestalt ausmachen. Ich registrierte eine Atemmaske, die mit Gummis an Bodos Kopf fixiert war. Ein langer Schlauch pumpte in regelmäßigen Abständen Luft in seine Lungen und versetzte den Brustkorb in ein gleichtöniges Auf und Ab. Schläuche verbanden ihn mit dem Tropf und noch so allerhand anderen Gerätschaften, die ich nicht kannte. Das BeepBeepBeep des Überwachungsmonitors drang leise durch die Glasscheibe.

Es gibt so viele Arten von Weiß, dachte ich, während ich Bodo betrachtete. Da war das strahlende, leuchtende Weiß, Symbol für Reinheit und Unberührtheit. Das gleißende, weiße Licht der Hochsommersonne, kaum erträglich in seiner Intensität und doch so wunderschön. Das glitzernde Weiß frisch gefallenen Schnees, in dem jeder Eiskristall das Licht hundertfach reflektierte und die Luft flirren ließ.

Dieses Weiß hier war kein schönes Weiß. Es hatte nichts mit Verheißung und Unberührtheit zu tun und auch nichts mit Frische. Bodo war fast so bleich wie die Laken, in denen er lag. Nur die dunklen Bartstoppeln warfen bläuliche Schatten auf sein Gesicht. Es ist ein Todesweiß, dachte ich traurig.

Und als einziger Farbtupfer in dieser trostlos weißen Welt, die durch die Monitore einen blaugrauen, kalten Schimmer erhielt, leuchtete ein Klecks heraus, absurd farbig und frivol auf dem Nachttisch, auf dem sonst nur eine stählerne Nierenschale die Lichter reflektierte. Die rote Baseballkappe.

»Sie mussten ihn aufschneiden, um die inneren Blutungen zu stoppen«, sagte Schwester Elsbeth leise. Sie stand dicht hinter mir und sah mir über die Schulter. »Milzriss, Leberriss, und eine gebrochene Rippe hat die Lunge perforiert.«

Ich drehte mich zu ihr herum, zu betroffen, um etwas zu erwidern.

»Und gepantschter Alkohol war das auch nicht.« Sie sah mir in die Augen. »Es war reines Methanol. Das ist zwar auch ein Alkohol, aber in einer anderen chemischen Zusammensetzung und absolut nicht trinkbar.«

Ich räusperte mich, um den dicken Frosch aus der Kehle zu vertreiben, der sich dort eingenistet hatte. »Was heißt das?«, fragte ich und räusperte mich noch mal.

»Brennspiritus, Lösungsmittel, Frostschutzmittel. Da ist überall Methanol drin. Das Zeug ist hochgiftig. Es reichen schon kleinere Dosen, um zum Tod zu führen.«

»Wie viel muss man zu sich nehmen?«

»Kommt aufs Körpergewicht und den Allgemeinzustand an. Bei Kindern können schon zwanzig Milliliter tödlich sein. Bei Erwachsenen reicht im Durchschnitt eine Menge von hundert bis zweihundertfünfzig Millilitern.«

»So wenig?« Ich hatte ein Schnapsglas vor Augen, klein und unscheinbar. »Ich hatte geglaubt, man müsste das literweise trinken.«

»Nein.« Sie schüttelte den Kopf. »Das Problem ist, dass in der Leber Formaldehyd gebildet wird, und Ameisensäure. Die Niere kann speziell diese Stoffe nur sehr langsam abbauen.« Sie strich sich den weißen Kittel glatt.

»Kann er das versehentlich selbst zu sich genommen haben?«

»Unwahrscheinlich. Sein Mund wies deutliche Spuren auf, dass ihm das Zeug gegen heftigen Widerstand eingeflößt wurde. Ein Schneidezahn war frisch abgeschlagen, er hatte sich auf die Zunge und in die Mundschleimhaut gebissen. Außerdem hat er an den Handgelenken Hämatome, wurde also offensichtlich festgehalten. Es müssen demzufolge mindestens zwei gewesen sein.« Sie hatte kluge Augen. Klug und ein wenig hoffnungslos, so, als hätte sie schon zu viel von den Untiefen menschlicher Abgründe gesehen.

»Und zusätzlich ist er misshandelt worden?«

»Getreten. Bestimmt zehn Mal mit voller Wucht und schweren Stiefeln. Vermutlich solchen mit Stahlkappe, immer hübsch in die Körpermitte hinein. Wie gesagt, innere Blutungen. Wir haben natürlich alles versucht, um ihm zu helfen. Aber es sieht schlecht aus. Und sollte er wider Erwarten doch aus dem Koma aufwachen, wird von seinem Gehirn vermutlich nicht mehr allzu viel übrig sein.«

»Verdammte Scheiße! Entschuldigung.«

»Das können Sie ruhig laut sagen. Haben Sie eine Idee, wer das gewesen sein könnte? Doch nicht etwa das Mädchen, das Sie suchen?«

»Tut mir leid, ich weiß es nicht. Aber das Mädchen war es gewiss nicht.« Unsere Blicke begegneten sich erneut, und ich war betroffen von der Traurigkeit in ihren Augen. Sie nahm sich die Sache sehr zu Herzen. Es machte sie mir sympathisch.

»Hatte er irgendwas bei sich, das Auskunft darüber gibt, wo er gewohnt hat?«

»Sein körperlicher Zustand spricht dafür, dass er längere Zeit auf der Straße gelebt hat. Allerdings sah er nicht völlig ungepflegt aus. Die Kleider waren verschmutzt, ja. Das kam aber durch das Blut und durch den Kampf. Ich meine damit, die Kleider waren gewaschen, und er selbst auch.«

»Danke. Ich weiß es sehr zu schätzen, dass Sie sich die Zeit genommen haben, mit mir zu sprechen. Wissen Sie, wo ich hier einen Kaffee bekommen kann?«

Sie verwies auf den Kiosk in der Eingangshalle.

Als ich mit dem Aufzug wieder nach unten fuhr, sah ich sie noch vor meinem inneren Auge. Sie strich sich eine Locke aus der Stirn. Kleine Löckchen. Eine Art Minipli, was in seltsamem Kontrast zu ihrem Alter und zu ihrem Beruf stand. Zu verspielt. Auf jeden Fall wirkte es seltsam unmodern. Ich wunderte mich darüber, dass mir das überhaupt aufgefallen war und die intensiven Bilder des Krankenzimmers in meinem Kopf überlagerte. Ein Selbstschutz? Oder ein weiteres Symptom der Erschöpfung?

Mit einem Pappbecher Kaffee und einem in Cellophan gehüllten Käsebrötchen ließ ich mich in einen der Hartschalen-Plastiksessel im Eingangsbereich des Gebäudes nieder. Appetit hatte ich keinen. Aber ich musste etwas essen. Das Brötchen schmeckte seltsam geschmacksneutral. Ich spülte den letzten Bissen mit dem letzten Schluck Kaffee hinunter und rief Max an.

»Hab ich dich geweckt?«

»Ich wollte sowieso gerade aufstehen.« Seine Stimme klang noch verschlafen. »Ich muss an den Schreibtisch, noch was fertig machen bis morgen. Was ist denn los?«

»Kannst du mir einen Gefallen tun?«

»Wenn es nicht zu lange dauert«, sagte er. Ich hörte ihn gähnen.

»Ich würde gerne wissen, ob es Bauern in Eiberg oder in der Nähe von Eiberg gibt.«

»Bauern?«

»Ja. Bauernhöfe. Vermutlich sogar einen Ökobauern.

»Handyverbot«, raunzte mich ein vorbeieilender Mann an. Allerdings machte er sich nicht die Mühe, zu überprüfen, ob ich die Anweisung befolgte.

»Wie soll ich das denn rauskriegen?«, hörte ich Max fragen.

»Ich würde es über Google versuchen. Ökobauern in Essen, Bauern in Essen Eiberg, irgendwie so. Kannst du mir möglichst schnell Bescheid geben?«

»Ich tue mein Bestes.«

Eine halbe Stunde später unterquerte ich langsam die Bahnlinie am S-Bahnhof Eiberg. Ich folgte dem Sachsenring bis zur Dahlhauser Straße und fand tatsächlich eine Bushaltestelle. Ich fuhr in die Haltebucht. ‚NE5' stand neben weiteren Tagesbuslinien auf dem Schild zu lesen. Hier also war Bella laut Aussage von Busfahrer Görske ausgestiegen. Mit Struppi.

Und ich hatte eine Adresse. Weg am Berge, irgendwo links ab von der Dahlhauser Straße, hatte Max gesagt.

Mir klopfte das Herz, als ich das große Werbeschild sah. Biohof – Hofverkauf, stand dort zu lesen. Mit einem Pfeil, der die Richtung angab.

Der Hof wirkte verlassen. Sonntägliche Stille breitete sich über den Wiesen aus, die den Gebäudekomplex umgaben. Der Himmel war grau und verhangen, und in der Ferne sah ich eine Reihe von Strommasten, die sich im Dunst verloren. Es roch nach Schweinebraten. Leise Fetzen von Orgelmusik wehten mir entgegen.

Ich klopfte an die Tür des Wohnhauses. Eine alte Frau öffnete mir, die Küchenschürze sorgfältig um den hageren Leib gebunden. Die Orgelmusik war nun deutlicher zu hören. Bach. Die alte Frau verwies mich an ihren Sohn.

Der Bauer war dabei, in der Scheune einen Traktor zu reparieren.

»Kennen Sie einen Bodo Herzog?«, fragte ich, nachdem ich ihm die schwielige Hand geschüttelt hatte.

»Bodo. Ja, den kenne ich. Er hilft mir manchmal aus«, sagte der Bauer und wischte sich über die feucht glänzende Stirn. Dabei hinterließ er eine dunkle Spur im Gesicht. Motorenöl, vermutete ich.

»Ich habe gehört, dass er irgendwo auf Ihrem Gelände in einem Wohnwagen wohnt«, begann ich vorsichtig. Ich war mir immer noch nicht sicher, ob Bodo wirklich im Einverständnis der Hofbesitzer hier hauste.

»Das stimmt«, sagte der Mann freundlich. »Aber er ist schon länger nicht da gewesen. Dabei hätte ich ihn in der letzten Woche wirklich gut brauchen können. Ich habe gepflügt und hatte mit seiner Hilfe gerechnet. Die Saat muss dringend raus.«

»Sie müssen sich einen anderen Helfer suchen.« Ich fühlte mich unglaublich traurig, als ich das sagte. *Und der Mööööönsch heißt Mööööönsch,* tönte es in meinem inneren Ohr. *Weil er irrt und weil er kämpft* ... »Bodo ist im Krankenhaus. Er liegt im Koma. Vermutlich wird er nicht wieder aufwachen.« Ich erzählte dem Bauern die Geschichte.

»Wenn ich diese Mistkerle zu fassen kriege ...« Er ballte seine kräftigen Hände zu Fäusten, sodass die Fingerknöchel weiß hervortraten.

Ich konnte mir gut vorstellen, dass er sie auch einsetzten würde, diese Fäuste.

»Bodo hat seit einem Dreivierteljahr hier gewohnt und ist mir oft zur Hand gegangen. Ein netter Junge mit einer verkorksten Kindheit. Ich war mir sicher, dass er den Weg zurück ins normale Leben finden würde. Kann man ihn besuchen?«

Ich nannte ihm die Station. »Fragen Sie nach Schwester Elsbeth und grüßen Sie sie von mir«, sagte ich. »Am besten erzählen Sie ihr, dass Sie eine Art Angehöriger sind.« Der einzige, den er wohl hat, dachte ich traurig.

Der Bauer nickte, berührte leicht meine Schulter, drehte sich um und stapfte zum Scheunentor.

»Eine Frage noch«, rief ich ihm hinterher.

Er drehte sich noch mal zu mir herum. Das Licht, das durch das Tor fiel, ließ seine kräftige Gestalt wie einen Scherenriss erscheinen.

»Haben Sie Bodos Hund gesehen? Oder ein junges Mädchen?«

»Nein«, sagte er erstaunt. »Ich habe niemanden gesehen. Wenn der Wohnwagen bewohnt wäre, würde er doch beheizt. Aber hier war keiner. Die ganze letzte Woche nicht.«

Der alte Wohnwagen stand verborgen zwischen den Ästen einer Trauerweide und einem dichten Brombeergestrüpp. Im Sommer, wenn alles grün war, wäre er sicherlich kaum noch zu sehen. Ein schmaler Trampelpfad führte durch das Gebüsch. Ich folgte dem Pfad über den aufgeweichten Grasboden und näherte mich vorsichtig dem Wagen.

Die kleinen Fenster waren so dreckig, dass man kaum hindurchsehen konnte, und der ehemals weiße Lack war größtenteils abgeblättert. Fast befürchtete ich, dass die Tür einfach abfallen würde, als ich kräftig dagegenklopfte. Das tat sie aber nicht.

Im Inneren des Wagens raschelte etwas. Ratten? Mäuse? Oder ein Mensch?

»Hallo«, rief ich. »Ich möchte Sie nicht erschrecken. Ich kenne Theo, den Streetworker, und die Adresse hier habe ich von Lasse.«

Adresse ist gut, schoss es mir durch den Kopf. Rede bloß nicht so einen Stuss, Toni!

Es raschelte wieder im Inneren des Wagens. Verdammt, Blauvogel, was zum Teufel machst du hier? Nix wie weg!, sagte mein Instinkt. Aber das machte ja keinen Sinn. Ich konnte doch jetzt nicht aufgeben, nur weil ich Schiss hatte!

»Ich komme jetzt rein«, sagte ich also, so sanft ich konnte. »Ich tue Ihnen nichts, bitte, haben Sie keine Angst.«

Die Tür knarrte erbärmlich, als ich sie öffnete.

Im Inneren des Wagens war es düster. Die Luft war klamm, durchzogen von der Feuchtigkeit, die durch die Regentage der letzten Zeit schwer über den Feldern hing. Und es war nicht gerade warm. Wie es ein Mensch hier über den Winter aushalten konnte, war mir schleierhaft.

Da hörte ich den Hund knurren.

Ich erstarrte. Erst im vergangenen Sommer hatte ich eine sehr unliebsame Begegnung mit einem Rottweiler gehabt. Immer dieser Ärger mit den Hunden, verflixt noch Mal! Dabei hatte ich doch nichts gegen diese Tiere. Absolut nicht!

Das Knurren verstummte so plötzlich, wie es gekommen war. Ich hatte das Gefühl, dass da ein Mensch den Hund beruhigte.

»Hallo«, sagte ich versuchsweise. »Ich kann nichts sehen, aber ich weiß, dass hier jemand ist.«

Stille.

»Mein Name ist Toni Blauvogel.« Mein Herz schlug wie bescheuert. »Ich bin hier, weil ich wissen möchte, was genau mit Bodo Herzog passiert ist. Er liegt im Koma, und ich will wissen, wer ihm das angetan hat.«

Jemand atmete heftig ein. Dort, am hinteren Ende des Bauwagens.

»Außerdem suche ich nach einem jungen Mädchen, Bella Brissano. Ihre Eltern machen sich entsetzliche Sorgen um sie, und ich auch.«

Ich hörte ein unterdrücktes Schluchzen.

»Bella, bist du das?«

Das Schluchzen wurde lauter.

Ich machte ein paar Schritte in den Raum hinein, während sich meine Augen langsam an das Dämmerlicht gewöhnten. Dort hinten im Wagen stand ein Feldbett, erkannte ich jetzt. Und darauf lag ein Mensch.

Sie lag in einem Schlafsack. Dicht neben sie gekuschelt ragte ein kleiner Hundekopf aus der Öffnung der Kapuze heraus. Eine Art Foxterrier. Struppi.

»Du bist Bella, nicht wahr?«

Sie nickte, während sie sich aus dem Schlafsack schälte und auf die Bettkante hockte. Der Hund schmiegte sich zitternd an ihre Seite. Offensichtlich hatte er Angst.

Behutsam ließ ich mich neben ihr auf dem Rand des Feldbettes nieder, legte den Arm um sie und ließ sie weinen.

Ich weiß nicht, wie lange wir so dasaßen, Bella, der zitternde Hund und ich. Ich weiß nur, dass ich unendlich froh war, sie gefunden zu haben. Ihre Haare waren verfilzt und sie roch streng in den Klamotten, die sie seit einer Woche trug. Es war mir egal.

»Warum bist du weggelaufen, Bella?«, fragte ich schließlich, als sie sich endlich beruhigt hatte.

»Da waren diese ätzenden Jungs«, sagte sie leise. »Und Alex mittendrin, der Idiot!«

»Du hast ihn wohl sehr gern, den Alex?«

»Ja«, schniefte sie.

Ich reichte ihr ein Taschentuch, mit dem sie sich umständlich die Nase putzte.

»Was haben die Jungs denn gemacht? Außer in der Fußgängerzone oder auf dem Spielplatz rumzuhängen und zu saufen. Das weiß ich schon von Theo.«

»Sie haben gesoffen und gesoffen und gesoffen. Das war richtig eklig. Und wenn sie blau waren, haben sie rumgezündelt, Papierkörbe mit Spiritus in Brand gesetzt. Und als ich Alex da rausholen wollte, haben sie mich gezwungen ...«

Sie fing wieder an zu weinen, und erneut nahm ich sie in die Arme und drückte sie an mich. Der Hund begann zu winseln.

»Netter Hund«, sagte ich und tätschelte seinen Kopf. Das Zittern des Tieres verstärkte sich. Es hatte Angst vor mir.

»Er gehört Bodo«, flüsterte Bella. »Ich konnte ihn doch nicht allein lassen.«

»Sie haben dich also gezwungen, Alkohol zu trinken, ja?«

»Ja. Viel. Bis ich mich übergeben habe.«

Ich dankte im Stillen der gesunden körperlichen Reaktion dieses Mädchens.

»Hat Alex dabei mitgemacht?«

»Nein. Der saß auf der Bank und hat sich kaum noch gerührt. Die haben ihm die Flasche an den Mund gesetzt, und er musste ganz viel davon trinken. Es lief ihm schon an den Mundwinkeln raus ...« Sie schluchzte wieder auf. »Währenddessen hat mich einer festgehalten. Und dann haben sie bei mir weitergemacht. Ich habe geschrien und geschrien ...«

»Und was hat das mit Bodo zu tun?«, fragte ich verwirrt.

»Der ist dazwischengegangen, als die auf mich los sind.«

»Bodo ist dazwischengegangen? Nicht Alex?«

»Alex hat da schon gar nichts mehr mitbekommen. Er lag auf der Parkbank und lallte nur noch rum.«

»Bodo also. Wieso war der überhaupt da?«

»Ich glaube, er hat Pfandflaschen und Dosen und so gesucht. In den Papierkörben. Das macht er oft, hat er mir erzählt.«

»Und dann? Was ist dann passiert?«

»Sie haben ihn getreten«, heulte Bella. »Immer wieder und wieder. ,Hört auf', habe ich geschrien. ,Hört auf damit.' Da haben sie von ihm abgelassen und sind wieder zu mir. ,Penner-Liebchen' hat der eine gesagt. Und dann haben sie angefangen, mich zu küssen und an mir rumzu–« Sie schlug die Hände vors Gesicht.

Diese Arschlöcher! Mir wurde schlecht, als ich mir die Szene vorstellte. »Haben sie dir ... was angetan?« Direkter wollte ich nicht fragen.

»Ich weiß nicht. Der Bodo kam angekrochen und wollte wieder dazwischengehen. ,Lasst das Mädchen in Ruhe', hat er gebrüllt. ,Der hat immer noch nicht genug', hat dann der Blonde gesagt. Und ab da kann ich mich nicht mehr erinnern. Ich weiß nur, dass ich irgendwann wieder wach geworden bin, weil Struppi gejault und mir die Hand geleckt hat. Mein Mantel lag auf der Parkbank und meine Bluse war zerrissen.«

»Und deine Hose?«

»Die war ... der Reißverschluss war offen, glaub ich. Mir war so entsetzlich kalt. Und der Bodo, der lag auf dem Boden und hat gestöhnt.« Sie schluchzte wild auf. »Und ich hatte mich schon wieder übergeben.«

»Da hast du Glück gehabt«, sagte ich. »Wenn du den Alkohol bei dir behalten hättest, wäre es noch viel schlimmer geworden.«

»Bodo hatte Schmerzen und hat am ganzen Körper gezittert. Ich wollte ihn in ein Krankenhaus bringen, aber da wollte er nicht hin. Er wollte nach Hause. Also bin ich mit ihm zur Bushaltestelle. Ganz langsam sind wir den steilen Weg hoch, Schritt für Schritt, bis wir endlich oben an der Steeler Straße waren.«

Ich streichelte ihr über die verfilzten Haare, ganz sachte und beruhigend. »Schschsch«, machte ich und wiegte sie hin und her. »Schschsch. Jetzt wird alles wieder gut.«

Aber sie war noch nicht fertig. Hastig fuhr sie mit ihrer Erzählung fort, so, als müsse sie das alles endlich loswerden, so schnell wie möglich. Vielleicht, weil sie es sonst gar nicht mehr erzählen könnte.

»‚Kleine, geh heim, ich schaff das schon allein‘, hat er immer wieder gesagt. Davon wollte ich aber nichts hören. ‚Dann steig wenigstens nicht zusammen mit mir in den Bus und setz dich etwas weiter weg‘, hat er gesagt. ‚Wir müssen nach Eiberg, Weg am Berge, Hörsterfeld heißt die Haltestelle. Ich will nicht, dass es noch mehr Ärger gibt.‘« Sie zog die Nase hoch und wischte sich mit dem Ärmel übers Gesicht. »Ich bin also vor ihm eingestiegen. Er hat sich ein paar Reihen hinter mich gesetzt. Mir war so schlecht! In Hörsterfeld bin ich dann ganz schnell raus, weil ich mich wieder übergeben musste. Als ich fertig war, war der Bus weg. Aber Bodo war nicht da. Nur der Struppi saß neben mir und hat mir wieder die Hand geleckt. Ich habe den Bodo im Stich gelassen«, heulte sie. »Das ist alles meine Schuld!«

»Nein«, sagte ich fest. »Du bist überhaupt nicht Schuld daran. Schuld sind diese Arschlöcher vom Spielplatz! Du hast viel mehr Courage besessen, als ich sie in deinem Alter je gehabt hätte!« Und das meinte ich verdammt ernst.

»Der Struppi hat mich hierher geführt zum Bauwagen, der hat gewusst, wo es langgeht. Ich hab dann auf den Bodo gewartet. Mit Struppi. Aber er ist nicht gekommen. Irgendwann bin ich eingeschlafen. Mir war immer noch so schlecht!«

»Warum hast du keine Hilfe geholt? Deine Eltern angerufen, oder die Polizei?«

»Ich konnte doch den Struppi nicht allein lassen«, flüsterte sie. »Ich hab gedacht, der Bodo muss doch endlich kommen. Ich hab mich auch so geschämt. Wegen der Bluse und der Hose und ... und dann war der Akku leer.«

Ich war bestürzt über so viel kindliche Logik.

Die Wut hatte sich in mir festgesetzt wie ein Nest voller Wespen. Schwelte in mir, während ich Bella nach Hause brachte, die Struppi umklammerte, als würde sie ihn nie wieder loslassen wollen. Gärte, während ich die entsetzten Fragen von Bellas Eltern beantwortete und dann Kerstin Haberle informierte. Loderte auf, als ich ihr mit knappen

Worten am Telefon berichtete, was ich wusste, und sie mich mit »Nicht waschen, bevor sie untersucht wurde« instruierte. Kochte, während ich auf Kerstin Haberle und den Krankenwagen wartete.

Als Kerstin Haberle Bella und ihre Eltern zur Ambulanz brachte, nutzte ich die Gelegenheit, zu verschwinden.

Die Wut brodelte immer noch in mir, als ich nach Steele fuhr, die Fußgängerzonen auf- und ablief und keinen von ihnen fand, weder am Grendtor noch auf dem Kaiser-Otto-Platz noch auf der Kaiser-Wilhelm-Straße.

Sie wuchs ins Unermessliche, als ich zum Alfried Krupp Krankenhaus fuhr, um Bodo zu besuchen, und dort erfuhr, dass er zwei Stunden zuvor gestorben war.

Ich war wie ein unkontrollierter chemischer Prozess kurz vor der Explosion, als ich endlich bei den Streetworkern in der Weberstraße ankam.

»Bodo ist heute gestorben«, brach es aus mir heraus. »Und Bella ist wieder da. Vielleicht vergewaltigt, ich weiß es noch nicht, sie kann sich nicht an alles erinnern. Ich will Alex finden. Und ich will wissen, wo sich diese beschissenen Jungs herumtreiben!« Jetzt brüllte ich. »In der Fußgängerzone sind sie nicht, und ich vermute mal, dass sie dort so schnell nicht wieder aufkreuzen werden, wenn sie clever sind. Und wo dieser verdammte Spielplatz ist, hast du mir nicht gezeigt!«

Theo presste mich mit seiner breiten Pranke auf den nächstbesten Stuhl. »So nicht, Mädchen«, sagte er ruhig. »Das bringt nichts. Erzähl mir erst mal, was passiert ist.« Er streichelte mir besänftigend über die Schulter.

Ich war überrascht, dass er mit seinen rauen Pranken so sanft sein konnte. Stockend erzählte ich die Geschichte von Anfang an. Und dann kamen endlich die Tränen.

»Heul ruhig«, sagte Theo. »Lass es raus. Das setzt den Verstand wieder frei.« Er reichte mir ein großes, kariertes Taschentuch.

Ich heulte noch eine Weile weiter. Schnäuzte schließlich umständlich die Nase. Ging auf die Toilette und kippte mir kaltes Wasser ins Gesicht. Literweise. Es reichte nicht. Also hielt ich den Kopf unter den kalten Strahl. Lange. Bis ich mich beruhigt hatte.

Erst jetzt fiel mir auf, dass Sonntag war. »Was machst du überhaupt hier am Wochenende?«, fragte ich mit merkwürdig piepsiger Stimme, als ich zurückkam.

»Büroarbeiten«, brummte Theo. »In der Woche komme ich kaum dazu. Und was ist mit dir?«

»Ich will diese verdammten Jungs finden«, sagte ich. Meine Stimme klang immer noch fremd. Schwach, wie Stimmen nach dem großen Heulen nun mal so klingen. Die Haare klebten nass an meinem Kopf, und das Wasser lief mir den Hals hinunter. Ich fühlte mich seltsam leer.

»Warte. Ich komme mit. Aber trockne dich erst mal ab.« Er suchte nach einem Handtuch und warf es mir zu.

Es war ein Küchenhandtuch, ebenso kariert wie sein Taschentuch.

Ich fing es auf und rubbelte mir die Haare halbwegs trocken.

»Fertig?« Theo schnappte sich seine Jacke. »Wir fangen mit dem Spielplatz an.« Ich war froh, dass er mich begleiten wollte.

✱✱✱

Wir parkten oben auf der Steeler Straße. Ich musste fast rennen, um mit ihm Schritt halten zu können. Wir folgten der Becksiepenstraße, die immer schmaler wird, bis sie als Fußweg hinab zum Siepental führt. Zur Linken, direkt gegenüber den Kleingärten, ein kleiner Spielplatz, eingerahmt von hohem Gebüsch. Hübsch abgelegen. Wunderbar geeignet zum Abhängen und zum Scheiße bauen. Aber der kleine Spielplatz war leer.

Ratlos sahen wir uns an.

»Mist!« Wütend kickte ich einen Stein weg und verfolgte, wie er den Weg hinuntersprang. Neben einer Parkbank, die am Ende des Gebüsches auf einer kleinen Wiese stand, blieb er liegen.

Ein Paar kam den steilen Weg hinauf, begleitet von einem Labrador, der, die Nase tief am Boden, irgendwelchen interessanten Fährten folgte.

»Haben Sie diese Jugendlichen hier gesehen?«, fragte ich. Ich hielt ihnen das Display meines Handys hin.

Die beiden studierten ernst das Bild.

»Die treiben sich hier öfter rum«, sagte die Frau schließlich. »Aber heute habe ich sie noch nicht gesehen.«

»Und den hier?« Ich zog das zerdrückte Foto von Bella und Alex aus meinem Rucksack.

»Ich glaube nicht.« Beide schüttelten den Kopf.

»Er trägt eine auffällige dunkle Jacke mit Adlerschwingen auf dem Rücken.«

»Ja, der hockt unten im Siepental Richtung Ruhr auf einer Bank. Was hat er denn …«

»Danke, Sie haben uns sehr geholfen«, unterbrach ich sie. »Vielen Dank. Komm!« Ich zupfte Theo am Ärmel und rannte den Weg hinunter.

Der Junge saß mit dem Rücken zu uns auf der Lehne der Parkbank, die Ellenbogen auf die Knie gestützt. Die ausgebreiteten Adlerschwingen auf der schwarzen Bomberjacke schienen uns entgegenzufliegen.

»Das ist Alex«, flüsterte ich aufgeregt.

»Dann lass uns mal hören, was der uns zu erzählen hat.« Geräuschlos schlich sich Theo an den Jungen heran.

Respekt, dachte ich. Das hätte ich Theo gar nicht zugetraut.

Schwer ließ er seine Pranke auf die Schulter des Jungen fallen, der daraufhin mächtig zusammenzuckte.

»Na, Alex! Wovon träumst du denn so?«, fragte Theo freundlich. Seine Hand lastete gewichtig auf Alex' Schulter.

»Vielleicht von einer hübschen kleinen Vergewaltigung? War richtig aufregend, was?«, sagte ich böse von der Seite her.

Alex hielt den Blick weiter auf seine Knie gerichtet.

»Was mir nicht in die Birne will, Alex, das ist Folgendes.« Ich setzte mich neben ihn, während Theo ihn weiter mit seiner Pranke auf die Bank drückte. »Da ist ein Mädchen. Ein tolles Mädchen. Bella. Sie kommt hierher, weil sie dich herausholen will aus dieser schäbigen Gesellschaft, auf die du dich da eingelassen hast. Rumpöbeln. Saufen bis zum Umfallen. Sich daran aufgeilen, dass es andere gibt, die noch weiter unten sind als man selbst. Echt super, solche Kumpels«, schnaubte ich. »Die Bella also, die will dich da rausholen.«

»Das war doch peinlich, wie sie mit diesem Bodo aufgekreuzt ist vor ein paar Wochen und mir die Leviten lesen wollte. Voll peinlich.«

Ich horchte auf. »Sie war also mit Bodo schon mal vor diesem Abend da, um dir den Kopf zu waschen? Ist das richtig?«

Er nickte. »Einen Haufen Artikel hatte sie dabei. Wollte, dass ich die lese, und dass ich diesem Bodo zuhöre. Echt krass war das. Die haben mich ganz schön aufgezogen damit.«

»Deine tollen neuen Kumpels, vermute ich.«

Er nickte.

»Bella wollte dir helfen!«

»Hab sie nicht darum gebeten.« Alex' Stimme klang müde. Und ein bisschen trotzig.

»Sie tat es aber trotzdem. Weil sie dich gern hat. Sehr gern. Und weil sie denkt, dass du sie auch magst. Ein bisschen jedenfalls.«

Er starrte immer noch auf einen imaginären Fleck auf einem seiner Knie.

»Und du? Du lässt zu, dass deine Kumpels sich an sie heranmachen und sie vergewaltigen. Schaust dabei zu, ohne ihr zu Hilfe zu kommen. Machst dabei mit. Was ist das für ein Gefühl?«

Als er mir den Blick zuwandte, sah ich, dass er geweint hatte.

»So war das nicht«, sagte er mit tonloser Stimme.

»Wie war es dann?«, fragte Theo. Immer noch freundlich. Die Hand auf der Schulter.

»Ich habe sie nicht vergewaltigt«, flüsterte er.

»Aber du hast ihr auch nicht geholfen, als die anderen über sie hergefallen sind«, wandte ich ein. Kleiner Schisser, dachte ich wütend.

»Doch!«, rief er. Es klang verzweifelt. »Ich hab's versucht! Da haben sie mich festgehalten und mir noch mehr Schnaps eingetrichtert. Ich war doch vorher schon blau!«

»Aber mitbekommen hast du doch wohl, was passiert ist, oder?«

Er schüttelte langsam den Kopf, wie in Trance. »Nicht richtig. Ich war völlig benebelt. Ich habe versucht, auf die Beine zu kommen, aber die haben mir einfach nicht mehr gehorcht. Das Letzte, woran ich mich erinnern kann ist, dass da dieser Bodo ...«, er zögerte kurz, »dieser Obdachlose dazwischen gegangen ist.«

Offensichtlich hatte der Junge doch Skrupel, stellte ich fest. Also war er zumindest kein hoffnungsloser Fall. »Du weißt, was mit ihm passiert ist, oder?«

Er schüttelte den Kopf. »Nein. Absoluter Filmriss«, sagte er kleinlaut.

»Deine Kumpels haben ihn umgebracht«, informierte Theo ihn sachlich. »Sie haben ihn zusammengetreten und liegen gelassen. Er ist heute gestorben.«

Alex sah ihn mit riesigen Augen an. Seine Augen füllten sich mit Tränen.

»Wie bist du nach Hause gekommen in der Nacht?«, fragte Theo.

»Das weiß ich nicht. Ich sag doch, Filmriss!« Alex' Stimme war brüchig. »Ich bin am nächsten Morgen bei uns auf der Terrasse aufgewacht. Auf der Holzbank. Ich war«, jetzt flüsterte er, »von oben bis unten vollgekotzt. Und ... hatte mir in die Hose gemacht.« Er schlug die Hände vors Gesicht.

Kein Mitleid, schwor ich mir. »Heul nicht!«, fuhr ich ihn also an. »Du bist verdammt noch mal alt genug, um zu wissen, was du da tust!«

»Komm, komm, komm«, sagte Theo beschwichtigend. »Wenn die ihm den Alkohol wirklich eingeflößt haben, ist er genauso Opfer wie Bella!«

Aber ich war noch nicht bereit, das zu akzeptieren. »Deine Eltern waren sicher hocherfreut«, sagte ich bissig.

»Die waren in Hamburg übers Wochenende. Bei meiner Tante. Ich habe meine Klamotten in die Waschmaschine gesteckt und die Bank sauber gemacht.«

»Warum hast du denn der Polizei nichts gesagt? Als sie nach Bella gesucht haben, meine ich.«

Seine Augen wurden wohlmöglich noch größer. »Bella wird von der Polizei gesucht?«, fragte er entsetzt. »Ich wusste überhaupt nicht, dass sie verschwunden ist. Ich habe mich nur gewundert, dass sie nie ans Handy gegangen ist. Ich dachte, sie sei sauer auf mich!« Seine Stimme wurde immer leiser. »Ist ihr ... ist sie ... oh Gott!«

Schweigend sah ich ihn an. Studierte sein Gesicht. Ein hübscher Kerl, das war er. Halblange braune Haare umrahmten weich sein Gesicht. Die Augen waren groß. Tränen standen darin. Er versuchte erst gar nicht, sie zu verbergen. Sein Blick strahlte eine Trostlosigkeit aus, die mich anrührte. Ich glaubte ihm. Mehr Glück als Verstand, der Junge. Er wirkte ernstlich verstört. Gut so. Dazu hatte er ja auch allen Grund!

»Ich habe Bella gefunden«, sagte ich. »Es geht ihr nicht gut, aber sie lebt. Bist du bereit, gegen deine Kumpels auszusagen? Soweit du dich noch erinnern kannst, natürlich.«

Er schluckte schwer. Und fing jetzt wirklich an zu weinen. Dann nickte er.

»Geh nach Hause«, brummelte Theo. »Ich hoffe, du hast aus der Geschichte gelernt. Vielleicht kannst du Bella das alles ja mal erklären. Irgendwann. Sie ist nämlich ein tolles und sehr couragiertes Mädchen. Vielleicht geht es ihr dann ja ein bisschen besser, wenn sie weiß, dass du ihr helfen wolltest. Komm jetzt.«

Wir begleiteten ihn bis zu dem Haus seiner Eltern am Löhnsberg.

✳✳✳

Ich erkannte sie schon von Weitem.

»Na, da ist ja unser kleiner Sonnyboy«, begrüßte ich Goldsträhnchen, der wieder auf den Stufen des Kumpel-Brunnens saß und mit einem Gettoblaster den Platz beschallte.

»Hä? Was will denn die Alte schon wieder von mir?« Er sah mich nicht an, sondern wandte sich direkt an seinen dunkelhaarigen Kumpel. Der Dritte im Bunde schien nicht da zu sein.

»Und sprachlich auch noch so begabt«, spottete ich. »Verrätst du mir deinen Friseur?«

»Ey, will die mich etwa anmachen?«

Große Fresse, der Kerl.

Ich musterte ihn von unten bis oben. Blieb an seinen wasserstoffblonden Strähnchen hängen. Wanderte zurück nach unten. Und wieder nach oben. Bis ich ihm schließlich in die Augen sah.

»Keine Chance, Arschloch!«, sagte ich. »So einen wie dich würde ich nicht mal ranlassen, wenn ich dreißig Jahre nicht gevögelt hätte.«

Seine Augen flackerten.

Leichte Verunsicherung? Gut!

»Ich steh nun mal nicht auf unreife Jungs, die Mädchen vergewaltigen«, schoss ich hinterher.

»Hä? Was soll das, ey!«

»Willst du eins auf die Fresse, ey?«, äffte ich ihn nach. »Das hast du jetzt wohl glatt vergessen!«

Seine Augen verengten sich und fixierten mich wütend. »Blöde Fotze«, zischte er und hob die Hand.

Da trat Theo aus dem Schatten. »Überleg dir gut, was du tust«, sagte er. Packte den Blonden am Kragen und zog ihn dicht zu sich heran, um ihn dann mit einem gekonnten Schubs zu Boden zu werfen.

»Gott Theo«, sagte ich bewundernd.

»Ohne Gott wär's mir lieber.«

Ich grinste anerkennend. Dann registrierte ich eine Bewegung links neben uns.

»Achtung«, rief ich.

Doch Theo parierte schon gekonnt, ein Messer flog in hohem Schwung durch die Luft, und Goldsträhnchens Kumpel jaulte auf, als Theo ihm den Arm auf den Rücken drehte.

»Nun mal hübsch langsam, Jungchen«, brummte er und zwang ihn neben Goldsträhnchen auf den Boden.

»Alle Achtung!« Ich pfiff anerkennend durch die Zähne. »Wie im Film!«

»Das wollte ich immer schon mal anwenden.« Theo feixte breit. Dann stupste er Goldsträhnchen mit der Schuhspitze an. »Und jetzt setzt ihr beiden euch hübsch brav auf die Bank und beantwortet uns ein paar Fragen.«

Gehorsam folgten sie seiner Anweisung.

»Also«, sagte ich. »Warum?«

»Ich versteh nur Bahnhof!«

»Ihr habt Bella vergewaltigt, ihr kleinen Scheißer. Und Bodo zusammengetreten. Ich will wissen, warum!«

»Wie? Also, ich hab die Kleine nicht angerührt«, äußerte sich der Dunkelhaarige.

»Ach ja? Komisch. Da habe ich aber was ganz anderes gehört!« Sein Blick flackerte zwischen Goldsträhnchen und mir hin und her. »Nee, das lass ich mir nicht anhängen«, sagte er dann. »Die spinnt doch, die Kleine. Vergewaltigt! Das war doch keine Vergewaltigung!«

»Was war es denn?«, fragte ich hart. »Wie würdest du es nennen, wenn sich drei Kerle an dir zu schaffen machen? Dir Alkohol eintrichtern. Zwei halten dich fest, während der dritte an dir herumgrabscht. Dir die Hose vom Leib zerrt. Dir seinen alkoholumnebelten Atem ins Gesicht bläst, seine ekelhafte Zunge in den Mund schiebt. Dein T-Shirt zerfetzt und ...«

»Aber wir haben nix gemacht«, schrie der Dunkelhaarige plötzlich in Panik. »Echt nicht. Wir wollten sie bloß ein bisschen einschüchtern. Aufmischen halt. Und dann ist da plötzlich dieser Penner dazwischengegangen!«

Aufmischen? Penner? Ich sah endgültig rot. »Der Penner«, zischte ich und packte ihn am Kragen, »der hat einen Namen. Er heißt Bodo Herzog, und er hat versucht, ein junges Mädchen davor zu beschützen, von drei dämlichen, aufgeblasenen, besoffenen Großmäulern vergewaltigt zu werden. Ihr habt ihn zusammengetreten, und jetzt ist er tot!«

»Dafür können wir doch nichts«, wehrte Goldsträhnchen ab. »Ein bisschen rumschubsen hat noch keinem geschadet. Davon stirbt man nicht.«

»Ach nein?« Theo hatte nun auch ein wenig seiner inneren Ruhe verloren. »Ihr habt ihm puren Brennspiritus eingeflößt, ihr Arschlöcher!«, zischte er.

»Das war ein Penner, ey! Für die kann es doch gar nicht hart genug sein«, sagte Goldsträhnchen höhnisch.

Rot! Blutrot. Hinter den Augenliedern. Rauschen in den Ohren. Ich wollte zuschlagen. Ihnen das blöde Grinsen aus dem Gesicht prügeln. Sie jammern und winseln hören. Sah Bella vor mir mit verfilzten Haaren. Rot! Den zitternden Struppi. Es rauschte. Laut. Ich sah die

Palette der geöffneten Hundefutterdosen in dem alten, schrömmeligen Wohnwagen, die sie sich in der Woche geteilt hatten. Bella und Struppi. Hundefutter. Dose für Dose. Sah sie Wasser aus einer verrosteten Regentonne holen. Ein Strom von Rot. Überall. Sah Bodo in weißen Krankenhauslaken, die rote Schirmmütze rührend farbig in dem ganzen Weiß. Hörte die Geräusche der Beatmungsmaschine. Das leise BeepBeepBeep des Überwachungsmonitors. Rot! Blutrot!

Ich ballte die Fäuste. Zuschlagen. Reinhauen. Diese bodenlose Dummheit vernichten! Ich hörte es Schreien. Entfernt. Weit weg. Ich glaube, das war ich selbst.

Dann spürte ich Theos Pranke auf meiner Schulter, die mich zurückhielt. »Das bringt nichts, Mädchen«, hörte ich ihn sagen. Weit, ganz weit entfernt, durch eine Masse von Watte. Die Pranke ließ sich nicht abschütteln. Watte, getränkt mit Blut. »Du wirst dich doch nicht wegen so einem Pack hier kriminalisieren.«

Ich drehte mich weg, langsam, wie in Trance. Atmete tief durch. Einmal, zweimal. Und noch einmal. »Pass auf sie auf«, sagte ich schließlich zu Theo, während ich mein Handy aus der Jacke kramte. Ich fühlte mich plötzlich entsetzlich müde. »Pass bloß gut auf sie auf!«

Ich wählte die 110.

Epilog

Sie hatte uns den schönsten Tisch direkt am Kamin reserviert. Die Flammen des gemütlich prasselnden Feuers spiegelten sich in Max' Augen.

»Darf ich mich zu Ihnen setzen?«, fragte Angela Brissano, als sie uns ein Glas Prosecco brachte. »Nur ein paar Minuten.«

»Aber natürlich, ich bitte Sie, da müssen Sie doch wirklich nicht erst fragen!«

Sie sah wesentlich besser aus als in der vergangenen Woche. Die dunklen Schatten unter ihren Augen zeugten zwar von viel zu wenig Schlaf. Aber ihre Gesichtsfarbe war rosig, und ihre Augen strahlten vor Freude.

»Bella. Es geht ihr gut. Die Ärzte sagen, sie ist nicht ... Es war keine richtige Vergewaltigung.« Ein Lächeln zog über ihr Gesicht und milderte die Strenge ihrer herben sizilianischen Züge. »Ich weiß gar nicht, wie ich Ihnen danken soll!« Sie griff nach meiner Hand und drückte sie.

»Das ist eine gute Nachricht. Wie mich das freut!« Ich war unglaublich erleichtert. Einen flüchtigen Moment lang überlegte ich, ob damit wirklich wieder alles in Ordnung war für Bella. Dann erwiderte ich den Druck ihrer Hand. »Es macht die ganze Sache zwar nicht ungeschehen, aber vielleicht doch etwas weniger schlimm.«

»Ja. Es ist leichter zu ertragen. Für uns und besonders natürlich auch für Bella. *Salute*. Auf Ihr Wohl!«, sagte sie herzlich.

Wir stießen an.

»Bella geht ab Montag wieder in die Schule«, erzählte Angela Brissano. »Sie will nicht so viel von dem Stoff verpassen.«

»Das ist gut. Was passiert denn nun mit Struppi?«

»Die beiden sind unzertrennlich.« Angela Brissano lächelte wieder. »Die Tierärztin hat gesagt, dass er gesund ist.«

»Also darf er bleiben?«

»Natürlich. Mein Mann ist überglücklich, dass Bella nichts passiert ist. Wie könnte er da Theater wegen eines kleinen Hundes machen! Und wenn, dann würde er mich kennenlernen!« Sie stand auf und strich sich den Rock glatt. »Einen kleinen Moment bitte. Ich bin gleich wieder da.«

Kurze Zeit später kehrte sie mit einer Karaffe rot schimmernden Weines zurück. »Ein Barolo, bitteschön. Sehr gut, passt wunderbar zum Essen.« Sie strahlte.

Ihr Mann trat mit einem großen Tablett in den Händen aus der Küche und steuerte auf unseren Tisch zu.

»Mein Herz ist so voller Freude, wo es doch vor Kurzem noch so schwer war«, sagte er feierlich. Seine Knopfaugen funkelten im Licht der Kerzen. »Und wenn mein Herz überfließt vor Freude, dann ist das die allerbeste Zutat, die ich einem Essen geben kann. Ich wünsche Ihnen guten Appetit, bitteschön.«

Es war *superb*.

Mit vollem Bauch wanderten wir heimwärts, immer die Trasse entlang Richtung Giradetzentrum.

Ich hatte mich bei Max untergehakt. Mir war leicht und glücklich zumute. So leicht und glücklich, dass es innerlich sang, irgendwo tief in mir. Schöne Melodien, zärtlich und schmeichelnd.

Auf der schmalen Brücke auf Höhe des Uhlenkrugs, die die Witteringstraße überquert, stoppte ich.

»Guck mal«, sagte ich zu Max und zupfte ihn am Ärmel. »Wie schön!«

Weit vor uns leuchtete der RWE-Turm in seiner ganzen Lichterpracht. Ein roter Punkt blinkte auf dem dünnen Sender, der sein Haupt krönte, keck asymmetrisch an der einen Seite des runden Turmes platziert. Und hinter dem Turm stieg als orangeroter Ball der Mond am Himmel empor, seltsam untypisch gefärbt für diese Jahreszeit.

Eine ganze Weile standen wir schweigend gegen das Brückengeländer gelehnt und sahen dem Schauspiel zu, das sich da bot.

»Fast so schön wie von meinem Dachbalkon«, sagte ich leise. »Also, in der alten Wohnung natürlich ...«

»*La Luna. La bella Luna!*« flüsterte Max mir ins Ohr.

»Womit wir wieder bei Bella wären«. Ich lächelte. In mir trällerte ein italienischer Schlager irgendwas von einem Mond. *In nome della luna piena* ... Ramazzotti? Nein. Mattia Bazar.

»Das hat du wirklich toll gemacht«, sagte Max zum wiederholten Mal. »Du hast Talent dazu. Die Polizei könnte sich ein Scheibchen abschneiden.«

Da fiel es mir wieder ein. Siedendheiß. Abrupt verstummte der Gesang in meinem Kopf.

»Du, Max«, sagte ich kläglich.

»Was ist denn jetzt schon wieder?«

»Was würdest du sagen, wenn ich zu den Bullen ginge? Also, beruflich, meine ich! Fändest du das schrecklich?«

»Du? Zu den Bullen?« Er fing an zu lachen. »Wie kommst du denn auf so eine bescheuerte Idee?«

»Nicht ich. Schütte!«

»Reinhold will, dass du zur Polizei gehst? Du willst mich jetzt verarschen, oder?«

Ich drehte dem Mond den Rücken zu, damit ich Max ins Gesicht sehen konnte. »Er hat mich vor ein paar Tagen angerufen. Samstag, glaube ich. Er könne mir vielleicht einen Job verschaffen, hat er gesagt. Bei der Polizei. Es geht um die Einführung eines neuen Softwarepakets und um die Koordination einzelner Dienststellen, also softwaretechnisch, wenn ich ihn richtig verstanden habe.«

Max schwieg einen Moment. Sein Gesicht leuchtete im Licht der Straßenbeleuchtung ebenfalls in warmen Orangetönen. Ich konnte förmlich sehen, wie es hinter seiner Stirn arbeitete.

»Also suchen sie IT-ler, nicht Polizisten«, sagte er schließlich. »Und Genaueres weißt du noch nicht?«

»Nein. Genaueres konnte mir Schütte auch nicht sagen. Er meinte, er könne mir ein Gespräch vermitteln. Ich habe ihn erst mal vertröstet. Wegen Bella.«

»Aha. Aber Bella ist ja nun wieder da, oder?« Max lächelte und gab mir einen Kuss.

»Aber ich kann doch nicht ...«

»Hör dir die Sache doch erst mal an«, schlug er vor. »Nein sagen kannst du immer noch. Aber warte nicht zu lange damit.« Er knuffte mich zärtlich in die Seite, nahm mich an der Schulter und drehte mich wieder zu dem Schauspiel hin.

»Das hat Reinhold auch gesagt«, seufzte ich.

Schweigend beobachteten wir, wie der Mond sich vom RWE-Turm löste und langsam seine rötliche Färbung verlor, während er weiterwanderte. So wie ich meine Bedenken.

»Morgen«, versprach ich schließlich. »Morgen rufe ich ihn an.«

ZUR AUTORIN

Ursula Sternberg, geboren in Duisburg, arbeitet hauptberuflich als Anwendungsentwicklerin, lebt in Essen und ist tief mit der Region verwurzelt. Sie liebt Katzen, Natur, Bewegung an der frischen Luft, Kochen und gutes Essen. Neben dem Schreiben malt sie, überwiegend in Öl, und hat an mehreren Gruppenausstellungen teilgenommen.

Veröffentlichungen:

Romane:
»*Variationen der Wahrheit oder Von Liebe, Käse und anderen Dingen*«, Kriminalroman, Assoverlag Oberhausen, 2007
»*Ruhrbeben*«, Kriminalroman und Ökothriller, BoD 2021, Originalausgabe Emons , 2014

Ruhrgebiets-Krimiserie:
»*Ruhrschnellweg*«, erster Band, Assoverlag Oberhausen, 2007
»*Insolvenzgeld*«, zweiter Band, Assoverlag Oberhausen, 2009
»*Nachtexpress*«, dritter Band, BoD 2021, Originalausgabe Emons 2010
»*Innenhafen*«, vierter Band, BoD 2021, Originalausgabe Emons 2012

Kurzgeschichten:
»*Abschied*«, erschienen in »*Schachbordelle*«, 35 Erotische Gedichte und Geschichten zum Menantes-Preis 2012, Hg. Jens-F. Dwars, Quartus Verlag 2012
»*Countdown*«, erschienen in »*Killer, Kerzen, Currywurst*«, Kriminelle Weihnachtsgeschichten aus dem Ruhrgebiet, Hg. Almuth Heuner, Prolibris Verlag 2017
»*Sieben*«, erschienen in »*Zechen, Zoff und Zuckerwerk*«, Kriminelle Weihnachtsgeschichten aus dem Ruhrgebiet, Hg. Almuth Heuner, Prolibris Verlag 2018
»*Sieben*« wurde für den Friedrich Glauser Preis 2019 nominiert.

www.krimis-und-kunst.de